JN002085

人外教室の人間嫌い教師③

ヒトマ先生、私たちと未来に進んでくれますか……？

来栖夏芽　イラスト 泉彩

MISANTHROPIC TEACHER IN DEMI-HUMAN CLASSROOM.

CHARACTER
わかばあおい
若葉葵

おこのぎ
小此鬼マキ

人外少女たちのチアダンス
SHIRANUI
SHIRANUI

SHIRANUI

人外教室の新人教師
「えへへ、お久しぶりですヒトマ先生」
「春名未来さん、今年都内の女子大を卒業されたフレッシュな新人さんです！」
春名未来（はるなみらい）

からすま
烏丸ハルカ
「っす。自分は烏丸ハルカ、養護教諭っすね。よろしゃーす」
それは大人になった春名未来だった。
高校生時代からあまり変わっていない。
たった4年しか経っていないから、
それも当然かもしれないが。
ぱっちりとした目にサラサラのセミロング。
すこし小柄なのも記憶通りで、
だから最後に会った時のことも鮮明に思い出させる。

MIRAI HARUNA

AOI WAKABA

MAKI OKONOGI

REI HITOMA

MISANTHROPIC TEACHER IN
DEMI-HUMAN CLASSROOM.

人外教室の人間嫌い教師

ヒトマ先生、私たちと未来に進んでくれますか……？

来栖夏芽

イラスト
泉彩

MISANTHROPIC TEACHER IN DEMI-HUMAN CLASSROOM.

「ねえ先生。明日世界が終わるなら何をする?」

「なんだそれ」

「ただの喩(たと)え話だよ」

「そうだなぁ……。まだやってないゲームを全部終わらせる!」

「あはは、なにそれー」

「春名(はるな)にはわからないかもしれないが、俺にとっては大事なんだよ。俺は聞いたことのない物語を聞いてみたいし、見たことのない景色だって見たい! そういったロマンにも似たものをゲームに見出(みいだ)していてだなぁ!」

「ふーん?」

「……やっぱりわかってないな?」

「うん。だって、世界の終わりでしょ? ゲームよりもっとやることあるって。そういう時、普通は恋人や家族と過ごすって言うんじゃないの?」

「……春名はそうなのか?」

「私は——」


私は、なんて返事をしたんだっけ。

CONTENTS

口絵・本文イラスト：泉彩

プロローグ

MISANTHROPIC TEACHER IN DEMI-HUMAN CLASSROOM.

「――あ」

ガシャンとコントローラーを落とした音で我に返る。

今日はこれで3回目だ。

俺は床に転がるコントローラーを拾うために、ゲーミングチェアの上であぐらをかいていた足をほどいて床に降りる。フロアマットはまだひんやりとしていた。

有線コントローラーなら、落としても芋掘りの要領でコードを引っ張れば拾うのも容易いのにな、なんてどうでもいいことを考えてみる。

趣味のゲームが手に付かない理由は分かっていた。

――春名未来。

俺のかつての教え子だ。

彼女は今の勤め先である不知火高校へ、教師として採用されるらしい。

シラヌイ理事長にそう教えてもらってから、もう1週間も経つのに、俺はまだ心の整理が付かないでいた。

現在の春名はどうしているのだろう。

何故教職を選んで、何故この学校に決めたのだろう。

勤めている俺が言うのもなんだが、不知火高校はかなり怪しい求人を出している。

しっかり者の春名なら一番最初に選択肢から除外しそうなものだが……。

――いや、どうなんだろうな。

春名も会わなかった4年間で変わったのかもしれない。

あの時のことはどう思っているのだろう。

まだ俺を恨んでいるのだろうか。

そうだよな、余計なことをして春名の人生に傷を付けた存在だ。

春名に改めてもう一度謝りたいけれど、嫌なことを思い出させるだけだろうか。

そもそも春名は俺がこの学校にいると知っているのか？

俺はシラヌイ理事長からの告知があった日からずっと、そうやって考えても仕方のないことばかり考えるようになってしまった。

俺がどれだけ考えたって、4月から春名が同僚となることに変わりはない。

それに――雇用契約。

俺が就業時に交わした雇用契約も今年で3年目。

3年契約の3年目だ。今年度で契約満了となり、年度末に継続するかどうか選ぶことができる。

そう思うと最悪の場合でも頑張れる気がした。

しかも、前の学校の時は俺が新人すぎたこと、そして校風が厳しかったこともあって誰にも相談できない環境だったが、この学校は星野(ほしの)先生や早乙女(さおとめ)先生といった横の繋(つな)がりもある。

普通の学校ではありえないことだと思うが、特殊な学校だからこそ校長や理事長にも話がしやすい雰囲気だし、前の学校と同じような失敗が起こる前に、周りの力を借りて防げる……はずだ。

なんて考えても、まだ起こっていないことへの不安は拭いきれない。

俺はまた小さくため息をついてゲームへと戻る。

画面の向こうにある戦場がいつもより遠くに思えた。

同じことをぐるぐる考えていても仕方がないということくらいわかっている。

このまま余計なことを考えないくらいゲームに没頭したいのに。

そしてまた、現実から少しでも離れたくてゲームを再開したが、全く集中できない俺の戦績は散々で、5回目にコントローラーを落としたタイミングで、俺は諦めてパソコンを閉じ、ベッドへ横になったのだった。

＊＊＊

4月1日。新学期が始まる。

うららかな春の陽気に、祝福するような桜の花びらが舞っていた。

この桜ももう3年目だ。

生徒たちの登校はもう少し先になるが、俺たち教師は本日から通常勤務になる。

俺は晴れ渡る空とは裏腹に、陰鬱な気持ちで校舎へと向かった。

時間的に春名が登校するのはもう少し先だろうか。

ああ、足取りが重いのが自分でもわかる。

去年の秋に理事長室で「過去と向き合いたい」という旨の話をした。

だが、こんなにも直接的で、急な話とは思わないだろう。

どんなに迷っていてもその日はやってくる。

いよいよ今日、大人になった春名未来に会うのだ。

＊＊＊

「おはようございます」

「ああ、ヒトマくんおはよう……って、顔色大丈夫？」

「うわー、やばいくらい真っ青っすねー」

職員室に入ると星野先生と烏丸先生がのんびりとコーヒーを飲んでいた。

「えと、大丈夫です」

開口一番で言われるくらい顔色が悪いのだろうか。

昨日考えすぎてあまり眠れなかったせいかな。

新学期早々、心配かけてしまって申し訳ないと思いながら、俺はいつも通り、自分の机にリュックを下ろす。

「あれ？　早乙女先生は――」

「雪サンなら新人サンの案内に向かったっす」

「そうだったんですね」

どうりで姿が見えないと思った。

職員室に来るまでにすれ違わなかったので、俺とは別の道で正面玄関へ向かったのだろうか。

俺の時は星野先生が案内役兼指導係を担当してくれたが、今回は早乙女先生がその役割を担当するらしい。

「ヒトマくん、僕たちの全体朝礼まではまだ時間があるんだけどどうする？　ちょっと休む？」

優しく提案してくれる星野先生に対してどうしようか迷っていると、隣の烏丸先生と目が合った。

「ヒトマせんせーい、今なら特別に保健室使ってもいっすよー」

こてんと小首を傾げながら、烏丸先生はへらっとした表情を見せる。

「じゃあ……お言葉に甘えて、少しだけ休ませてください」

少し迷ったが、寝られるなら今のうちに寝ておいた方がいいのかもしれない。

これ以上心配をかけるくらいなら、ここは素直に休ませてもらおう。

「おけっす。じゃあ保健室行きましょうか」

「ゆっくり休むんだよー」

やわらかく微笑む星野先生を職員室に残して、俺は烏丸先生に連れられて保健室へと向かうことになった。

「――夜更かしとかすか？」

職員室を出たタイミングで烏丸先生が口を開く。

「あー、すみません、実はそうです」

なんとなく本当の理由を隠してしまった。

でも結果的には夜更かしして今に至るんだからいずれにせよ同じか。

「ふーん、まあそんな時もあるっすよ」

烏丸先生の距離感は絶妙に遠い。

けれど、そこまで興味は無いのに気にかけてくれているこの感じは不思議な安心感があった。

「保健室のベッド、布団干したてだからふかふかで気持ちいっすよ。ヒトマ先生が一番乗りっすね」

「それは喜ぶことなんですか？」

「えー？　嬉しくないすか？　自分は嬉しいと思いますケドね、一番風呂みたいで」

烏丸先生が、ふふっと小さく微笑む。

一番風呂ならぬ一番布団ということだろうか。

「あー、でも、外から取り込んだ時に自分がダイブしたんで、もしかしたらヒトマ先生は2番目だったかもしれないす。すんません」

太陽の香りヤバくて我慢できなかったんすよねーと、ゆるい空気で烏丸先生が話していた時だった。

「――わあ！　かわいい瓶ですね！」

突然聞こえた明るい声。

正面玄関の方からだ。

懐かしいその声に、胸の辺りがギュッと締め付けられ、ほんの少しだけ呼吸が浅くなるのを感じた。

俺と烏丸先生はちょうど職員室からの階段を降りきったところにいて、声の主の姿はまだ見えない。

「ふふっ、この瓶はこの学校の特徴なんですよー？」

こっちの声は早乙女先生だ。

ということは、やはり先ほどの声は——。

「……ヒトマ先生？　大丈夫っすか？」

つい足を止めてしまった俺を烏丸先生が心配そうに覗き込む。

「はい、すみません——」

「あれ？　そこにいるのはハルカちゃんとヒトマ先生じゃないですか！」

背後から聞こえたその声に、俺の身体がビクリと跳ねる。振り返るとそこにはいつも通り可憐な早乙女先生がいた。

すらりと伸びた手足にサファイアのような瞳。そして白色のロングヘアがキラキラと輝いていた。

その後ろに付いていているのは、グレーのスーツを身にまとった小柄な女性。

「——ヒトマ先生？」

それは大人になった春名未来だった。

高校生時代からあまり変わっていない。

あれからたった4年しか経っていないから、それも当然かもしれないが。

ぱっちりとした目にサラサラのセミロング。すこし小柄なのも記憶通りで、だから最後に会った時のことも鮮明に思い出させる。

冬の教室で、泣きながら俺を責める春名未来——。

「雪サン、この方が新しい先生すか？」

烏丸先生がさりげなく俺と早乙女先生の間に入る。

「はい、そうなんです！　春名未来さん、担当は国語で、今年都内の女子大を卒業されたフレッシュな新人さんです！」

「フレッシュって単語、久々に聞いたっすね」

「えへへっ、私がフレッシュな新人ですっ！　初めまして、早乙女先生からご紹介いただきました春名未来です。先月に大学を出たばかりのため実務経験は無く、現場にはまだまだ不慣れで至らないところも多いかと思いますが、生徒の為に精一杯努力して参りますので、何卒ご指導ご鞭撻のほどよろしくお願いいたします」

「っす。自分は烏丸ハルカ、養護教諭っすね。よろしゃーす。……そんでこっちは社会科のヒトマ——あー、ヒトマ先生の下の名前ってなんすか？」

「え、えっと——」

やばい、全然話を聞いていなかった。

なんだっけ、名前？

「——『零』ですよね？」

答えたのは春名だった。

その場にいた全員の目が春名へと集まる。

春名はそんな状況に戸惑うこともなく、ふにゃりと照れくさそうに笑って見せた。

「えへへ、お久しぶりですヒトマ先生。よく覚えてたでしょ」

人懐っこい笑顔。完璧なのに適度に抜けたところのある春名は、誰からも愛されていた。

「あ、ああ……そうだな」

どうしよう、どの対応が正解なのだろう。

あの事件のことは触れない方がいいのだろうか。

春名は俺たちの間には何もなかったかのようにふるまっている。

「え？　あの、春名先生とヒトマ先生ってお知り合いなんですか!?」

春名の隣でまん丸の瞳をした早乙女先生が、俺と春名を交互に見て目をパチクリさせていた。

「あ……」

「はいっ！　実はそうなんですよー！　ヒトマ先生は私が高校生だった時の担任の先生で、他の生徒からもお兄ちゃんみたいって、すっごく人気だったんですよ！」

「わあ、そうだったんですね！　ふふ、確かにヒトマ先生は生徒から慕われて人気ありそうですね！　そして今、春名先生も同じ学校に……だなんて、なんだか素敵です！　運命感じちゃいますね！」

「運命って……雪サンも似たようなもんじゃないすか」

「え、そんなハルカちゃん、私も生徒に慕われるような先生になれているってこと？」

「いや、そっちじゃなくて。担任だった先生と同じガッコに来たってトコっすよ」

「なんですかその話！　気になりますっ！　早乙女先生も自分の先生と同じ学校に就職したんですか？　それってもしかしてここだったりしますか？　ぜひ詳しく教えてくださいっ！」

「あわわ……！」

「はは、たぶん面白い話なんじゃないすかね？　じゃ、自分とヒトマ先生は用事あるんで。雪サン、頑張って～」

「もう！　ハルカちゃん、言うだけ言ってどっか行くの？」

「さーせーん。――ほら、ヒトマ先生、逃げましょ」

ぼんやりしてしまっていたが、その言葉ではっと我に返る。

「あ、はい。えっと、春名……先生。これからよろしく」

「はい！　こちらこそよろしくお願いしますね！」

＊＊＊

久しぶりに入る保健室はぽかぽかとした陽気に包まれていた。

前に右左美を追いかけて来た時より空気がふわふわしている。あの時はまだ冬だったから、少し重く感じたのだろうか。保健室は季節で印象が結構変わる場所だ。

「ヒトマ先生、紅茶とコーヒーとどっちがいいすか？　自分は紅茶を飲もうと思ってんすけど」

「いや、お構いなく」

そうすか、と烏丸先生はとぷとぷとポットにミネラルウォーターを注いでいる。

そしてそれを置き、カチッとスイッチを入れるとそのまま自分の机へ着席していた。

「前の知り合いと同じ職場ってヒトマ先生的にどうなんすか。……なーんて、まあ、自分の気にしすぎっすね。すんません、忘れてください」

「いや……大丈夫です。ありがとうございます」

一瞬目が合ってすぐ逸らされた。

何か顔に出てしまっていたのだろうか。

「ジャケットはその辺のハンガーに掛けといてくださ い。いい時間になったら起こすんでそれまでごゆっく り。自分もてきとーにのんびりしときますんで」

烏丸先生に促されるまま、俺は保健室のベッドへと 通された。

そのまま太陽の香りがするベッドに横になると、遠 くでカチッという音が聞こえた。

おそらくポットのお湯が沸いた音だろう。

ほどよい生活音に俺は安らぎを覚える。

『――前の知り合いと同じ職場ってヒトマ先生的にど うなんすか』か……。

春名には聞いてみたいこともあった。

あの時どう思っていたのか、とか。あの時のことを 今どう思っているのか、とか。

そもそも春名がこの学校に来たのは偶然なのか？

それとも……。

理事長はどこまで関与していて、どこまで考えてい るのだろう。

自分の過去と向き合いたい――と、俺は理事長に言 ったけれど、いざ春名と会って話すことができるとな ると、具体的なことは何も考えていなかったことを思 い知らされた。春名とまた普通に話せるようになれば 解決になるのだろうか。そもそも解決って何だ？　今 の春名のことも何も知らないし、俺はあの時のことを どう受け止めていきたいんだろう……。俺はこれから どうしたいんだろう……。

紅茶の良い香りが漂ってくる。紅茶はあまり詳しく ないけれど、この香りは知っている。カモミールだ。

そして俺は少しの眠りについた。

＊＊＊

結局、その日は朝礼が始まるまで保健室で休ませて もらった。

その後職員室へと戻り、改めて再会した春名とも当たり障りのない会話をして、その日は何事もなく終わったのだった。

それから1週間ほど経ち、今日まで春名は指導係である早乙女先生にフォローされながら、この学校での業務を覚えようと努力をしていたようだった。

俺の時はこの学校に慣れるまで時間がかかったのだが、春名はどうだったのだろうか。

春名もいきなり校長室で「この学校は人外の生徒がニンゲンになるための学校」と言われたりしたのかな。

俺はもう慣れたけれど、この学校は生徒の姿や業務内容が少々特殊だ。初日に辞めると言われてもある程度は納得できてしまうのだが、春名はそんな素振りもなく、堂々とした受け入れっぷりだった。

それに、すでに教師たちのコミュニティにも早々に馴染んでいた。

「えー、雪先生ってそんなにお酒好きなんですか？」

「はい！　このあいだもいろいろと購入させていただいて……今の時代はインターネットがあるので全国のお酒が注文できて本当に便利で助かってます！　あ、未来先生は何かご趣味とかあるんですか？」

「私の趣味は家の掃除くらいなので、何も面白くないですよー。それより雪先生のお話もっと聞きたいな！　私、お酒はあまり飲まないんですけど、別に弱いわけじゃなくて、機会が無いといいますか……雪先生、そんな初心者にオススメのお酒とかありますか？」

春名は指導役の早乙女先生ともプライベートな話をするくらい打ち解けているようだ。

他の教師陣からも春名の評判は上々で「話しやすい」「人懐っこい」「聞き上手」「素直でいい子」などと言われていたのを職員室内の噂で聞いた。

春名は学生時代も、同じように他人から好かれやすいタイプだった。

「あ、そろそろ生徒も登校してきたみたいだね」

コーヒーを淹れるために離席していた星野先生が窓の外を眺めながら俺に話しかける。

「もうそんな時間ですか」

今日は始業式。

春名が初めて生徒の前に立つ記念すべき日だ。

春名は俺の受け持つ上級クラスの副担任になる。そのため、春名とは今日までに何度か打ち合わせや業務における報告を、お互いに行っていた。

何事も問題なく、全てがつつがなく進行している。ただ、未だに昔の話はできないでいた。

自己満足かもしれないが、あの時のこと、もう一度謝りたいとは思っている。

けれど、タイミングを見計らっているうちに始業式になってしまった。

こういうのは早い方がいいと解っているのに……。

当の春名は早乙女先生と楽しそうに雑談をしていた。

始業式までまだ少し時間はある。

俺は小さくため息をつき、新しく上級クラスへ上がる生徒の資料を机に広げた。

――小此鬼マキと若葉葵。

今年上がってくるのはこの2名だ。

去年のように準正規昇級の生徒はおらず、今年は2人とも正規昇級で上級クラスへやってきた。

資料によると、2人ともかなりニンゲンの世界に詳しい生徒らしい。

心強いと思ったが、資料はあくまで資料だ。

中級クラス時代の2人は、授業でしか見たことがないが、比較的大人しい生徒だったような……気がする。

授業で見る姿と普段の姿はやはり違ってくるので、どんな生徒か楽しみだ。

俺はチラリと春名を見る。

授業で見るだけじゃわからないこともあるもんな。

「――あ、ヒトマ先生、そろそろ体育館に向かう感じですか？」

「そ、そうだな」

見ていたら目が合ってしまったので、咄嗟に体育館に向かう時間ということにしてしまった。

実際はそんなことはないのだが。

早く見積もってもまだ15分ほど余裕がある。

春名は手早く準備をし、俺も机の上に広げていた資料を片付けて、一緒に体育館へ向かうことになった。

早乙女先生は他の先生にも用事があったらしく、今は俺と春名の2人きりだ。廊下にもまだ生徒や教師はいない。

今がチャンスなのか？

でもいざ2人きりになると、また迷いが生まれてしまう。

「えっと……春名、この学校には慣れたか？」

結局俺は無難な質問しかできなかった。

「はいっ！　最初は少し不安でしたが、指導係の雪先生も親身になってくれて頼りになりますし、困ったことなんて全くないですよ！」

……やはり俺の考えすぎなのだろうか。

春名はもうあの時のことなんか忘れて、前向きに頑張っているんだ。

過去を思い出させるようなことはしない方がいいのかもしれない。

＊＊＊

ぼんやりとした頭のまま、始業式は終わった。

特にやることもなく、主に校長の話を聞くだけの式典なので、困ることはなかったが……。

「今年の校長はフォアボールでしたねー」

「雪先生、今年の……ってことは校長先生の挨拶は毎年あんな感じなんですか？」

「そうなんですよー、未来先生は初めてだからまだご存じないですよね」

始業式の後、春名と俺は早乙女先生、星野先生と合流し、各々の教室まで一緒に向かっている。

春名はいつものように愛想良く笑って楽しそうに会話をしていた。

「去年はインフィールドフライだったよね」

「イン……？　何ですか？」

「ふふっ、野球用語ってちょっぴり難しいですよね」

「……なんだか変わった校長先生なんですね？」

春名はひょいと早乙女先生の顔を覗き込む。

それから春名と早乙女先生は俺と星野先生の後ろで「野球って人数何人だっけ」とか「今までスポーツやったことありますか？」などと雑談に花を咲かせてい

た。

「じゃあ、僕と雪先生はこっちだから」

「未来先生！　いよいよですね！　頑張ってくださいね！」

「はい！　ありがとうございます！　ヒトマ先生にたくさん教わっちゃいます！」

上級クラスの担任は俺で、春名は副担任。

ニッといたずらっぽく笑って見せる春名に、俺はまだ上手く笑い返すことができないでいた。

＊＊＊

「きゃー！　若様！　こっち向いてぇー！」

「バーンしてー！」

「あああウインクありがとうございます！」

教室の扉を開けると、中級クラスの生徒が教壇を囲んで黄色い歓声を上げていた。

一瞬、教室を間違えたかと思ったが、ここは上級クラスの教室で間違いない。

「あら、零先生！　やっと会えてとっても嬉しいわ！　今日も大好き！」

教壇の上にはよく分からない中二病のようなポーズをとっている龍崎、そしてきらびやかな羽を持つ１人の生徒。

「……これは何をしているんだ？」

「うん。ランウェイごっこさ。ヒトマくんも参加するかい？」

圧倒的透明感。

少年と少女の中間の声をした彼女は、ふわふわとウエーブがかった絹糸のような若草色の短髪を揺らし、陶器のように白く滑らかできめ細かい肌の中性的な顔を俺の方へ向けた。

背中にはキラキラとした羽が宝石のように輝いている。制服はスカートではなくショートパンツで、すらっとした長い足を惜しげもなくさらけ出していた。

「若様ー！　今日もサイコー！」

「ってか、さすが若様だよね。もう上級クラスに昇級だなんて……」

「ウチらも早く上級クラス上がりたーい」

「うん。君たちならすぐに上がることができるさ」

若葉が中級クラスの生徒を抱き寄せて顎を人差し指で上へ向ける。

これ、知ってるぞ。「顎クイ」ってやつだ。

中級クラスの生徒はヒッと小さい悲鳴を上げて顔を真っ赤にしていた。

大丈夫かよ……。

若葉はその様子を見て満足そうに微笑み、その綺麗な顔を俺の方へ向ける。

「ね？　ヒトマくんもそう思わないかい？」

「はいはい。なら、早く自分のクラスに戻りなさい。中級クラスも年度初めのホームルーム始まるだろうから」

生徒が不在で星野先生が困っていないだろうか。

新学期早々心配だ……。

中級クラスの生徒たちは「はーい」「若様のいないクラス寂しー」と口々に不満を言いながら自分のクラスへと戻っていった。

若様——こと、今年から上級クラスに上がってきたエルフの生徒、若葉葵。

ミステリアスな美貌から、中級クラスでは「若様」の愛称で親しまれ、ファンクラブも作られている。

先ほどの生徒たちはそのファンクラブの生徒だろう。

若葉は去っていく中級クラスの生徒たちにニコニコと愛想良く手を振り見送っていた。

その様子を俺の後ろで見ていた春名がツカツカと若葉の方へ歩いていく。

「若葉さん、ああいう遊びは先生ちょっとどうかと思うな。騒がしくしたら授業に支障が出るでしょ？　それに、ちゃんと『先生』には『先生』と言いましょうね」

優しいけれどしっかりした注意だ。

若葉は春名をじっと見つめた後、その琥珀に輝くオレンジ色の瞳を近づける。そして春名の手をそっと優しく取り、ふわりと花開くような微笑みを見せた。

「うん。先ほどの始業式で挨拶してくれた……春名くん、だったかな？　ぼくの行動で気を悪くしてしまったのならすまない。けれど、ぼくが『先生』と呼びたいのはただ1人だけなんだ。申し訳ないけれど、それだけは理解してもらえると嬉しいな」

手の甲に口づけをしながらお手本のようなウインク。やっていることは軟派なのに、まるで西洋美術のように美しくて、俺も思わず見入ってしまう。

「えっ、あ、あの……！」

「あはは、春名センセ照れてるー。顔真っ赤じゃん？　もしかしてそんな耐性無かった？」

「そっ、そんなことないです！　若葉さん、そして羽根田さんも先生をからかうんじゃありませーん！　もう！　は、離してくださいっ！」

若葉にずっと握られていた手を乱暴に振り払う春名を見ながら、羽根田はけらけらとからかうように笑っていた。

というか、春名はもう生徒の顔と名前が一致しているのか。さすがだな。

「なんだかチョロそうなちぇんちぇーっちゅね」

「ガキっぽくてヒトマより頼りなさそうなの」

「ふひひ、でもそんなところがぁ、新人ぽくてぇ、かわちくなぁいぃ？」

続いて聞こえた野次馬の声に視線を向けると、そこには右からネズミ耳、ウサ耳……　ツノヘアー？

根津、右左美と談笑しているのは――鬼の子、小此鬼マキだった。

肝心のツノは髪で巻いて隠しているのか見えないため、ぱっと見ではちょっと特殊な髪型をしたニンゲンのようにも見える。大きめのパーカーをゆるく羽織り、派手な小物を身につけて、いわゆる原宿系のような生徒だ。

「マキの言うかわいいの定義はよく分からないの」

「んぇぇー？　キュンが存在したらかわちぃだよぉ。うさみぃの髪止めとかぁ、まっちーの尻尾とかぁ、若の羽とかぁ、トバリんちゃのチョロ毛とかぁ、カリンちゃそのツノとかぁ、ヒトマせんせぇのネクタイとかぁ？」

「余計わからなくなったなの……」

「アタシのチョロ毛ってこの長ぃ2つの束のこと？」

「あーもーそろそろ席に着け。今年度最初のホームルームするから」

　俺の声でバラバラだった生徒たちが自分の席へと向かっていく。

　今年の上級クラスの生徒も6人。去年と同じ前後の2列と縦3列の並びだ。

「じゃあまず、俺の自己紹介をさせてもらう。俺の名前は人間零。担当は社会科だ。今年、中級クラスから上がってきた2人も授業では会ったことがあるよな。好きな食べ物は寿司。趣味はゲームだ。よろしくな」

　3年目ともなると自己紹介もある程度テンプレになってきた。言うこともそんなに変わりないし、教師に最初から長々と言われても困るだけだろう。

「そして、今年は副担任の先生もいます」

　俺は春名に自己紹介を促す。春名はビシッと綺麗に背筋を伸ばし、優しく微笑みながら、意志の強そうな瞳で生徒を見ていた。

「はい！　先ほどの始業式でもご挨拶させていただいた春名未来です。担当は国語科で、好きなことは掃除と自宅をより住みやすくすることです。今年大学を卒業したばかりで教師としての経験はまだありません。ですが、これからみなさんと共に勉強していきたいと思います。ぜひ、仲良くできたら嬉しいです。よろしくお願いします」

　自己紹介の終わった春名はそのままぺこりと頭を下げた。

　練習してきたのだろうか。お手本のような自己紹介だった。

「ねー、春名センセってヒトマセンセの教え子だったって噂聞いたんだけど、それってホントー？」

　初っ端からぶっこんでくるなあ……。

　わざとらしいほど無邪気な声で、羽根田はへらへらと春名へ問いかけた。

「そうなんちゅかー!?　この学校に来る前ってことっちゅか？」

「ア、アタクシの知らない零先生の話……！」

　その問いに教室がざわめき、春名への注目が高まってゆく。

生徒たちの視線に、春名は面食らったように数秒無言になったが、すぐにあの愛想のいい笑顔を見せた。

「――はい！　実はそうなんです！　高校生の時にヒトマ先生にお世話になっていました。ね、先生？」

「あ……ああ」

羽根田のあの質問は、もしかして春名を試したのだろうか。てっきり俺の様子を見るためかと思ったが……いや、両方か？

目の前の生徒たちはきゃあきゃあと盛り上がっていた。

そんな生徒たちに向かって春名はパンと両手を合わせ、その音で自身へ注目を向けてから口を開く。

「私の話はまた今度しましょう！　今はみなさんのお話も聞いてみたいです！　ヒトマ先生、どうしますか？　前の列から順番ですか？」

「ああ、そうだな。ありがとうなまとめてくれて」

いえいえと春名は優しく俺に笑いかける。

本当に普通だ。

周囲をまとめるのが上手く、愛想もいい春名未来。

まるであの事件なんて無かったかのようで、俺も気にしてばかりいられないと思えてくる。

そうか、前に進むってこういうことなのかもなあ。

なんだかいつもより前向きになれる気がした。

どうなることかと思ったけれど、そもそも春名は優秀な人材だし、あの時のことも自分の中で折り合いをつけていて、俺が心配することなんてなかったんじゃないか。

「それじゃあ、前列廊下側の羽根田から順番に自己紹介をしてくれ」

「はあい」

呼ばれた羽根田が起立する。

そういえば去年は結局席替えをしなかったなと、だいたい定位置の席にいる生徒たちを見て思った。

「羽根田トバリ、種族はモズ。好きなものは音楽だよー。最近は趣味で楽器を作ったりもしてるかな。ニンゲンになりたい理由は『音楽がしたいから』。ねー、春名センセって普段どんな音楽聴くの？　オススメとかある？」

「私はサブスクで流行のプレイリストをたまに聴く程度なのであまり詳しくないです」

「そうなんだ、サブスクって結構いろいろ聴けていいよねー。本当に良い時代になったと思うよ。ヒトマセンセは？」

「俺はゲームのサントラと音ゲー収録曲で育ったから」

「あはは、そうだったね。じゃあ以上だよー」

羽根田が着席するとその隣の右左美の番だ。

「右左美彗、ウサギなの。ニンゲンになりたい理由は『ニンゲンのお医者さんになるため』なの」

ふん、と軽く息を鳴らして右左美は着席した。シンプルな自己紹介が右左美らしい。

右左美は去年卒業かと思われたが、惜しくもほんの少しだけポイントが足りず、今年もこのクラスに在籍することになった。

志望校へもあと1歩だけ足りなかっただけなので、右左美は今年卒業できたらいいなと思う生徒の1人だ。

「次はアタクシね？　アタクシは龍崎カリン。高尚なるドラゴン族で、ニンゲンになりたい理由は『恋を知りたいから』。そしてアタクシは将来的に零先生のお嫁さんになるわ」

「えっ、ということは……ヒトマ先生まさか生徒と……？」

「何もないし、そんな予定もありません」

否定したのに信じてもらえていないのか、春名からじっとりとした軽蔑のような視線を感じる。

「……本当に何もないから！」

「ちぇんちぇー、必死に否定して逆に本当っぽくなってるっちゅ……」

「これが既成事実ってことかしら！」

「だから事実じゃないから」

きょとんとした顔をするな。

「ちゅふふ！　ちぇんちぇーが可哀想っちゅから冗談はこの辺にして、次は万智っちゅね！」

根津……！　ナイスフォロー！

「万智は根津万智、とってもキュートなネズミの女の子っちゅ！　ニンゲンになりたい理由は『おいしいモノがいっぱい食べたいから』っちゅよ！　最近気になっている食べ物は生ドーナツっちゅ！　生地が普通のドーナツよりもふわふわのもちもちで、とろける食感らしいんちゅよ！　しかも、甘いものからご飯になる主食系までなんにでも合うっちゅから、アレンジの幅がお店によってかなり広いんちゅ～！　でも万智はやっぱり甘いのが気になるっちゅね！　中にふわふわでまろやかなクリームがたくさん入ってるやつっちゅ！　きっと、かぶりついたらもこもこのクリームが口の端からもふっと溢れるんちゅよ～！　万智はせっかく食べるならそんな定番からいきたいっちゅよね！」

　生ドーナツ……？　見たことない食べ物だが、相変わらず根津の食レポは上手い。思わず腹が鳴ってしまいそうになるのを俺はグッとこらえる。

　よく分からないが美味しそうだ。今はそういうのがあるのか……。

「あ、それ私1ヶ月くらい前に食べましたけど美味しかったですよ」

「ぢゅ!?　ホントっちゅか!?　お店とかもすっごく並ぶって聞いたんちゅけど！」

「確かに少し並びましたけど、大学の友達と行ったのでそこまで長く感じなかったです。でも作ろうと思えば作れるので、試してみてもいいかもしれないですね」

「ちゅ～！　試すっちゅ！　未来ちゃんちぇんちぇーありがとっちゅ！」

　春名、大学の友達いたんだ。

　何故か分からないけど、その事実に俺はなんとなく安心感を覚える。

「うん。次はぼくだね。ぼくの名は若葉葵。かつての樹上都市、リフガルドに住んでいたエルフさ。美しいものを集めることが趣味だよ。ニンゲンになりたい理由は『ぼくの美しさを知らしめたいから』。ニンゲンはこの世界にたくさんいるからね。その中で1番になれたら素敵だと思わないかい？」

　すごい自信だ。

　生徒詳細資料に書いてあった時にも思ったが、美しさを知らしめたいだなんて目標なんて、なかなか聞かないぞ。

それに——樹上都市。そういうのもあるのか。
去年の龍崎に続いて、またファンタジー色強めな生徒だ。

1年目は人魚の水月や人狼の尾々守に、そんな世界があるのかと驚いたけれど、3年目ともなると流石に慣れてきた気がする。ふと、隣の春名の様子を横目で見てみると、春名は驚く様子もなく、自然に話を聞いていた。

「んんー？　最後はマキだねぇ？　マキはねぇ、小此鬼マキ。鬼の末裔だよぉ。訳あってぇ、ニンゲンには結構詳しい方だと思ってるぅ。ニンゲンになりたい理由はぁ『嘘をつきたくないから』だよぉ」

ぽやぽやと間延びした語調なのに、小此鬼のニンゲンになりたい理由はなかなかに重い。

それに、ニンゲンだってよく嘘をつくと思うが……いったい嘘をつかないことが、ニンゲンになりたいこととどうつながるのだろうか。

一瞬心配が浮かんだ俺とは裏腹に、当の小此鬼はぽけーとした表情で宙を眺めている。

この微妙なひっかかりもそのうち解消されるのだろうか。

「——よし、みんな自己紹介ありがとう。今日は、これから明日からの予定を軽く説明したら終わる予定だから、もう少しだけ付き合ってくれ」

そして俺は予定が書かれた紙を生徒たちへと配る。

俺がこの学校に馴染みきったからだろうか。

印象としては、去年より大人しいクラスだと思った。

＊＊＊

「零先生、名残惜しいけれどまた明日ね！　大好き！」

「はいはい、また明日なー」

最後まで教室に残っていた龍崎を送り出し、また春名と2人きりになった。

まだほんの少し気まずい。

「龍崎さんっていつもあんな感じなんですか？」

「あんな感じ？」

「アプローチがとても積極的だと思いまして」

「あー……」

もうそういうものだと思い込んでいたので、俺は今さら気にしなかったが、確かにいきなりあの感じでコミュニケーションを取られたら驚くよな……。

「そうだな。龍崎はまっすぐな生徒だよ。でも、これからもっと龍崎の世界が広がったら、きっと対人面は変わっていくんじゃないかな」

龍崎の素直なところは長所だが、いわゆる尖(とが)っている部分でもある。

良くも悪くもそういった部分は人と接していくうちにだんだんと丸くなってゆくのだ。

「春名、初めてのクラスはどうだった？　生徒たちとはやっていけそう……か？」

横で見ていた様子だと、少々の困惑はあったかと思うが、特に問題は感じなかった。

なにせ特殊な環境だ。

もしかしたら俺に見えないところで、難しいと思っているところもあるのかもしれない。

「そうですね……。個性的な生徒さんが多くて、今まで学んできたことが生かしきれない部分もありますが、全員が意欲的で明確な目標もあるようなので、私もそれを上手(うま)くサポートできたらと思います」

笑顔での前向きな返事に俺はほっと安心する。

「なので、ヒトマ先生にこれから生徒さんへの接し方を学びたいです！　だって私、ヒトマ先生の教え子ですから！」

春名は俺の目の前に来て、またあの愛想のいい笑顔を見せた。

それは春名が学生だった頃と同じ笑顔で。

……今なら春名に言えるのかもしれない。

俺は春名に頭を下げた。

「春名、あの時は本当にすまなかった。春名が大変だった時、俺が余計なことをして拗(こじ)らせてしまって……」

それで最終的に春名は推薦取り消し、退学。俺は辞職だ。

春名は俺の言葉を聞いて、一瞬、驚いたように固まったように見えた。

やっぱり言わない方が良かったのだろうか。

わざわざ思い出させるようなことを言ってしまうだなんて、それこそ春名(はるな)が一番嫌がるようなことなんじゃないか。

そもそも謝罪だって、俺の自己満足でしかない。

「……ヒトマ先生、大丈夫ですよ」

木漏れ日のような声に俺はゆっくりと顔を上げる。

春名はやわらかく微笑(ほほえ)んでいた。

「私もあの時は幼かったんです。だから先生は悪くないですよ」

「春名……」

春名が開けた教室の窓から、ふんわりとした優しい風が流れてくる。

まるで俺たちを祝福するような、仄(ほの)かに花の香りがする春の風。

そんな風に許されたような救われたような安心感に包まれる。

「もう、あの時のことは忘れましょ？　お互い大人になったということで。ね？」

「……春名がそう言うなら」

本当にこれで全て清算されたのだろうか。

あまりにもあっさりと受け入れられて、変に勘ぐってしまいそうだ。

でも、春名は本当にあの頃のままで。

春名は「昔のことは時効ということで流しちゃって、これからは同僚としてよろしくお願いしますね」と微笑み、空気を入れ換えた窓を閉めた。

引きずっていたのは――後悔していたのは俺だけだったのか。

春名はそのまま「では、先に職員室に戻りますね」と、教室を出ていった。

春名と向き合うことは怖かった。

後悔の相手だから。

もう一度出会って、あの時のことをどう受け止めたらいいか未(いま)だにわからなくて。

当の本人は時効と言っていたが……。

現実はこんなものということだろうか。

春名は本当に偶然、就職先を見つけてこの学校にやってきた……。

そういうことなのか？

ダメだ。わからなくなってきた。

「……俺も職員室に戻るか」

今日は始業式だが、やらないといけない作業はたくさんある。

春名とは——上手(うま)くできるかわからないが、なるべく普段通り接してみよう。

あの頃、社会科準備室で話していた時みたいに。

＊＊＊

「失礼しまーす。ヒトマ先生いますか？　世界史のノート集めてきましたっ！」

「あー、ありがとう……って春名？」

社会科準備室の扉を開けたのは、春名未来(みらい)。

優等生で誰からも好かれるような性格の生徒だった。

「はい！」

「今日の日直は春名じゃなかっただろ」

誰だったっけ。確か赤沢(あかざわ)だったか？

「りおちゃんは今日は予定があって早く帰らないといけないと言っていました。だから私が代わりに」

「そっか、なんか前も似たようなことなかったか？」

「ええと……委員会の時ですか？　それとも、グループワークですか？」

「似たようなことありすぎだろ」

「あはは、でも嫌いじゃないんで。他人に頼られるの」

そう言って春名は人懐っこい笑みを見せる。

「ふーん、春名ってなんか……不思議だよな」

「んー……そんなことないですよ？」

また笑った。

「最近誰かを頼ったことはあるか？」

「それは……そんな必要ないので」

この笑顔は拒絶だ。

というか、春名の笑顔はずっと、何かを隠しているような印象の笑顔だった。

春名は、自分の中に踏み込まれることが苦手なタイプなんだろうか。

こんなにも堂々としているのに、春名の瞳にはなぜか危うさが見えた気がした。

「……じゃあ課題！」

「えっ」

「来週までに誰かに助けられること！」

「えー、それ絶対やらないとだめですか？」

「いや全然。なんか、春名見てたら心配になってさ。ただのお節介だから、なんなら別に期限なしでもいいぞ」

へらへらしている俺に、春名はじとーっと変なものでも見るような目をしている。

「……変な教師」

「おもしれー女、みたいなニュアンスか？」

「は？」

「すみませんでした」

茶化したらガチトーンで威圧されてしまった。

春名は呆れたように小さくため息をつく。

「きっと私が本当に困っても、頼るのは先生以外だと思うよ」

春名はきっと、困った時でも『誰かに相談する』というコマンドがそもそも存在しないタイプだろう。

「いいよ、それでも。教師なんて、ずっと一緒にいてやれる立場じゃないんだから」

俺以外に頼れるニンゲンがいるなら、絶対にその方がいい。

別に俺は俺に相談してほしいわけじゃないし。

春名が困った時、誰かに相談する選択肢がとれたらそれでいい。

それに——。

「投げやりだ」

「仕方ないだろ、そういうもんだ。だから——俺は、春名にこれからの人生をひとりで歩くための方法を、できるだけたくさん知ってもらいたいんだよ」

人間嫌いと机上の立葵

MISANTHROPIC TEACHER IN DEMI-HUMAN CLASSROOM.

樹上都市リフガルド。

そこはエルフが作る最大の都市。

ぼくはそこで1番の美貌を持って生まれた。

最初の記憶はいつだろう。

覚えてないけれど、ぼくのそばにはいつも先生がいた。

先生はぼくにたくさんのことを教えてくれたんだ。寝床や食事を得る方法、空の飛び方、話し方や歌い方、仕草や作法、仲間の作り方。

そして——

どんなぼくでも先生は愛してくれるということも。

＊＊＊

「えー、でも雪先生肌キレーだから全然いけますって」

「本当？　じゃあ頑張ってみようかなあ……」

4限終わりの職員室。

昼食を摂るために教師陣が集まっている中、春名と早乙女先生は今日も楽しそうに雑談をしていた。

「雪サン、春名先生、何の話してんすか？」

「ハルカちゃん！　あのね、今年の夏服の話をしてたの」

「はあ、もう夏服の季節なんすね。早くないすか」

「そんなことないですよ。5月には店頭に夏服が並ぶので、気になるアイテムは今のうちにチェックしておかないと売り切れちゃうんです」

「へー、春名先生詳しいっすね」

女子会は烏丸先生も加わって3人になった。

好きな服の系統の話をしているようだが俺にはさっぱり分からない。

担当教師かつ趣味や見た目の年齢が近いからか、春名は早乙女先生と話す機会が多いようだった。

そして早乙女先生と仲のいい烏丸先生がそこに加わるのがいつもの流れだ。

「ねえヒトマくん、今日の放課後、数学準備室で一杯どうかな？」

「星野先生」

ぼんやりとひとりで考え込んでいたら、ほわほわと浮かれた様子の星野先生が、片手でくいっとジェスチャーをしながら話しかけてくれた。

俺はそんな星野先生になんだか安心感を覚える。

久しぶりの放課後コーヒーのお誘いだ。この様子だといい豆でも手に入ったのだろうか。

「ありがとうございます、ぜひご一緒させてください」

俺の返事に星野先生は「こちらこそありがとう」と嬉しそうに微笑む。

「……あの、星野先生。放課後の学校で飲酒するんですか？」

俺たちの会話が聞こえていたのか、春名が信じられないという顔でこちらを見ていた。

「あ、えっと……」

何か言わねばと思い、口を開いてみたが上手く言葉が出てこない。

始業式の教室での一件は本当にあれでよかったのか、未だに悩んでしまっているのだ。普段通りを心がけようとして、逆に固くなってしまうこの感じ。

一応謝罪も受け入れてもらえたのに、俺は上手く割りきれなくて。そんな自分が気持ち悪くて嫌だった。

「まさか。僕はコーヒーが趣味でね。ヒトマくんにはよく新作ブレンドの感想をもらっているんだ」

「わ、そうだったんですね！　すみません、私てっきり飲み会が始まっちゃうのかと思っちゃいました！」

ひゃーと口を押さえて恥ずかしそうに笑う春名に早乙女先生もつられて笑っている。

「ふふふっ、やだ、未来先生ってば、星野先生がそんなことするわけないじゃないですか」

「そっすよ、雪サンじゃあるまいし」

「ハルカちゃん!?　私、学校で放課後飲み会したことないよ！」

「はあ、そうでしたっけ？」

和気藹々とした空気の居心地の悪さに耐えられず、俺は手をつけていない昼食を持って、つい無言でその場を立ち去ってしまう。

やばい。春名を中心とした会話が盛り上がり始め、思わず廊下へ出てきてしまったけれど……余計にやらかしたかもしれない。こんなの感じ悪すぎないか⁉けれど、俺は今の春名にどう接したらいいか分からないでいた。

昼休みはあと15分もある。どうしようか。社会科準備室で仕事でもしようか。急ぎのものはないけれどいずれ手を付けなければいけない仕事がいくつかあるし……。

「あの！　ヒトマ先生、ちょっといいですか！」

階段へ向かうところで背後から呼び止められてしまった。

「春名……」

「会議室の鍵、借りてきました。すぐ終わるのでちょっとだけお時間いいですか？　今のうちにお話ししておきたいことがあって……」

チャリ、と春名は右手に握られた小さな鍵を俺に見せる。

会議室はすぐそこ、目の前だ。

無言は肯定と捉えたのか、春名はその鍵で会議室を開けた。

誰もいない会議室は少しほこりっぽい。

先月の卒業式後に職員で開催された飲み会の時はそれなりに綺麗だったのに、必要あるのか分からない大きなソファや運動会の横断幕が、いつの間にか奥の方に置いてある。この部屋の半分は実質倉庫になってしまっているようだった。

話って何だろう。

春名にどうぞと促され、俺はおそるおそる会議室へ入った。

春名も会議室に入ってドアを閉める。

なんだか変な緊張感が俺たちの間に漂っていた。

「その……ヒトマ先生、もしかして私のこと避けてたりします？」

「あ、いや、そんなことは……！」

突然の図星に俺はあからさまに動揺してしまっていた。こんな態度を取ってしまったら肯定しているようなものじゃないか。それに気づいて、俺はさらに変な汗が出てきてしまう。

「ふふ、大丈夫ですよー？　私もヒトマ先生の立場なら絶対に気まずいですもん。だから、私は気にしていないので、ヒトマ先生も全然気にしなくていいですよって言いたくて……でも他の方の前ではお伝えしづらいじゃないですか」

春名はにっこりと俺が気にしすぎないように、できるだけ軽く話してくれている。

どっちが生徒なんだか……。なんだか情けない気持ちになってきた。

「……それで会議室か」

「はいっ！」

他人に聞かれないよう気遣いもできるだなんて……俺とは大違いだ。

「あまりバレたくないですもんね。私たちがただの教師と生徒の関係じゃなかったって」

過去のことと割り切っている春名が、何故そこまで含ませたのかはわからない。

だが、その言葉で再認識させられる。

俺と春名は――問題のある教師と、そのせいで処分を受けた生徒。

「じゃあ、お伝えしたかったのはそれだけです。ヒトマ先生はこの後、初級クラスですよね？　では次にご一緒するのはホームルームですね。会議室の鍵は私が――って、ヒトマ先生お弁当ここで食べます？　それとも別の場所で食べる予定でしたか？」

俺の手に持っているコンビニ弁当を見ながら春名が提案をしてくれる。

「ああ……そうだな。せっかくだしここで食べるよ」

「わかりました。では鍵はここに置いておきますね」

鍵は、春名の手から会議室の机に置かれ、そのまま春名は退出した。

……俺は考えすぎなんだろうな。

春名は気にしなくていいと言っていたし、今日もわざわざ時間をとって話をしてくれた。

今はまだ、俺も混乱しているのだろう。

だから、春名が目の前にいることも、あの時のことを話したこともまだきちんと信じられていないのだ。普段通り。せめてそれだけでもできるようになろう。無理やりにでも続けていたら、そのうち自然に話せるようになる。きっと。

俺は大きくため息をついた。

こんな気持ちを、体の中から全て吐き出せてしまえたらと思って。

ふと時計を見たら昼休みはもう残りわずかだ。

俺はそんな複雑な気持ちを抱いたまま、机にコンビニ弁当を広げる。

すると——ガタン！と、突然奥のソファから物音がした。

「だ、誰かいるのか⁉」

やばい、春名との会話が聞かれてしまったか⁉

俺が春名のことを避けていたとか、ただの教師と生徒じゃないとか聞かれたくないことを色々と話してしまっていたことを思い出す。

変に勘ぐられたり、噂が広がったらどうしよう。俺も春名も、この学校で過ごしづらくなってしまう……！

俺はゆっくりと音のした方へ近づいてみる。

すると、ソファの向こうに、なにやらふわふわとした若草色が見えてきた。

見覚えのあるこのふわふわは、もしや。

「——うん。見つかっちゃったね」

「若葉、なんでこんなところにいるんだ……」

彼女にはまったく似合わない、古く安っぽいソファの向こうには、上級クラスの麗人こと若葉葵が小さくしゃがんで隠れていた。

＊＊＊

「カリンくん見てくれたまえ。放課後のぼくも美しいだろう？」

「ええ、本当に葵ちゃんは美しいと思うわ！」

「うん。何故だかわかるかい？」

「おいしいごはんを食べてるからっちゅね！」

「万智くん、その通りだ」

「その通りなの⁉」

「うん、冗談さ」

「葵ちゃんも冗談言うのね？　あまりそういうイメージなかったわ」

「うん、コミュニケーションでは時にユーモアも大切だからね」

「ゆーもあ？ってぇ、なにぃ？」

「面白要素ってことっちゅよ」

「ふうん？」

今日のホームルームも終わり、いつものように教室では雑談が始まっていた。

昼休みに会った若葉曰く、彼女はたまにあの会議室にいるらしい。

なんでも、ファンクラブの生徒が昼食時に追いかけてきてしまうため、会議室を避難場所として使っているそうだ。

鍵はどうしたのかと聞いたら、上級クラスに上がる時に校長からこっそりスペアキーを貸してもらっていたらしい。――「ひとりになりたい時はこの部屋を使うのねん。もし他の先生に何か言われたら、校長が許可してると言ってかまわないのねん」と。

なんとも校長らしい計らいだ。

保健室じゃダメなのかと聞いたら、他の生徒の迷惑になりたくなかったから、だそうだ。見つかれば烏丸先生にも迷惑がかかるし、何より本当に保健室を必要としている生徒に申し訳ないと若葉は言っていた。

若葉は俺と春名の会話について、何も聞いてこなかったが、念のために口止めをお願いすると彼女はこう返してきた。

「うん。もちろんだよ。この空に誓って、ヒトマくんの意思を尊重するよ」

若葉葵、エルフ。在学歴5年。人間になりたい理由は「自分の美しさを知らしめたいから」。

＊＊＊

――リーフ、今回のリフガルド防衛、完璧だったよ。

「うん。ぼくも一時はどうなることかと思ったけれど、仲間の力があったからね」

——次は何をしようか。

「そうだね。戦いで疲れたから、しばし休息が欲しいな」

——のんびりしたい気分ってこと？

「うん。それに、ぼくはリフガルドが大好きだから、もっとこの街の魅力を知りたいな」

——そうか、わかった。じゃあもっとリフガルドを見にいこう。きっとまた新しい店や施設ができているからね。そうだ、新しくきみの仲間になりたい子もいたんだった。

「ありがとう。先生は何でも知ってるね」

——何も知らないよ。全部リーフが教えてくれるんだ。

——この世界は全部、君が見せてくれたんだ。

＊＊＊

「おはよーう……って、どういう状況だこれは……漫画か？」

「センセ、おはよー」

いつも通り朝のホームルームをするため教室へ入ったら、生徒たちは黙々と漫画本を読んでいた。

「万智(まち)、次その巻貸してなの」

「うちゃみ読むの早くないちゅか？」

「お前が遅いだけなの」

「おーい、そろそろ朝のホームルーム始めるぞー。まったく……こういうのがクラスで流行(はや)る瞬間ってあるよなー」

「私の時も流行りましたね、クラスみんなで漫画の回し読み。まあ主に少女漫画でしたが」

「あら！　未来(みらい)先生は少女漫画に詳しいのかしら！　アタクシも少女漫画が好きなのだけれど、おすすめがあれば教えてほしいわ！」

「は、はい……ええと、どういった系統が好みとかありますか？　例えば、俺様系とか、同級生とか先輩とか……」

「もちろん先生を好きになる漫画が一番好みだわ！」

「なるほど、それなら――」

ああ……春名(はるな)は龍崎(りゅうざき)に捕まってしまったか……。

春名がどうかはわからないが、龍崎は少女漫画にかなり詳しい。作者買いをしている作品もかなりあると教えてもらったこともある。

俺は少女漫画は専門外なのであまり知らないが、龍崎は結構マイナーな雑誌の作品まで追っているほどの少女漫画好きなので、捕まったらなかなか放してもらえないだろう。

「まあ……今日は大事な連絡があるわけじゃないから大目に見てやるけど……。で、羽根田(はねだ)たちは何の漫画を読んでいるんだ？」

「んー？　なんだかんだセンセも興味あるんじゃん。えっとねー。ちょっと待って、確かこの辺に……」

羽根田は積まれた漫画本の中から一冊を取り出す。

「あ、あった。はいこれ。１巻だよ。結構面白いからセンセも読んでみなよ」

「いや、何の漫画なんだよ」


そう言って目を落とした表紙には、見覚えのある単語が書いてあった。

『樹上都市　リフガルド』

そしてそこにいたのは――若葉(わかば)だ。

俺はその表紙から目が離せなくなる。

そこには、自己紹介の時に聞いた単語、樹上都市リフガルドが故郷と言っていた生徒、若葉葵(あおい)によく似たキャラクターが漫画本の表紙で微笑(ほほえ)んでいた。

「うん。――わかりやすく言えば布教だよ」

「わっ！　若葉……」

突然、まさにその表紙にいる人物から声をかけられて、俺は大げさに驚き、漫画本を落としてしまった。

「うん？　ヒトマくんは知らなかったのかな？」

若葉はそんな俺を見てくすくすと笑いながら、俺が落とした『樹上都市リフガルド』の漫画本を拾ってくれた。動くたびにきらきらと光る羽が彼女の美しさを際立たせている。

「ぼくはね、ここから来たんだ」

　若葉は俺に漫画本を差し出す。

　俺はその本を丁寧に手に取った。

「『樹上都市リフガルド』？」

「うん、そうさ。実はぼくは先生に生んでもらった存在なんだ。だからぼくは、ぼくの美しさをこの世に知らしめて、そして――」

　若葉は空を指さして自信満々に宣言する。

「先生をこの世で一番の漫画家にするんだ！」

＊＊＊

――リーフ、ごめん。ごめんよ。

「先生？　どうしたんだい？」

――リーフ、冒険は好き？

「もちろんさ！　たくさんの場所を見ることができるからね」

――リフガルドのことは？

「大切な故郷さ。ぼくが守る場所だよ」

――リーフ、自分のことは？

「……先生？」

――ごめん、リーフ。もう君のそばにはいられない。

「先生、何があったんだい？　また何者かがリフガルド制圧を企てているのかい？　それとも――」

――僕の力が足りないせいで。

「先生、僕に何かできることはあるかい」

――僕も、本当はずっと君の世界が見たかった。

――君がこの世界の誰よりも愛されてるって証明したかったんだ。

＊＊＊

『樹上都市リフガルド』は、主人公リーフが自分の故郷を守るために戦ったり、仲間たちと一緒に都市を発展させたりするストーリーだった。

　ジャンルで言えば、日常寄りのバトルファンタジー漫画だろうか。

　熱い展開がありつつも、基本的には主人公のリーフとその仲間たちが幸せに暮らす優しい物語だった。

作者名は『青井夕暮』。

繊細でレベルの高い画力と迫力のある演出で、この『樹上都市リフガルド』にてデビュー。そして初めての連載だったらしい。

調べたらずっと他の作家のアシスタントとして活躍していて、ほぼプロアシスタントとして生計を立てていたんだとか。

「……すげー」

俺は自室のベッドの上で若葉に貸してもらった漫画を読んだ後、作者について調べていた。

若葉の『先生』が立派すぎて、俺は自分が情けなくなってくる。

比べるものでもないと思うけれど……。

青井先生は『樹上都市リフガルド』の連載が終わった後、次の作品を連載していた。

それはアニメも映画も作られた、誰もが知るメガヒット超有名作だった。なんなら俺も劇場版を見に行ったことがある。劇場特典だってまだ実家にあるだろう。

若葉……リーフのことは覚えているのだろうか。

これだけの作品を作ったニンゲンは、自分の過去作のことをどう思っているのだろう。

それに、若葉は「先生をこの世で一番の漫画家にする」と言っていたが、青井先生はもうすでにかなりの地位を確立している。

青井先生の現在連載している漫画雑誌を試しに買ってみたら、先生の作品が雑誌の表紙を飾って、かつ巻頭カラーで掲載も先頭、さらにはアニメ3期に向けたインタビュー記事が組まれていたり、新人賞の審査員までしているようだった。

若葉はそんな青井先生に、どうなってもらいたいのだろうか。

世間の評価は「長い下積み時代に、しっかり技術を磨いた実力派作家」で、すでに世界中でもかなり高い評価を得ている。

『樹上都市リフガルド』だって——俺は主にゲームオタクだから、漫画は人並みにしか知らなくてそこまでチェックできていなかったが、有名作家のデビュー作ということでそれなりの評価はされているようだった。

もしかして、若葉は青井先生のヒット作を知らない？　……いや、この学校でも、いろいろと制限はあるがインターネットでサイトの閲覧はできるし、ネット通販だってできる。初級クラスは事故防止のために電子機器の利用そのものが制限されているが、中級クラスからは、かなり寛容になっているはずだ。

つまり、ニンゲン社会の情報を得る手段なんていくらでもある。だから若葉が青井先生のヒット作を知らないなんてことはおそらく無いだろう。

うーん、考えれば考えるほど若葉の目的がわからなくなってきた。

今のままの評価では足りないのだろうか。

じゃあどこを目指しているのだろう。

しかも、自分の美しさを知らしめたいと若葉は言っていた。それってどういう状態を指すのだろうか。

どんどん疑問が出てくる。

こんなこと、俺が自分の部屋でぐちゃぐちゃ考えても仕方ないよなぁ。

けれど、これは若葉が卒業するために大事なことだ。

また頃合いを見て、若葉に聞いてみるとするか。

＊＊＊

「――はい、じゃあ今日の授業はここまで」

4限終了のチャイムが鳴り、俺はチョークを置いて教室を後にする準備をはじめる。

中級クラスの生徒は、初級クラスほどではないがそれなりにやんちゃで、少しニンゲン指導が多くなってしまうが、いわゆるやりがいは大きいとは思う。

「ねー、ヒトマ先生、質問なんですけどー」

「お、紺野（こんの）。なんだ？」

珍しいなと思いつつも、純粋に質問されることは嬉（うれ）しい。中級クラスの狐（きつね）――確か妖狐（ようこ）なんだっけ。

「あのっ、若様って上級クラスでどんな感じ？」

「へ？」

意外な質問に、つい間抜けな声が出てしまう。

そんな俺の様子など目に入っていないかのように、

紺野は他の生徒たちと「きゃー！　聞いちゃった！」
「でも気になるよね！」と楽しそうだ。
　ああそうだ、この子は確か、若葉のファンクラブに
も入っていたんだった。
「若様、中級クラスでもかっこよくて、ずっとあたし
たちの憧れで！　それで、今年から上級クラスに行っ
たのも納得ってゆーか、でも上級クラスのみなさんっ
て優秀でかっこよくて近寄りがたいじゃないですか、
だから聞くんだったらヒトマ先生だなーみたいな！」
　ぐいぐいくる生徒たちに、若葉への熱量を感じてた
じろいでしまう。
　好きの力ってすごいな……最近は『推し』という概
念が一般化されてきているが、これもそういうことな
のだろうか。
「いや、別に普通だと思うが……」
「は？　毎日素敵だと思うんですけど！」
「何の話だ」
「もー、ヒトマ先生は男の人だからそのへんわかって
ないよねー」
「それすぎ〜」
「あー、紺野、ヒトマ先生に若様の話聞いてんのー？
いいなー」
「へへー！　いいでしょ！」
　また別のファンクラブの生徒が集まってきたようだ。
だんだん他人ののろけ話を聞かされるような気分に
なってくるな、この会話。
「じゃあじゃあ、若様は誰と仲が良いとかってある
の？　あたし的には龍崎さんと仲良いのかなって思っ
てるんですけど！」
「へー、そうなんだな」
　俺的にはそこまで一緒にいるイメージはなかったの
で少し意外だった。
「先生、はぐらかさないで教えてくださいよー！」
「逆になんでそう思ったんだ？」
「だって！　２人が絡んだら……ビジュが良い！」
「なんじゃそりゃ……」
　堂々と言ったわりに何の根拠もないというか、ただ
の感想だ。

「ヒトマ先生わかってないなあ！　まず龍崎さんは高貴じゃん！」

「お、おう……」

もう俺はパワーに圧倒されて頷くしかできない。

「てかさー、龍崎さんはあたしたちみたいな一般妖怪や、そんじょそこらの畜生共とは違うじゃん？」

「畜生とか言うな」

「だってさあ！　万智とかなんで上級に上がれたか謎だし！　うちらの中でもわりと落ちこぼれだったのに！」

「根津には根津の良さがあるから」

根津はああ見えて……というのも失礼かもしれないが、勉強、特に理系科目はかなりできる方だ。生活態度——つまみぐいがひどすぎるという点は否めない部分ではあるが……。

「そ？　でもやっぱあるでしょ、そういうの」

「あーね？　格ってゆーかね？」

「龍崎さんはうちらとは違うよねー」

「そうそう。あたしもドラゴンってホントにいたんだって思ったし」

それを聞いて、俺は少々驚いた。

「……君らでもそう思うのか」

「あったりまえじゃん！　あたし、ずっとこの国にいるんだよ？　西洋の伝説級のドラゴン様なんて、言い伝えだと思ってたもん！」

俺からしたら妖狐もドラゴンも同じくらいファンタジー的存在だったのだが、彼女たちの間でもそういったことを思うのかと少し新鮮な発見だ。

「だから、若様の隣にピッタリだと思うんだよね！　絶対空気おいしいって！」

「あー……、龍崎も普通の生徒だし、あんまりそんな風に言ってやるなよ」

「えー」

不服そうな声だなぁ。

けれど、ドラゴンでファンタジー的存在でも、俺にとってはもうただの目の前にいるいち生徒だ。

龍崎も、若葉も。

「はあ……若様なんであんなにかっこいいんだろ……」

「もう俺帰っていいか？」

授業の質問かと思ったらそうでもないみたいだし、俺もそろそろ昼飯を食べたり次の授業の準備をしたい。

「ああ待って待って！　最後にいっこだけ！」

教室出る準備をする俺を紺野が慌てて引き留める。

紺野は言いづらそうに一度視線をそらして、おずおずと口を開いた。

「……若様って、あたしたちに好かれるの、迷惑って思ってたり……してそう？」

なるほど。本当に聞きたかったのはそれか。

「そういうことは、自分から若葉本人に聞いたほうが良いんじゃないか？」

他人に聞いても、ややこしくなるだけだろう。

「だってぇ……若様、推させてくれるわりに距離があるってゆーかぁ」

「あーね、たまにどっかいなくなるし」

「さっきウチが上級クラスを見た時もいなかった～」

「そうなんだ、一緒にご飯食べたかったんだけどな」

「そこも若様の魅力なんだけどね！　ミステリアス！」

「それな！」

もはやただの若葉の魅力語り大会になってきたので、俺は中級クラスの教室を出て職員室へと向かう。

そういえばさっき、紺野たちが「若葉はたまにいなくなる」と言っていたな。お昼を誘いに行った時にいなかった、とも。

職員室までの途中に、若葉が鍵を持っていた会議室がある。若葉は今日もそこに避難しているのかな。

様子を見に行ってみようか。

でも、若葉がひとりになりたくてそこにいるんだったら、俺は明らかに邪魔だよな。

それこそ……昔みたいに――。

「ヒトマくん、何を悩んでいるんだい？」

「気になる生徒がいるんだが、俺はどこまで首をつっこんでいいのやら――って、若葉！」

いつの間にか俺の後ろには若葉が立っていた。

綺麗な微笑みで少し首をかしげている若葉は弁当箱を片手に持っていた。

「……もう昼飯は食べたのか」

「うん、いつもの場所で食べたよ」

いつもの場所というのは、おそらく会議室だろう。

もしかして、俺が気付かなかっただけで、若葉は毎日ぼっち飯だったのかな。そういえばしばらく上級クラスの生徒たちと一緒にお昼の時間を過ごしていない。

自分のことでいっぱいいっぱいになりすぎていたことを、俺は少し反省する。

というか若葉はクラスに馴染(なじ)めていなかったりするのだろうか。お調子者の根津(ねづ)やしっかり者の右左美(うさみ)がコミュニケーション面では主にフォローしてくれると勝手に思っていたが、そんなものは教師のエゴだ。

「うん、ヒトマくんは何か悩んでいるようだね？」

キラキラ光る髪を揺らしながら、ふむふむと観察するように若葉が近づいてくる。

今、悩んでいたのはあなたのことです——とは言えず、かといって否定もうまくできなかった俺は何故(なぜ)かそのまま若葉に壁へと追い詰められてしまった。

「わ、若葉……？」

「ヒトマくん」

オレンジ色の瞳が上目遣いで俺を見る。

な、なんだろう、美形ってそれだけで圧がある。

「ちょっとぼくに付き合ってよ」

＊＊＊

連れてこられたのは会議室——だけど。

「ここは……」

「会議室だね。先日もぼくとここで会っただろう」

「そうだけど……」

前回この部屋に来た時に、何故俺の記憶にある会議室から変わってしまっていたのか疑問だったのだが、今その答え合わせがされた。

この空間を隠すためだ。

入り口はあの大きなソファと行事のために使う荷物たち。その奥には暗幕があり、それを抜けるとそこには優雅な秘密基地のような空間が広がっていた。

豪奢(ごうしゃ)な装飾が施されたテーブルと、それに似たようなイスが2脚。

小さな棚の中にはアンティークの小物や食器がお行儀良く並ぶ。実用性のあるインテリアみたいだ。

窓はお上品なレースカーテンが掛けられ、外からの視線を遮りつつも柔らかな光が室内に降り注いでいる。

まるでお茶会でも始まりそうな雰囲気で、それらは若葉(わかば)にとてもよく似合っていた。

「立ってばかりじゃあ疲れないかい？　ちょうどここにはイスが2脚あるんだ。ヒトマくんも座りなよ」

若葉に促されて俺は恐る恐る高級そうなイスへ腰掛ける。

視線を上げると、若葉は俺のことなんかそっちのけで、優雅に読書を開始していた。

……。

何か始まるかと思ったが、何も始まらない。

「えっと……」

「うん。なんだい？」

持っていた本から俺へと視線を移す若葉はなんだかとても絵になっていた。

「どうしてここに俺を連れてきたんだ？　何か話でもあるのか？」

俺の問いかけに若葉はきょとんと不思議そうな顔をしたかと思えば——。

「ふっ、あははっ！」

「笑うとこあったか？」

「ふふっ、いや、ごめんよ。確かにそれはぼくが言葉足らずだったね」

手に持っていた本をテーブルに置き、若葉は続ける。

「うん、ヒトマくんが悩んでいるように見えたからね。だから、こうして連れ出してゆっくりとした時間を過ごしてもらいたかったんだ」

「なるほど」

「納得したかい？」

「ああ、納得した」

若葉は「うん、それはよかった」と満足そうに微笑(ほほえ)んで、自分の読書を再開する。

うーん、若葉のことで悩んでいたのに、本人に慰められてしまった。

けれど、この様子だと、若葉も教室に馴染(なじ)めていないのとは違うのだろうか。

進んでひとりになっているというか……。

馴染めないというよりは、ただ団体行動が苦手なタイプなのかな。

あ、そうだ。

「『樹上都市リフガルド』読んだぞ」

そう言うと、本に視線を落としていた若葉は、弾かれたように顔を上げた。

「本当かい！　ありがとう！　ぼくの故郷は美しいだろう？　特に好きな場所は癒しの泉でね。くじけそうになると、いつも精霊たちに慰めてもらっていたんだ。あとは世界樹のてっぺんから見たリフガルドの景色は絶景だよ。晴れた日なんかはそこでよくご飯を食べたなぁ。ヒトマくんは好きな場所はあったかい？」

「あ、えっと……」

思わずこちらが言葉を失ってしまうくらい、満面の笑みとともに止め処ない言葉の嵐を向けられて、戸惑ってしまう。

いきなりめちゃくちゃ喋るじゃないか。

「……そうだな、若葉の言う通り、世界樹のシーンの見開きは綺麗だったと思うよ」

「うんうんっ！　そうだろう！」

キラキラと目を輝かせながら若葉は頷く。

若葉は『学園の王子様』みたいにクールに決めて整った笑顔だけを見せるタイプの生徒かと思っていたが、どうやら違ったようだ。

俺が思うより若葉は表情豊かで、心から自分の故郷を大切に思っているようだった。

目の前の若葉は、まだまだ故郷の魅力や、戦った相手のことを自慢げに話してくれている。

羽をきらめかせてジェスチャーも交えながら、漫画で見た内容を自ら再現してくれたり、ちょっとした裏話も教えてくれたり。

それにしても――。

「……キャラクターが実在するってすごいなぁ」

「うん。ぼくは先生の一部でもあるからね」

その言葉に呼応したかのように、少し風が吹いてカーテンが揺れる。

「それは……どういう意味だ？」

「そうだね、説明が難しいな。ぼくも校長に教えてもらった話だから、正確じゃあないかもしれないけれど……」

たはは、と若葉は困ったように笑いながら頭を小さく掻いた。

「ぼくはね、先生の生霊みたいなものらしいんだ」

「生霊!?」

「うん。校長先生曰く、ニンゲンの想いというものは強力らしくてね。たまにあるらしいんだ、ぼくみたいに無機物が意志を持つことが」

自分のこと無機物って言うんだ……。

そもそもキャラクターは無機物なのだろうか。

どちらかというと思念体か？

基本的には霊だのなんだのは信じていないが、目の前の若葉の存在は確かだ。

「ニンゲンが生きている間に想いを込めた存在は、その後も生き続けることがあるんだよ。——だからぼくは先生の一部で生霊のような存在なのさ」

「なるほど……」

そう言われると、若葉の言う生霊は付喪神の一種のような気がしてきた。

「若葉は卒業したら具体的にどうなりたいんだ？　ほら、美しさを知らしめたいってやつ。だってさ、青井先生は有名作家だろ？　だから、もう十分に評価されているんじゃないかって」

「うん？　ヒトマくんも先生のこと『先生』って呼んでくれるんだね」

「う、それは……オタクの性です……」

オタクは漫画家や作家のことを先生と呼んでしまう習性がある。

そんな俺の返答に若葉は少し笑って「うん、そうだねぇ」と顎に手を添えて首をかしげてみせた。こうして見ると若葉の動きはコミカルだが綺麗だ。

「人気というものはね、水物なんだよ」

少し目を伏せながら、若葉はぽつりと呟いた。

穏やかでやわらかい雰囲気だが、どこか寂しそうにも見える。

「ぼくは先生がずっと幸せでいてくれることを願っているんだ。ぼくも一応考えたのさ。もう連載が終わってしまって、進む時間も存在しない今のぼくが先生のためにできることは何か、ってね」

「それで若葉は、自分の美しさを知らしめることが先生の幸せになる……って思ったんだな」

「うん、ぼくはニンゲンになったら『リーフ』という子に憧れて努力した人として生きていくんだ。そんなぼくが有名になれば、先生の作品もさらに注目されるだろう？　ぼくと先生の物語は終わってない。まだぼくは先生の役に立てるんだ。実際、ぼくは誰よりも美しいし、コスプレで『リーフ』になりきっているニンゲンとして見ても完璧だ。だって本人なんだから！」

盛り上がっていく若葉とは逆に、俺はなんとなく不安な気持ちになっていった。

若葉の主張も理解できる。理解はできるんだが——。

「若葉、それって——」

「うん？」

昼休みの終了を告げる予鈴が鳴った。


ということは、5分後に本鈴がなって授業開始だ。

どうしよう。最後に一言だけ言うか？　でも、これは俺も質問するか迷っている内容ではある。

俺はじっと若葉を見つめる。若葉もそのまま俺を見つめ返していた。

「……そういえば、ぼくがここへ連れてきてしまったけれど、ヒトマくんはお昼は食べたのかい？」

「あ！　忘れてた！」

ついつい話し込んでしまって、飯を食うということを失念していた。

でも今日はカップ麺の予定だったから、そこまで惜しい気持ちはない。それより。

「やっべ！　次の授業の準備しなきゃ！」

「うん、ぼくも次は体育だから準備をしなければいけないね」

「よくその状況で優雅に茶をすすれるな!?　間に合うのか!?」

「うん、ここで着替えようと思っているからね。間に合うと思うよ。だからヒトマくん、ご退出をお願いできるかな?」

カップを置いた若葉は、そのまま自分の制服のリボンを外していく。

「す、すぐ出ていくから！　ちょっと待ってくれ！」

堂々と着替えを始めないでほしいし、誰もいない会議室に2人きりでこの状況はだいぶまずい。

俺は慌てて、奥の優雅な空間から、バリケード状になっている倉庫のような場所を抜けて会議室を出る。

「はあ……若葉も意外と思い切りが良すぎる……」

そうして俺は次の授業の準備をするために職員室へと戻った。

最後の質問はまた今度にしよう。

『——若葉の望みを、青井先生が拒否したらどうするんだ?』なんて。

俺もあの場ですぐに聞けなかった。

けれど、若葉の「青井先生のために」という望みは若葉が言っているだけで、青井先生はそんなこと望んでいないかもしれない。

今ならわかる。

一方的な感情から来る行動は、それだけで迷惑になってしまうことがあるってこと。

——昔の俺がそうだったように。

＊＊＊

「ヒトマ先生、今日は少しぼんやりさんですね?」

「あ……春名、先生」

放課後の職員室で俺は若葉のことを考えていた。

若葉の目標についての違和感をもう少し掘り下げてみたかったのだ。

「もうっ！　さっきから私が呼んでいるのに全然気が付いてくれないんですもん！　あーあ、無視されてるのかと思っちゃったー」

「すまん、ちょっと考え事をしていて……」

「どんな考え事をしていたんですか?」

「上級クラスの生徒のことだよ」

「ふーん？　それって私も力になれたりします？」

自分を指さしながらにっこりと首をかしげてみせる春名に、ふと昔の春名が一瞬重なる。

『助けたい』って思いは相手がそれを望んでいないとただの迷惑になる。それはただの余計なこと、だ。

俺は物語のヒーローなんかじゃなくて、ただの一般教師だから。

「ヒトマ先生？」

「あ……すまん」

「そんなに深刻なんですか？」

「いや、俺が考えすぎているだけだから。……若葉のことでちょっと」

「若葉さんですかー」

むむむーと春名は顎に手を当て考え込む。

「あっ、そういえば若葉さんの出てくる漫画、読みましたよ」

「お、どうだった？」

「私は基本的に少女漫画しか読まないので、ああいったファンタジー？みたいなお話は難しかったです。でも、絵がすごく綺麗で、若葉さんの活躍をもっと見たいなって思いました！」

そのまま俺が若葉のことを考えていた話は流れ、俺たちは軽く連絡事項のやり取りをして、その日は何事もなく終わった。

今日は正しく、『普段通り』ができたと思う。

＊＊＊

翌朝、俺はもやもやした気持ちを抱えながら学校へと向かう。若葉の目標のことは、考えても仕方ないとわかってはいるが……。

「はあ……」

「ひぃ～？　ふ～へほぉ～。せんせぇ、溜息と深呼吸ってどう違うのぉ？」

「小此鬼……ひとまず、おはよう」

ゆるゆるの雰囲気に重い気持ちも抜けていく気がした。小此鬼は「ふへへぇ、こんばんはぁ」と頓珍漢な挨拶を返すが、俺はツッこむ気力もないのでスルーする。

「朝の挨拶はおはようなの。マキ、挨拶くらい初級クラスでもできるの」

「うさみぃだぁ、おはんちわぁ」

「喧嘩売ってるの!?　ちなみに溜息と深呼吸は吐く息の長さが違うの」

「うさみぃものしりだぁ～。すごいねぇ」

登校してきた右左美に小此鬼は抱きついてすりすりと頬ずりをしている。

「んなあ！　マキ！　暑苦しいの！」

「えへへぇ」

右左美に怒られているのに小此鬼はなんだか嬉しそうだ。

「朝からあんまり暴れんなって」

「マキは適当すぎるの。馬鹿なの！　無知がすぎるの！　わざとなの!?　あと勝手にべたべたすんなの！」

「こら、右左美。言い過ぎだぞ」

「ぬ……」

右左美も勢いで言ってしまったものの、その自覚はあったのかバツの悪そうな顔で頭を下げた。

「……馬鹿は言い過ぎたの。ごめんなの」

「いいよぉ～の、ほっぺ～」

小此鬼はへらへらと笑って両手でオッケーマークを作り自分の頬にあてていた。

なんだそのポーズは。

でも注意するのは右左美だけではない。

「小此鬼も――」

一瞬、小此鬼に注意しようと思ったことが、最近の俺の周りのことと重なり、若葉のこと、そして春名のことが脳裏によぎる。

「ヒトマ？」

我に返ると、右左美が不思議そうに俺の顔を覗き込んでいた。

「いや、なんでもない。――自分が良くても他人は嫌だったりするから、あまり自分勝手な行動はしないように」

今の俺は、そんなことを言える立場なのだろうか。

だが小此鬼はそんな俺の気持ちなんてもちろん知るはずもない。素直に嫌そうな顔をしている。

「え〜、やだぁ」

「反省しろなの。怒られている自覚あるなの?」

「嘘だよぉ。わかったぁ。あ、あそこにいるのはまっちーだぁ。じゃあマキ、まっちーのとこぉ、行ってくるぅ」

じゃあねぇ〜と俺と右左美に敬礼のポーズをした小此鬼は、速いんだか遅いんだかわからない歩き方で、少し先にいるねずみ色の髪をした2人組の方へふわふわと歩いていった。

まったく……小此鬼はどこまでもマイペースだ。

「マキは今年初めて同じクラスになったの。変な奴なの」

隣にいる右左美が呆れたように溜息をついている。

「右左美は他の生徒とはクラスが被っている時期あったのか? 今の上級クラス以外で」

この学校はニンゲンの学校と同じように学年ごとに持ち上がりで進級することはない。

各クラスの成績優秀者のみ進級する形だ。

「トバリはずっと上級クラスだから今だけなの。カリンとマキも進級のタイミングが被らなかったから、2人も上級クラスだけなの。万智は中級クラスで一緒の時期があったなの。万智はずっと変わらないの。ご飯と妹が好きすぎるの。葵は——」

そこまで他の生徒のことをいろいろと話してくれていた右左美が、急に止まって少し考える。

「葵は、前はあんな感じじゃなかったの」

「あんな感じって?」

「もともと華美ではあったの。確かに見た目は派手なの。でも、中身はあそこまでがっついてなかった気がするの。もっとおとなしいタイプ……雰囲気は一咲みたいな、あんまり主張しない地味な感じだったの」

「マジで!?」

それはかなり意外だった。

「そうなの。本が好きで、自分が出てくる本をいつも読んでたの」

「今の若葉とは全然違うな……」

「あと葵が出てくる本のことも、当時はほとんど教えてくれなかったの」

「今はあんなに布教してるのに!?」

「おすすめすることを布教って言うなの？」

……人に何かを勧めることを布教って言うのはオタク語か。

「でも右左美は3年前の葵しか知らないの。もしかしたらこの3年で何かあったのかもしれないの」

「そうか、右左美が上級クラスに上がったのは2年前だから……」

「……今年こそは卒業したいの」

「そうだな」

俯いてぎゅっとスカートを握る右左美は、もう上級クラスで2人の卒業を見送っている。

最初は卒業にかなり近いところにいたが、2年前の無断外出の代償はあまりにも大きすぎた。

けれど、あの外出は右左美にとって絶対に必要なものだったのだ。

そう思うと、初期の右左美の「恩返しがしたい」という目標と若葉の目標は、自分以外の誰かのためにという点で似ている気がする。

誰かのため……本当に似ているのか？

「ちょっと違う気がする……」

「んな？　何がなの？」

「右左美、聞いていいか」

「聞きたいことがあるならさっさと聞けなの」

ふんっとふんぞり返る右左美の姿に、俺は不思議な安心感を覚えた。右左美は冷たそうだけど、なんだかんだ面倒見がいい。

「右左美は最初の目標で『お世話になったニンゲンに恩返しがしたい』って言ってただろ？」

「そうなの。今も根本は変わってないの」

「それって、具体的には『木崎彗子さんの家で一緒に暮らしたかった』ってことだったのか？」

右左美は、まっすぐに俺の目を見て答える。

「そうだけど、それだけじゃないの。一緒に幸せになりたかったの。せいこちゃんと過ごした時間へのありがとうを、右左美は伝えたかったの。……今もそうなの」

小さい声で付け加えられた最後の言葉は、とてもやわらかくて暖かい声色だった。

右左美の今の目標は『お医者さんになりたい』。木崎さんと過ごした時間で右左美が得た、新しい目標だ。

「それは、一緒に暮らした『うさみ』として？」

「……それはわかんないの。せいこちゃん次第だったの。右左美が『うさみ』だって信じてもらえなかったら、右左美はただの近所の子になろうと思ってたの」

「そうだったんだ、ちょっと意外だな」

右左美ならもっと木崎さんに関わっていってたような気もするが。

「せいこちゃんが幸せなら、右左美はそれでいいの。困らせたいわけじゃないの。右左美の最初は、せいこちゃんがひとりで泣く日がなかったらいいのにって思っただけなの。せいこちゃんの隣に、誰かニンゲンがそばにいてほしかったの。……ぬいぐるみじゃできないことが多すぎるの」

右左美はそう言って、また俯いてしまった。

その姿に俺の罪悪感が募る。

「……ごめん、朝からする話じゃなかったかもな」

「そんなことないの！　せいこちゃんのこと、ヒトマが知っててくれて右左美は嬉しいの！」

バッと顔を上げて右左美は俺の方へと近づく。

「ヒトマ、またせいこちゃんの話聞いてほしいの。右左美も忘れたくない思い出がいっぱいあるの！」

「うん、わかった。ありがとうな、右左美」

下駄箱に到着して右左美とは別れた。

校舎の正面玄関から見えるたくさんの瓶の中には、どれもキラキラとした石が入っている。

右左美の瓶も、２年前に空っぽになった時から随分と溜まっていた。

＊＊＊

登校中に右左美から聞いた、若葉が昔と違うというのはどういうことだろうか。

何か心境の変化があった説が俺の中で有力だが、少し他の先生にも聞いてみようか。

「――若葉(わかば)さんかぁ、そうだね、ヒトマくんの言う通り、３年前までは大人しいタイプの生徒だったよ」

まずは星野(ほしの)先生。

俺のことをずっと気にかけてくれる良(い)い先輩だ。

３年前までは――か。ちょうど右左美(うさみ)が中級クラスにいたタイミングで、若葉に何かあったのだろうか。

「成績は優秀で、大人しいって言っても引っ込み思案とかそういう感じじゃなかったよ。クラスの友達とも普通に喋(しやべ)ってたみたいだし。ほら、今は若葉さんのファンクラブのメンバーの３人とかさ」

「ファンクラブっていつからあるんですか？」

「２年前くらいかな？　若葉さんが『自分の美しさを知らしめる！』って言って、あの３人がそれに協力する形になったみたいだね」

星野先生によると、ファンクラブは若葉に変化があってから作られたみたいだ。

「――若葉さん、とっても素敵ですよね！　私がこの学校に来た時には物静かなイメージでしたが……。ヒトマ先生が来た年、くらいですかね？　突然今みたいに、とっても元気な子になってて――」

早乙女(さおとめ)先生は今日も少女のような可愛(かわい)さで朗らかに話してくれる。

「早乙女先生はいつからこの学校にいるんでしたっけ」

「私が教師としてこの学校に来たのは、ヒトマ先生の１年前ですよ」

「え!?　もっと長いと思ってました！」

１年前……そうなんだ……だがなるほど。だとしたら若葉に変化がある年だ。

「あの頃は、若葉さんにはよく美容の相談されたなぁ……。今まで何もしてこなかったけど勉強するんだって張り切っててすっごく可愛かったんですよ」

ふふっと思い出し笑いをする早乙女先生も可愛いらしいですよ、と言いそうになるのを星野先生の顔を思い浮かべながらグッと我慢する。

早乙女先生は既婚者、早乙女先生は既婚者……。

「――え、若サンすか。若サンはあんま保健室来ないすね」

「まあ、そうですよね。用事がないとなかなか来ないですよね」

烏丸先生にも一応話を聞きに来たが、言われてみれば確かにそうだ。俺も学生時代に保健室に行った記憶はほとんどない。自慢じゃないが、学生時代はなかなか健康かつ優秀で――。

「てか、もしあっても自分は言わないすかね。ケガ以外で保健室に来ることがある時って、あんまり人に言われたくないんじゃないすか、たぶん？」

そうか。保健室はいわば生徒たちの避難所でもある。

「すみません、それは俺の想像力が足りませんでした」

「別にいっすよ。自分、なんも気にしてないんで。てか自分も最近になって思うところもあったたってゆーか？　あ、でも――ヒトマ先生」

烏丸先生は少し目を伏せて、俺を試すようにじっと見つめてきた。

校長と同じ黄色の瞳が、まるで野生動物に睨まれているようで俺は緊張してしまう。

「気になることがあるなら、本人に聞いてみるのもいいかもしんないすね」

「……はい」

他人に聞きまわるより、生徒自身と向き合えと言われた気がした。

本人に聞こうと思わなかったわけではない。

ただ、俺は迷ったのだ。

どこまで本人に聞いてしまっていいのだろうかと。

先日の紺野の気持ちがよくわかる。俺も同じことをしてしまっていた。これはかなり……反省だな。

「あっ」

烏丸先生が何かを見つけたのか、俺の後ろへ目を向ける。

「あー……あと、ヒトマ先生はタイミングも悪かったかもしんないすね……？」

気まずそうに頭をかきながら目をそらした烏丸先生が見ていた先には――。

「うん、どうやらヒトマくんは、ぼくのことが知りたいようだね？」

若葉葵が立っていた。

＊＊＊

「――若葉」

「もー、若サン。びっくりしたじゃないすか。あのまま隠れてる感じかーって思ってたのに、音も立てずに出てくるんすもん」

「うん、驚かせてしまったね」

全く気が付かなかったが、若葉はカーテンに隠れているベッドの方から出てきたようだった。

「まあ、正直さっきまで『若サン今いるんだよな～、この話題気まず～い』って思ってたんで全然大丈夫っすよ」

そんなに前からいたのか……。

「うん、まあ……出てきたら出てきたで、ヒトマくんが気まずくなるだろうなとは思ったけど、ぼくの話題だしいいかなと思ったんだ」

若葉の言う通り、今の俺はだいぶ気まずいが、ここはもう開き直って、直接全部聞いてしまおうか。

「若葉、その――」

「3年前はね、先生の新連載のアニメ放映が始まった年なんだ」

俺の言葉を遮って若葉は語りだした。

落ち着いた口調で、薄い微笑みをその綺麗な顔に浮かべながら。

「ぼくの時とは大違いでさ。読者の量も期待も、展開も全部全部とても大きく見えて、先生はぼくのことなんか忘れちゃったのかなって思ったんだ」

「……それで変わろうって思ったのか？」

若葉はそっと目を閉じる。

「うん、ぼくがニンゲンになれた時に、リーフのことを思い出してほしかったからね」

「――ほい、とりあえずなんか長くなる予感がしたんでお茶淹れといたっす」

「そんな、ご丁寧にありがとうございます」

「うん、ありがとう」

「自分は退出した方がいいっすか？」

「ハルカくんもここにいて問題ないよ。すまないね、場所を借りてしまって」

「ぜんぜんいいっすよー、この学校の養護教諭はヒマなんで」

みんな健康すぎるんすよね、と烏丸先生は笑った。

カップから、ふんわりと湯気が昇る。

この紅茶はなんの香りだろう。名前はわからないが落ち着く香りだ。

若葉は俺の隣へ座って、烏丸先生が淹れてくれた紅茶に口をつける。

「うん、おいしい」

「あざーっす」

「それで――ああ、先生が大活躍した時の話だね」

カップをそっと置いて、若葉は話し始める。

「誤解のないように言っておくけれど、先生の活躍が嫌だったわけじゃないんだ。ただ、……それがぼくだったら良かったのにって思っただけさ」

若葉が自分の髪をくるくると自分の指に絡ませて軽くはじいた。

「だって、ぼくは先生が生んでくれた存在なんだから。先生のために生まれて、先生のためにニンゲンになろうとしている存在さ。先生が必要としてくれるかわからないのに、どうしてここにいるのかわからなくなった時もあったよ。ニンゲンになったって、先生はぼくのことに気づいてくれないいんじゃあないかって」

一気に喋った若葉は、小さく溜息をつく。

「……今もまだ、そう思っているよ」

若葉は全部わかっていた。

俺が心配していたこと、全部。

てっきり俺は、若葉が青井先生のことを考えていないと思っていて、否定された時のことを妄信しすぎていた。

けれど、そうじゃなかったんだ。

若葉の言葉が強いのは、若葉が怖がっているからだ。

若葉が自信家に見えるのは、自信が無いからだ。

若葉はまた紅茶に口をつける。

「うん。――だけどね、ぼくは主人公だから。だから、今の自分でも先生にできることを考えたんだ。先生には必要ないことかもしれないけれど、もうぼくはぼくとして生まれてしまったから。道を示してくれる先生はもういないって知ったから。だから、ぼくは自分で考えて、選んで、ひとりで進んで行くんだ！　先生とぼくの世界をひとりでも多くのニンゲンに知ってもらうために！」

大きく手を広げて、若葉(わかば)は野望を語る。

きらきら光る羽もその動きにつられて大きく揺れた。

若葉は――少し危うい。あまりにもまっすぐすぎる。

「若葉」

「なんだい、ヒトマくん」

輝きに満ちたその瞳も、今はなんだか不安定に見えた。まっすぐすぎる想いは、折れやすくて脆(もろ)い。

「若葉は青井(あおい)先生と自分以外に大切なことはあるか？」

「うん、そんなものあるわけないよね。ぼくの世界は『樹上都市リフガルド』の中だけだよ」

「そっか……」

予想はしていたが、ここまではっきり言われるとは思わなかった。

烏丸(からすま)先生は俺と若葉の会話を何も言わずに聞いている。――あ、目が合った。と思ったら烏丸先生は若葉の方を向いた。

「……若サン、自分喋(しゃべ)っていいっすか」

「うん、なんだい？」

「学校、楽しいっすか？」

「……」

若葉は無言で薄い笑みだけ浮かべている。

そして数回瞬(まばた)きをして、何かを言おうと口を開いたようだが、何も発さずぎゅっと口を閉じてしまった。

「楽しくないっすか？」

「そんなことはないよ！」

こっちは即答だ。

「そんなことはないんだけれど……」

弱々しい声で若葉が俯(うつむ)く。

先ほどの自信にあふれた様子とは大違いだ。

「……先生のいない場所で楽しいと思いたくない」

それは、そばにいる俺がギリギリ聞こえるくらいの小さい声だった。もしかしたら、烏丸先生には今の若葉の声は聞こえていないかもしれない。

保健室に重い沈黙が流れる。

若葉は青井先生のことをどう思っているのだろうか。最初は尊敬かと思っていたが、執着の感じから、もっと別の何かのような気がする。

「――そういえば若サン、足の具合はどうなんすか？」

「足？」

そういえば若葉はなぜ保健室にいたのだろう。

「足、どうかしたのか？」

「うん、あの部屋、物がたくさんあるだろう？　それに躓(つまず)いてちょっと捻(ひね)ったようでね。でも大丈夫だよ」

若葉は立ち上がってぴょんぴょん跳んでみせる。

あの部屋、物がたくさんある会議室のことか。

烏丸先生は若葉が会議室の鍵を持っていることを知っているのだろうか。

「うん、そういうわけだから。ぼくは大丈夫だよ。心配をかけてしまったのならすまないね」

そう言って若葉は椅子から立ち上がり、保健室から退出しようとしていた。

どうしよう、俺はまだ何か言いたいことがあるような気がする。若葉にもっとクラスに馴染(なじ)んでもらいたいし……ええと、こういう時にできること、できること――。

「若葉！　タコ焼きは好きか？」

「…………うん？」

咄嗟(とっさ)に出たのは、自分でも謎の質問。

ここまで困った顔をした若葉を俺は初めて見た。

＊＊＊

「え――――！　これ全部ちぇんちぇーのおごりっちゅかぁ――！　悪いっちゅよぉ！　ちゅへへへへ……」

「わぁ、まっちーのよだれぇ、すごぉい」

「汚なすぎるの……」

まっちーのよだれで池作っちゃおぉ、とかなんとか言っている小此鬼たちが具材を切る班、他の3人は焼き班だ。

懐かしいな、この感じ。

1年目の時に尾々守が提案してくれたっけ。

若葉と話してて俺の脳裏に思い浮かんだのは、尾々守の「一緒に何か作って食べたら、重めの相談もさらっといけるっしょ！」だった。

その説が本当かはわからないが、ひとまず現状は良い雰囲気で進行している。

俺は焼き班のガスコンロの準備をする。

「センセ、今回はちゃんとタコなんだ？」

同じ焼き班の羽根田が話しかけてきた。今はまだ火をつけていないので暇そうだ。

「おう、みんなタコも食べられるっぽいからな。2年越しの本物のタコパだ」

「前回はコンパだったもんねー」

「コ、コンパ!?　それはいかがわしくないかしら!?」

「ちぇんちぇ〜、やらしっちゅな〜」

「違う違う！　誤解だから！　コンパって言うのはコンニャクパーティーの略で——ってひそひそ話すんな！」

だって……ねえ……っちゅ……と龍崎と根津が小声で何か言っている。悪ノリ半分といったところだろうか。

「あはは！　うけんね！　でもマジでコンニャクでさー」

よかった……羽根田が龍崎と根津に当時の思い出を話してくれるみたいだ。これで誤解されずに済む。

さて、若葉の様子はどうだろうか。

いつの間にか若葉は右左美と小此鬼と一緒に喋っているようだった。

「そっちはどんな感じだ？」

「うん、万智くんとぼくが班を交代することになったよ」

「万智はふらふらしすぎなの」

「でもぉ、まっちー焼くの上手っぽい気ぃするぅ」

「飯のこと大事にしてそうだもんな。あ、俺もこっち手伝うよ」

「わあい、ありがとぉ」

手伝うといってもタコを切っていろいろ混ぜるだけだから、あまりやることはないが。

とりあえず、散らばっているゴミを片づけてゆく。

「そういえばアタクシたち、葵ちゃんと一緒にご飯食べるのは初めてね」

「うん、そうだね」

「そうだねじゃあないっちゅよー！　若ちゃますぐどっか行くんちゅもん！」

「中級クラスの生徒とご飯食べてるなの？」

「え～？　でもぉ、若しゃまぁ、中級クラスの時もぉ、結構どっか行ってたよぉ？」

羽根田以外の生徒たちがじりじりと若葉の周りへ詰め寄っていく。

若葉は一瞬困った様子を見せたが、スッと人差し指を立ててウインクをする。

「うん、内緒さ。少しくらいミステリアスでいたいからね」

「問答無用の顔面で圧をかけてくるっちゅ……！」

若葉はそんな根津の突っ込みにも笑ってかわしていた。

やはり1年目の時みたいに、タコパは交流が深まるきっかけにはならないのだろうか。

若葉にとって、学校が楽しい場所になればいいと思ったのだが……。

「えー、でもさ、若葉ってあんまアタシたちと絡みたくない感じ？」

場の空気がほんの少し緊張する。

タコ焼き器にタネを流し込みながら問いかけたのは羽根田だった。今日はいい天気だね、くらいのテンションで。まるで何事もないかのように。

「そ、そんなことは……」

突然の質問に若葉も歯切れの悪い返事だ。

羽根田はそんな若葉を一瞥して続ける。

「えー、だって若葉は全然自分のことも教えてくんないしー、なんか避けられてるみたいって思うのも嫌だしー？」

「あら？　葵(あおい)ちゃんは自分のことをよく喋(しゃべ)っていないかしら？」

「それ全部昔話じゃん」

　はっとした。

　確かに、若葉(わかば)はよく自分の話をするが、今の自分が何をどう感じたかの話はほぼしていない。

「だから、若葉とどれくらいの距離感でいたらいいか教えてほしいっていうか。あんま近づきすぎて嫌な思いさせるのも違うでしょ？」

「そんなことないっちゅ！」

「根津(ねづ)？」

「ぢゅー！」

　思いきりほっぺたを膨らませている。

　これは……ちょっと面白い顔になっているが怒っているのか？

「万智(まち)が怒ってるのあんま迫力ないなの」

「あ、俺もちょっと思った」

「ぢゅー！」

「ごめんて」

　威嚇してきた根津に謝罪したが、根津はプイっと羽(は)根田(ねだ)の方を向く。

「万智は！　若ちゃまとも仲良くしたいっちゅもん！　若ちゃまが万智と仲良くしたくなくても、万智はそう思ってっちゅから！」

「うん、ありがとう」

　若葉は作り物のように綺麗(きれい)に微笑(ほほえ)む。

　本当はどう思っているのかは、誰にもわからないような笑顔で。

「ちゅふふ～！」

　根津が座っている若葉にぎゅっと抱きついていった。

「まっちー、ごきげんだねぇ」

「ちゅへへ、若ちゃま、万智は若ちゃまのこと大好きっちゅからね～」

　すりすりと根津は若葉に頬(ほお)ずりをする。若葉は少し迷って、ふわふわと根津の頭を撫(な)でていた。

「もー、万智ってば……アタシもさ、若葉と仲良くしたくないわけじゃないから」

やれやれと羽根田が小さくため息をつく。

「あ、俺も焼くよ」

そういえば羽根田がずっとタコ焼き器の面倒を見ていた。

「ありがとー、センセ」

「アタクシ、零先生が焼いたものがいいわ！」

「はいはい」

「ちゅー……」

根津は若葉を守るかのように羽根田を睨んでいる。

「そんなに威嚇しないでってばー、でもアタシ心配だったんだよねー」

「何がっちゅか？」

「若葉のこと」

当の若葉はきょとんとした顔で羽根田を見ている。

「社交的っぽいのに全然絡まないから、嫌われてるのかなってちょっと思ってた」

「そんなっ……！」

「わっちゅ！」

突然立ち上がる若葉に根津が驚いて後ずさる。

それに気が付いた若葉は、慌てて根津の方を振り向いた。

「あ、万智くん、すまない」

「だいじょぶっちゅー」

羽根田は何も言わずに2人を見ている。

「うん、トバリくん、ぼくは君たちのことを嫌ってなんかいないさ」

「そ？　ならよかったー。だって寂しいじゃんね」

「うん？　寂しい？」

「ちゅ！　それはちょっとわかるっちゅ！　若ちゃまと遊べないのは寂しっちゅ！」

「寂しい……」

「何考え込んでいるの？」

「いや……」

「マキがぁ、教えてあげよっかぁ？　寂しいっていうのはぁ、ずっと一緒にいたいってぇ、ことなんだよぉ？」

「珍しく本当のこと言ってるなの」

「えぇっ……？」

小此鬼のこんな顔初めて見た。そんなに目、開くのか。

「なんでそんなに驚いてるなの？」

「えぇ……そうなんだぁ……」

「うん、マキは適当なことを言ったつもりだったみたいだね」

「とんだラッキーなのかしら？」

「ラッキーじゃないちゅか」

「本人はなんかしょんぼりしているが」

もうしなしなになっている。小此鬼は顔芸できるタイプかもしれない。

「──まあ、とにかく」

羽根田が皿にタコ焼きを盛り付けていく。

「これからもこのクラスでよろしくってことで！　タコ焼きいっちょ上がり～」

羽根田の手の上にある皿には、綺麗な焼き色のタコ焼きがきっちり並んで盛り付けられていた。

「ちゅ～！　食べるっちゅ！　食べるっちゅ！」

「根津は焼く方もやるんじゃなかったか？」

「は！　そうっちゅね！　……ちゅふふ、焼きたてが食べられるってことっちゅね！」

「ちゃんとみんなの分も考えとけなの」

「善処するっちゅ」

「瞳がまっすぐすぎて嘘っぽいの……」

「零先生、アタクシにも……ちょーだい？」

「はいはい、ちょっと待ってな」

──そうして俺たちはわいわいとタコ焼きを消費し、根津は全部で１３０個くらい食べていた。

＊＊＊

「ぢゅうううー……、ちょっと食べすぎたっちゅー……」

「うん、ちょっとどころじゃないね」

「調子に乗りすぎなの」

「だってぇ……ちぇんちぇーのおごりっちゅから……」

「頑張った理由それなのか……」

呆れつつも、やや心配だ。

パーティーも終わり、羽根田と龍崎と小此鬼は寮の当番があるらしく、先に帰ってしまった。

今ここにいるのは根津と右左美と若葉だけだ。

「万智くん、寮まで歩けるかい？」

「……若ちゃまが一緒なら歩けるっちゅ」

「今日の万智は葵にべったりなの」

「ごめんちゅうちゃみ、万智がいなくて寂しっちゅよね」

「黙れなの」

「まあまあ……」

根津の様子が心配ではあったが、冗談を言う余裕はあるみたいで少し安心する。

それにしても本当に今日の根津は若葉とよく一緒にいる。

「若ちゃま、学校楽しっちゅか？」

「え……？」

戸惑う若葉と一緒に俺も少し動揺してしまう。

その質問は先日、烏丸先生が若葉にした質問と同じだ。

「……どうしてだい？」

若葉は根津に聖母のように優しく微笑みかける。

「……万智は千結に会いに行くために時々初級クラスに行くんちゅ」

ぽつりぽつりと根津は話し始めた。

「それで、初級クラスって保健室の階段をはさんで隣じゃないちゅか。だから——聞くつもりはなかったんちゅけど、ハルカちぇんちぇーとヒトマちぇんちぇーと話してたこと聞いちゃったんちゅ」

「うん、そうだったのか……」

根津も盗み聞きはよくないとわかっているので、言いづらそうだったが、若葉のことをほっとけなかったのだろう。若葉は、そんな根津の話を静かに聞いていた。

「それで、万智が若ちゃまの楽しいになればいいなって思ったんちゅけど……ぢゅ……調子に乗りすぎたっぢゅねぇ……」

「根津、大丈夫か。吐きたかったら吐いてもいいんだぞ」

「いやそれは万智のプライドが許さんちゅ。死んでも吐かないっちゅ」

　じゃあそこまで無理して食うなよと思ったが、根津のために今は言わないでおく。

「万智は食べ物を愛し、食べ物に愛された結果、ニンゲンになろうとまでしてるネズミっちゅよ？　ただのご飯好きとは覚悟が違うんちゅよお！」

「……確かに」

「それはそうなの」

「この学校でもなかなかいないっちゅよ？　みんなニンゲンになりたい目標が立派なんちゅもん。恩返しがしたいっちゅとか、嘘つきたくないっちゅとか、みんないろいろあるっちゅけど！　万智は！　美味しいご飯が食べたいからっちゅ！！！！」

「ふっ」

　俺は最初その声の主がわからなかった。

　だっていつもそんな風に笑うなんてことはなくて。

　綺麗に、上品に、誰からも好かれるような笑顔ばかりだったから。

「あっははは！」

　それは若葉の笑い声だった。

　屈託のない笑顔で、はしたないと思われるほどの大きな笑い声をあげていて。

「あはは！　なんだいそれ！　万智くん！」

　大爆笑だ。若葉が腹を抱えて笑っている。

　俺と右左美は驚いて、つい顔を見合わせてしまった。

「あはは！　万智くんの目標も素敵なのに、そんな言われ方をすると楽しくなってしまうじゃあないか！　あはは！　ああ、笑いすぎて涙が出てきたよ！」

「ちゅふふ！」

　根津は嬉しそうに若葉の周りをくるくると回る。

「ごはんちゅ〜♪　ごはんっちゅ〜♪　たらふく♪　ほかほか♪　ごはんっちゅ〜♪」

「ははっ！　もう！　万智くん！」

「ちゅはは！　これでもう、若ちゃまは学校で楽しく過ごすしかなくなったっちゅね！」

　涙をぬぐいながら若葉は少し考える顔をしていた。

「ふふ、どうだろうね？」

「ちゅが――――ん！」

ショックを受ける根津に、というより今の若葉は根津のすべてにツボってしまっているのだろうか。めちゃめちゃ笑っている。

「あははっ！　そうだな、学校が楽しいかはまだわからないかもしれないね。でも――」

若葉はかがんで根津の手をとる。

まるで物語の王子様のように。

「万智くんと一緒なら……ふふっ！　楽しいかもしれないね」

それはキラキラの瞳と、少し不格好な笑顔。

若葉の瞳にきらめいていた光は、笑いすぎた涙だけじゃないような気がした。

「そうに決まっているっちゅ！　だって万智っちゅよ？」

「自信ありすぎなの」

「でも根津はそういうパワーあるよ。というか、調子は大丈夫なのか？　くるくる飛び回ってたりしていたが……」

「ぢゅ……」

根津の顔がみるみる青ざめていく。

「忘れてたっちゅ……」

「根津――――！」

――そうしてぎりぎりのところで耐えた根津は無事寮へと戻り、事情を知った千結ちゃんにしっかり怒られて、次の日はお腹に優しいものしか食べさせてもらえなかったそうだ。

＊＊＊

「うん、失礼するよ」

「いらしゃーす」

「若葉、俺まで呼び出してどうしたんだ？」

タコ焼きパーティーから数日たったある日、俺は若葉に保健室へと呼び出されていた。烏丸先生も一緒だ。

「うん、心配かけたと思ったからね、その報告だよ」

若葉はいつものように綺麗な笑顔で白い歯を見せる。

「この前、ハルカくんがぼくに聞いてくれただろう？

『学校は楽しいか』ってさ」

「あー、そっすね」

「ぼくはね、先生のいる世界がすべてなんだ。だから――最初はそうじゃなかったと思うのだけれど、だんだん……うん、だんだんだね、先生のいない世界に価値なんて無いと思ってしまっていたみたいなんだ」

焦っていたんだね、と若葉はバツの悪そうに髪を触る。

「けれども――本当はぼくもわかっていたんだ、ぼくは先生の世界から飛び出してここに来て、いろんな楽しいことがぼくを待っていたんだ。……気づかないようにしてしまっていただけで」

「なるほどっすね」

「うん、こんな調子じゃあ先生にも笑われちゃうな。先生はね、新しいものが好きで、なんでも取り入れちゃうんだ！　常に未来を見ているんだよ」

「へえ、柔軟なんだな」

「うん、いつまでも、ぼくの誇りさ。だから『そんな先生のことを大切にしすぎて、今の自分が見えていなかった』なんて恥ずかしくて先生に顔向けできないよ。だから、これはぼくのけじめ。――あの時の返事を、ぼくのためにもう一度したいと思って2人に時間を作ってもらったというわけさ」

「俺もいて良かったのか？」

あの質問をしたのは烏丸先生だから、ちょっと気が引ける。

「うん、もちろんさ。だって先日の催しはヒトマくん主催だろう？　聞いたよ、自腹だって？」

「何の催しっすか？」

「あー、タコパです」

「ひゅー、やるぅ」

「それで、ハルカくん。もう一度あの質問をしてもらってもいいかな？」

「おけっすー」

若葉にとっては大事な質問だろうに、烏丸先生の雰囲気が緩いから、あまり重く感じない。けれど、あの質問はこの雰囲気だからできたのかもな。

烏丸先生が小さく息を吸う。

「『若葉さん、学校は好きっすか？』」

一瞬、若葉の雰囲気が変わった。

若葉は幸せで不格好な笑顔で——。

「うん！　大好きさ！」

まるで、新たに芽吹く草木のように。

若葉の——若葉自身の人外教室が始まった。

＊＊＊

——うっすらとした予感はその時すでにあった。

「学校って牢屋みたいだよね」

「すごい喩えだな」

あれから春名はたびたび社会科準備室に来るようになった。授業のことを話したり、他愛もない話をしたり。

流石にテスト期間は立ち入り禁止だが、ここ数日はほぼ毎日だ。

「……生まれ年が近いだけのニンゲンを決まった時間に集めて、決まった期間に教育をする場所。そして、たまに集団で行動することを強いられる場所」

「苦手か？　そういうの」

「得意な人間の方がレアでしょ」

「はは、そりゃそうだ」

話していくうちに、春名はどんどん俺に対して遠慮が無くなっていったように感じた。

実際どう思っているかはわからないが、話しやすくなったのは確かだ。

ふと、春名が優しく微笑んだ。

「……怒らないの？」

「何が？」

「だって今、授業中じゃん」

「やーい、脱獄犯」

「……そんなこと言うの先生くらいだよ」

授業中の校舎はいつもより静かで、まるで別の場所みたいだ。

グラウンドから遠い笛の音が聞こえる。

春名は3限目前の休み時間から、ずっとこの社会科準備室にいた。そこまではよくあることだった。

そしていつもどおり、授業開始のチャイムで退出を促した。けれど、今日の春名は「そうだねー」とだけ言って、教室に向かおうとはしなかったのだ。

立場上、この状況がいいとは言いがたい。

普通にサボりだし。

ただ、真面目な――真面目であろうとしている春名が、理由もなく授業に出ないとは考えられなかった。

「で？　怒らないんだ？」

怒られたいのだろうか。

挑発するような春名に、俺は小さくため息をつく。

「たまにはそういう時があってもいいだろ。俺も今は空き時間だし」

「やーい、共犯者」

「違いますー、空き時間に次の授業の準備もしてますー」

「これなに？」

「授業の予習兼カンペみたいなもん」

「ふーん」

興味があるんだかないんだかわからない顔で、春名はぼんやりと俺のノートを眺めている。

いろいろと聞きたいことはあった。

授業をサボった理由とか。

牢屋みたいな学校で、何かあったのかとか。

けれど、それは春名を責めることになりそうで。

俺はまだ何も聞かないでいる。

今は、この穏やかな空気を守っていたかった。

人間嫌いと幸福の万食

MISANTHROPIC TEACHER IN DEMI-HUMAN CLASSROOM.

生きるために必要なこと。

食事、睡眠、安全な場所。

それ以上なんて、私には贅沢すぎる。

最低限、それだけあればいい。

それだけあればよかったのに。

＊＊＊

「昨日のクレープ大会楽しかったたっちゅね～！」

「ねー、アタシはキャラメルが好きだったなー」

「ふへへ、みんな喜んでくれてぇうれぴっぴぃ～。次はぁ、激辛でぇやろっかぁ」

「正気なの!?」

「嘘だよぉ」

「安心したわ！」

「うん。驚くような提案だったね」

若葉と話をしてしばらく経ち、もうすっかり梅雨も明けて、7月だ。

あのタコパから、生徒たちはいろいろな食材でパーティーをするのにハマってしまったようで、ほぼ毎週、お好み焼きやパンケーキなどのパーティーを寮の食堂で行っているようだ。

「クレープ作りすぎたかと思ったけれど、結局、万智が全部食べちゃって、アタクシ驚いたわね」

「あれぐらい朝飯前っちゅよ」

「どちらかというと晩飯前なの」

「てか、クレープが晩ご飯じゃない？　アタシあの後、晩ご飯食べてないし」

「うん。ぼくもそうだね」

「マキもぉ～」

「ちゅ？　万智は自分の部屋戻った後に普通に晩ご飯たべたっちゅよ」

「万智くんの胃袋はどうなっているんだい？」

「だって千結が用意してくれてたっちゅから……」

「あー、それなら食べちゃうよねー」

「晩ご飯何だったたなの？」

「カツ丼っちゅ！」

「かなりガッツリいったのね!?」

「うん、このあいだのタコ焼きみたいにならないようにね」

「あれは頑張りすぎっちゅね～」

生徒たちはまだまだ楽しそうに話している。

春名は何事もなかったかのように、生徒たちを眺める俺の隣で小綺麗なブックカバーに包まれた文庫本に目を落としていた。

「ねー、未来ちぇんちぇーは好きなクレープのトッピングあるっちゅかー？」

「わ、私ですか」

急に話を振られた春名は少し狼狽えていた。

根津は読書中の春名にもお構いなしだ。

「だって、未来ちぇんちぇーって美味しいものいっぱい知ってっちゅから、好きなの聞きたいっちゅ！」

「クレープですよね。それなら私はシュガーバターが好きです」

「ぷえー？　未来せんせぇ、シュガーバターってぇ、どんなのぉ？」

「言葉そのままですね。生地にバターが塗られてその上に砂糖がかかっているシンプルなクレープですよ」

「素材の味っちゅね～！」

そういうのがあるのか。

クレープといえばクリームだらけのイメージだ。

パンケーキの味がするクレープって感じだろうか。

「ちぇんちぇーは？」

根津が俺の方へ話を振る。

「俺はクレープなんて滅多に食べないな……強いて言うなら、チョコバナナ……とか？」

「センセ、なーんかお子様っぽくてウケるー」

「ふひひ、せんせぇかわいい～ねぇ」

「確かにそうですよね！　ヒトマ先生は昔の学校でもそういうところが生徒に人気だったんですよ」

「そういうところってどういうところだよ……」

ただのクレープでここまで盛り上がるとは。

女子の会話だー。まあ、楽しそうだからいいか。

「気持ちはわかるわ！　アタクシも零先生のこと好き

だもの！」

「ちょっとあざとくないなの？　子供味覚おじさんは狙いすぎなの」

「おじさんって言うな。ちょっと気にしてるんだぞ。チョコバナナ美味しいから人気なんだって。な、根津」

食べ物といえばということで、根津に同意を求める。ここはやはり有識者の意見を聞きたいところだ。

根津は「ちゅふむふむ……」としたり顔で頷いていた。

「そうっちゅねえ。チョコバナナって定番っちゅ故に、結構子供っぽいと思われがちっちゅけど、実はダイエットにもよく使われれっちゅよ」

「万智、その話、詳しく教えてもらってもいいかしら？」

有識者根津に龍崎が食いついている。

「ちゅ……まあ、カロリーはあるっちゅからバクバク食べるのは微妙っちゅけど……確か栄養バランスが良い感じで満足感も大きいっちゅから、どうしても甘い物が食べたい時にオススメって感じっちゅ。あと、チョコはココアパウダーベースのソースで代用するとより良い感じっちゅね。」

「ふむ……良いこと聞いたわね……」

「カリンちゃそはぁ〜、ダイエット中なのぉ？」

龍崎の後ろから小此鬼がむにむにと龍崎の二の腕を触っている。

先日の右左美とは違い、龍崎は小此鬼のスキンシップを受け入れていた。

小此鬼はこうして他の生徒とじゃれている姿をよく見る。

パーソナルスペースが狭いのだろうか。

「そうよ！　もう少しスラっとしてみたいわ」

「ふうん？　そのままでもいいのにぃ」

小此鬼はいつまで揉んでいるんだろう。

なんだかマッサージに見えてきた。

「……零先生はどう思う？」

「えっ」

龍崎の言葉に教室の生徒たちと春名の視線が俺の方へ向く。

なんだこのプレッシャーは……。

「女子生徒の体型についてなんて、そんなの一番意見しづらいだろ。健康ならそれでいいんじゃないか？」

「うん、無難だね」

「無難なの」

「いや、それしか言えないだろ！」

ご時世的にもセンシティブすぎて言葉を選ぶしかない話だ。

「まあ……それもそうですよね」

春名も同情交じりの同意をくれた。

＊＊＊

「ぶえええええええん!!　ちぇんちぇえええええ!!」

「わっ！　根津!?」

職員室に向かっていたら漫画みたいに号泣している根津が階段の上から降ってきた。

べったり張り付かれるとスーツがびしゃびしゃになってしまう。

「とりあえず離れろ」

根津を自分からべりっと剥がすと、びろーんと鼻水が伸びてちょっと笑いそうになった。

でもこれは後でスーツ洗わないといけなくなったな……。

根津は相変わらず幼児のようにべそべそ泣いている。

「突然どうしたんだ。何かあったのか？」

見た感じ、深刻そうではないけれど、ここまで号泣しているとやはり心配だ。

あれだけ俊敏に動いていたから怪我や病気ではないだろうけど……。

「実は……実は……！　大変なことが起きたんちゅ……っ！」

そして根津はまた大粒の涙を落とした。

大変なこと……？

まさかまた千結ちゃんが危険な目に!?

「万智のへそくりお菓子が無くなったんちゅ――――!!」

へそくりお菓子。

どうやら今日もまた平和な1日のようだ。

＊＊＊

根津曰く、へそくりお菓子は上級クラスにある個人ロッカーの中に置いていたらしい。

個人ロッカーは比較的小型で、生徒たちはその中に体操服や靴、生徒によっては教科書も入れている。

根津は定期的にロッカーの中に保管しているお菓子を食べているらしく、今朝ロッカーを見た時はへそくりお菓子は間違いなくあったそうだ。

だが、根津が2限目の体育から教室に戻り、お菓子を食べながら一息つこうとロッカーを開けると――ロッカーの中は空っぽになっていた。

「え？　空になっていたのか？　他に物は置いてなかったのか？」

「ぢゅ……実はっちゅね……ちゅー……」

根津はもごもごと言いづらそうだ。

「お菓子って嵩張るじゃないっちゅか。だから、万智のロッカーとは別に、今は使われていないロッカーを……」

なるほど。勝手に自分のものではない他のロッカーを使っていたのか……。

通常、ロッカーは1人に1台だ。

「じゃあ誰かが間違えて持っていったとか？」

「万智があのロッカーを使っているのは周知の事実っちゅからそれもないと思うっちゅ」

周知の事実なのもどうかと思うが……。

まあいい、今は関係のないことだ。

「……念のため聞くが、うっかり食べたりしてないよな？」

「馬鹿にしてんちゅか？　万智は自分のお菓子の在庫管理はきっちりしてっちゅ。じゃないと補充できないっちゅからね。あと賞味期限もあるっちゅから」

「そこはしっかりしてるんかい」

俺の想像以上に根津が食べ物に対してまっすぐ向き合っていることが垣間見えて、根は真面目で几帳面なんだよなぁと感心する。普段のテンションから雑な印象は受けるが、根津は面倒見も良く、好きなことに対してはかなりマメだ。

「それに、万智はお菓子をそのままロッカーに入れていたわけじゃないんちゅ。大きい巾着袋に入れて保管してたんちゅ」

「どんな袋なんだ？」

「千結が去年度の最終試験で作った巾着っちゅ。大きな耳が付いていてすごくかわいいんちゅよ、ほら、これっちゅ」

根津が見せてくれたスマホの画面には、ねずみ色の生地に同じ色の大きな耳のような飾りがついた巾着が映っていた。サイズ感はＡ４くらいか？　巾着にしては大きめで、一目で根津の持ち物とわかるデザインだから、誰かが間違えて持っていく可能性も低い。

「ちぇんちぇー、一緒に探してくれるっちゅか？」

巾着の画像が映し出されたスマホの画面をギュッと握りしめる根津に、きっと根津はお菓子より巾着を探したいのだと、なんとなく悟った。

「――わかった、じゃあまず職員室で落とし物がなかったか聞いてみるか」

「はいっちゅ！」

元気の良い返事に少し安心する。

よかった。やはりどんな状況でも生徒の泣き顔はあまり見たくないもんな。

俺と根津はそのまま一緒に職員室へと向かった。

職員室には落とし物を一時保管しておく棚がある。たいていの場合はその棚に置いてあるのだ。

「……しつれーしまーちゅ」

職員室に入ると根津が律儀に挨拶をした。職員室にいる数人の教師がちらりとこちらを見たが、俺が根津と一緒にいることを確認すると、何事もなかったかのように自分の仕事へと戻っていく。

落とし物が保管されている棚は職員室の入り口からすぐの場所だ。

俺たちはまっすぐその棚へ向かう。

「ちゅー……無いっちゅねぇ」

その場所に先ほど見せてもらった巾着は無かった。

正直、ここにあるなんてあまり期待していなかったが、それでもガッカリはしてしまう。

　宝くじを外したような、そんな気分だ。

「ここにないっちゅーことは、これは意図的な犯行の可能性が高いっちゅ……！」

「物騒だな、見つけた誰かが別の場所に置いただけの可能性もあるだろ？　ほら、落とし物あるあるじゃないか」

「ちゅぬぬ……じゃあ次はどこを探したらいいっちゅかねぇ」

「そうだなぁ……」

「ヒトマ先生、根津さん、どうしたんですか？」

「未来ちぇんちぇー」

　落とし物棚を確認している俺と根津の背後から声をかけてきたのは春名だった。

「未来ちぇんちぇー、万智の巾着見なかったっちゅか？　こういう巾着なんちゅけど……」

　根津は先ほど俺に見せてくれた画面を、春名にも見せた。

　見る人が見れば、一目で根津の持ち物だとわかる、ねずみ色の大きな耳が付いた巾着。

　春名は髪を耳にかけながら画面を覗き込んだ。

「ああ、この巾着なら私が没収しました」

「えっ!?」

「没収されてたんちゅか!?」

　思いがけない返事に俺と根津は驚いて大きな声を出してしまった。

　その声に、職員室が一瞬シンと静まり帰り、変な空気が流れてしまう。

　数秒でその静まりは元に戻ったが、それでもどこか居心地が悪い。

　根津も同じ思いなのか、春名をぐいっと引っ張って春名の耳に自分の口を近づける。

「……なんで没収したんちゅか」

　気持ち小声で、でも俺にも聞こえるくらいの声量で根津は春名に問いかけた。

　春名はチラリと俺を見て、いつもの親しみやすい雰囲気で根津に返事をする。

「あのですねぇ、この巾着が置いてあったのは空きロッカーですよ。根津さんのロッカーじゃなかったでしょ」

ごもっともだ。

「それに、中身も授業に必要なさそうだったので没収しました」

「か、勝手に中身見たんちゅか！　未来ちぇんちぇー変態っちゅっ！」

「ち、違います！　念のための確認ですー！」

春名はくるりと俺たちに背を向け、自分のデスクへと向かう。

「見つけた荷物が根津さんの持ち物らしき形はしていましたが、無記名でしたし、不審物の可能性があるので、確認は必要な作業でしょ」

そう言って春名は、少しかがんで自分のデスクの一番下の引き出しを開ける。するとそこから、先ほど何度か画像で見たねずみ色の袋が出てきた。

「あ！　万智のお菓子袋！」

実物は画像で見るより少し大きく見えた。

春名はその袋をとすんと自分の机に置く。

「最初は体操服かと思ったのですが、持ってみるとガサガサと音がしたので、見てみたらお菓子だらけでびっくりしちゃいました」

「未来ちぇんちぇーも食べっちゅか？」

「いりません」

春名はぴしゃりと言い放つ。

「でも春名先生、今回はひとまず根津に返してやったらどうだ？」

俺の提案に隣にいる根津が縦にぶんぶん頭を振って同意している。だが春名は依然として硬い表情のまま、大きくため息をついた。

「ヒトマ先生、根津さんに甘くないですかー？　……こほん、私、思うんです。根津さんって、よく授業中に早弁をしているじゃないですか。そろそろ我慢を覚えてもらった方がいいと思うんですよ」

「そんなあっちゅ！　ご飯は食べられる時に食べろって教わらなかったんちゅか!?」

「ご飯は食べるべき時間に食べてください」

「それもそっちゅね」

納得するんかい。

けれどおそらく根津はそれでも早弁はする。今までずっとそうだった。口頭で注意しても早弁の癖は治らない。

「あー、じゃあ、1週間学校で昼食時以外の時間に食事をしなければ返却というのはどうだ？」

「1週間!?　長くないっちゅか!?」

「長いも何も、他の生徒と同じことをお願いしているだけだが……」

「そうですよ。むしろ短いと私は思いました。1ヶ月くらいがちょうど良いんじゃないですか？　このお菓子の賞味期限もそれくらいなら保つでしょうし」

「1週間でおねがいしまーちゅ！」

「根津さん、頑張りましょうね！」

こうして根津の、1週間間食絶ち生活がはじまったのだ。

＊＊＊

「ぺこちゅ――――ん……」

「まっちー大変だねぇ」

「万智が1週間も間食せずにいられるのかしら……」

「今日で何日目になったなの？」

「ちゅ……6日目……っちゅ……」

「うん。早く帰ってご飯を食べた方がいいね。ご飯で幸せそうにしている万智くんでいてほしいよ」

「万智もそう思っちゅ……」

日に日にヨレヨレになっていく根津に同情心が芽生えそうになる。

だが今日を含めてあと2日間だ。今日もなんとか放課後までよく乗り切った。あと少しだ。どうにかこのまま頑張ってほしい。間食しないだけで、そこまでダメージ受けるのも変な話だと思うけれど。

「ね、万智。今日の晩ご飯はカレーじゃん？　そこでたくさんおかわりしよーよ」

「トバリちゅん、今カレーの話されると……うっ」

ぐううぅぅぅ～～……。

すごく大きなお腹の音が聞こえた。

「ぢゅ〰〰〰〰〰……っ」

照れているのか怒っているのか分からないが、根津は何故か赤くなった顔で涙目になりながら、俺に不機嫌な睨みをぶつけてくる。

腹の音なんて、よく授業中に鳴らしているのになんで今更そんな反応をするんだ。

それにカレーの話をした羽根田じゃなくて、なんで俺？

「ふん！　ちぇんちぇーのばか！　万智はもう帰るっちゅ！　あ！　未来ちぇんちぇー、万智、あとちょっと頑張っちゅするから、万智のお菓子袋、ちゃんと大事に持っておいてっちゅよ！」

「もちろんですよ」

根津は春名に挑むように宣言して、強がりかもしれないが気合いを入れるようにガッツポーズをして小さく「ちゅ！」と声を漏らし、「じゃあ万智は帰るっちゅ！」と教室から出ていった。

威勢はいいが大丈夫だろうか……。

＊＊＊

根津のチャレンジ達成まであと1日、最終日だ。

4限終わりの昼休み。

俺は5限で使う予定の資料をとりに行くため、社会科準備室へ向かっていた。

5限は上級クラスだしちょうどいい。

社会科準備室は上級クラスと同じ3階にある。

せっかくだし、上級クラスの様子も見にいこうか。

上級クラスの教室を覗くと、ちょうど昼食を食べ始めるタイミングで、根津は誰よりも早く弁当箱を開け、キラキラした目で米を口いっぱいに頬張っていた。

待ちに待った時間だからか、根津はすごく幸せそうだ。

目標までもうちょっと。根津は今までよく頑張った。

「まっちー、えらいねぇ、あとちょっとだねぇ」

「万智、アタシのおかずちょっとあげるー」

「うん、ぼくもあげるよ」

「ありがとちゅっちゅー！」

「甘やかしすぎなの。間食しないとか当たり前のことしてるだけなの」

「でも、自分の習慣を変えるのは大変よ」

「うん。万智くんは変わろうとしているんだね」

上級クラスの生徒たちも根津の目標達成を応援してくれている。

頑張れ根津……！　俺も陰ながら応援してるからな……！

＊＊＊

「あの、まちちゃんいましゅか」

「千結〜〜〜〜〜っ!!　どうしたんちゅかー？」

5限が終わり、生徒と軽く雑談をしていたら、上級クラスの教室に根津の妹、千結ちゃんがやってきた。

相変わらず姉妹仲が良さそうでほっこりする。

「まちちゃん、あのね、千結、さっき家庭科でこれ、ちゅくったんでしゅ！　まちちゃん、喜んでくれるかなって……」

千結ちゃんが取り出したのは小さな紙袋だった。

その紙袋からふわりとした甘い香りが、少し離れた場所にいる俺まで届く。

「ちゅ……千結ぅ……。何作ったんちゅか……？」

根津……！

きっともう察しは付いているのだろう。

根津の目が虚ろになり、口からはよだれが溢れそうになっている。

頬は紅潮して、ふらふらと千結ちゃん——いや、千結ちゃんの持っている紙袋に近づいていった。

「マフィンでしゅ！」

「いっただきまーちゅ!!」

「根津————っ!!」

ぱくり。

——約1週間、根津は間食をしないよう努力してきた。

春名の没収を免れていた自らのお菓子をも封印し、授業中も空腹に耐え、昼休みだけを頼りにやってきたんだ。

だが、焼きたてマフィンに抗える術を根津は持っていなかった。

しかも千結ちゃんの手作りだ。

この様子を見るに、おそらく千結ちゃんは根津の間食禁止を知らなかったのだろう。

突然大声を出した俺と、焦っている上級クラスの生徒たちに驚いている。

ああ、驚かせてごめん。

けれど、あと少しだったんだ。

この間約０・５秒。

「万智！　何してるなの！」

「ぢゅっ！」

右左美の声で根津は我に返ったのかドッと冷や汗をかいて、気まずそうにゆっくりと俺たちの方を見る。

やってしまった……。表情がそう言っていた。

「まちちゃん……どうしたんでしゅか……？　千結、なにかしたんでしゅか……？」

ただならぬ様子の根津に、千結ちゃんが不安げに声をかける。

根津は慌てて千結ちゃんの方へと向き直り、受け取った紙袋をぎゅっと握った。

「そんなことないっちゅ！　千結のマフィンが美味しすぎて感動しただけっちゅ！　うちゃみは次の授業でペアなのに万智がまだ提出物を用意してないっちゅから早く出せって怒ってるんちゅよ、ね、うちゃみ！」

「え、あ、そ、そうなの。その通りなの。うんなの」

千結ちゃんを困らせたくないという根津の思惑に気が付いて、右左美も根津の即興で作った嘘に乗ったようだ。ぶんぶんと縦に頭を振っているが、普段の右左美はあまりそういうことをするキャラじゃない。

「まちちゃん……」

千結ちゃんは悲しそうな目でじっと根津を見つめる。根津の気遣いのような下手な嘘がバレているのだろうか。

千結ちゃんはしばらく根津の目を見る。

「……そうなんでしゅね。課題、頑張ってくだしゃい」

へらっと力なく微笑んで千結ちゃんは自分のクラス

へ帰っていった。

千結ちゃん……あの様子だときっと……。

「まっちー、嘘つくのへたっぴさんだねぇ」

「マキちゅーん……」

どうしたらいいか分からなくなっている根津に、小此鬼がぴっとりと抱きついてきた。

ゆるく羽織られたパーカーに根津はすっぽり埋まってしまっている。

「嘘なんかついてもいいことないよぉ。マキ、生まれてから1回も嘘ついたことないしぃ」

「矛盾が早すぎっちゅよお……」

涙目の根津をよしよしと撫でている小此鬼はまるで根津の姉のようだ。

「根津は千結ちゃんに今回の件について話していないのか？」

「……かっこ悪いと思って話してないっちゅ」

話していたら千結ちゃんもわざわざこのタイミングでマフィンを持ってきたりしないだろう。

きっと、焼きたてを食べてほしいという純粋な思いで持ってきてくれたのだ。

「あのさー、今は先にそのマフィン隠した方が良くない？　次、古典じゃん？　ということは――」

「私の授業、ですね」

「春名先生……！」

噂をすればなんとやら、根津に課題を出した張本人である春名が教室にやってきてしまった。

根津の手には食べかけのマフィン、そして口元には食べかすまで付いている。

間食をした決定的な証拠が勢揃い。逃げられない。

「根津さん……」

「ち、ちがうんちゅ！　ちがくないっちゅけど、でも！　未来ちぇんちぇー！　これは……！」

「放課後お話をしましょう」

6限目開始のチャイムが鳴った。

＊＊＊

「――話は全部聞いていました」

「聞いてたって……どこから？」

放課後、教室に残ったのは俺と春名と、闇落ち寸前の根津だ。目が死にすぎている。

他の生徒は気を利かせて早めに退出したようだ。

「最初からです。根津さん——あ、千結さんが上級クラスの教室に向かっているところです」

本当に最初の最初からだ。

「なんだか出て行きづらくて階段の踊り場で様子を見てました。そしたら……」

春名が言いづらそうに黙る。

春名も根津の頑張りは見ていたので、どう言っていいかわからないのだろう。

根津も反省しているようだし、今回は見逃した方がいいのだろうか。それとも約束は約束なので、今回はアウト判定をして、また別の課題を出した方がいいのだろうか。

「ヒトマ先生……根津さんの対応、どうしましょう……」

春名は珍しく迷っているようだった。

俺が意見していいのだろうか。でも聞かれたからには答えるしかない。

「根津」

光の無い絶望した瞳の根津がこちらに顔を向けた。

いつもの明るさは微塵も見えない闇落ちっぷりだ。

おちゃらけているけれど、実は責任感が強いからか、根津は俺たちが思うより、かなり深刻に物事を考えてしまっている気がした。

「俺は、さっきの出来事は事故みたいなもので、今回の課題はクリアだと思っているよ。……ただ、千結ちゃんに何も報告せずに、嘘をついて誤魔化したのは良くなかったんじゃないかな」

「ちゅ……」

「だから、事後報告でもいいから、千結ちゃんと説明して謝っておいで」

「……わかったっちゅ」

ゆっくりと頷く根津は俺の言葉をちゃんと受け止めてくれたようだった。

「春名先生はどう思う？」

俺はそのまま春名に話を振る。

「私……ですか」

春名は根津の対応について、まだ自分なりの答えが出せていないのか、歯切れの悪い返事だ。

「私は……。私は、今回の課題はやり直した方がいいと思います」

下を向いていた顔を上げて春名は根津への対応を決断する。

「あと少しというところで残念でしたけど……だからこそ、もう一度挑戦してもらいたいと思います。大変かもしれませんが、中途半端なところで終わるよりずっと良い(い)と思いますし……個人の意見ですけど……」

その意見に俺から反論する理由は無い。

根津はじっと黙っていた。

だが、覚悟を決めたのか小さく息を吐く。

「わかったたっちゅ。もう1週間、頑張るっちゅ」

そう宣言する根津には普段のような雰囲気が感じられず、まるで大事なテスト中のような張りつめ方だった。

＊＊＊

それからの根津は、授業中はもちろん休憩時間や寮にいる時までキッチリと食事の時間を守り、春名の課題も難なくクリアして、無事巾着を返してもらった。

前回はトラブルもあったが、こんなにもあっさりとクリアするなんて、やればできるじゃないかとも思った。

それで今回の件は平和に終わったんだ。

けれど――

「なーんか万智(まち)っぽくないいんだよねー」

「羽根田(はねだ)もそう思うか？」

理事長室で、俺は理事長姿の羽根田に相談をしていた。

課題をクリアした後の根津は、課題中と同様に間食もせず、おやつの持ち込みもしなくなった。

それは良いことのはずなのだが、根津がなんだか変なのだ。

元気が無いわけじゃない。けれど、元気でもないのだ。

「うーん、普通って感じ。ツッコミのキレも無いし。ただの優等生じゃん」

羽根田はゴロゴロと理事長室のソファでくつろいでる。

リラックスしてるのはいいんだが、ほんの少しだけ、あまり俺に気を許しすぎないでほしいなぁと思う。

「ただの優等生……」

そう見える生徒ほど、自分の中にやりきれない想いを隠しがちなことを俺は知っている。

去年卒業した尾々守一咲もかつてはそういう生徒のひとりだった。

それと——春名も。

抱え込んでしまったものが爆発する前になんとかしたいが……。

「で？　センセはこれからどうするの？」

「う……」

痛いところを突かれた。

そうなのだ。ここからの対応が俺には分からないでいた。

現段階では誰も困っていないし、直接助けを求められているわけでもない。

ただなんとなく、根津が心配なだけ。

「まっ、アタシの個人的意見としては、みんなが笑顔で卒業できて夢を叶えられるならなんでもいいよ」

卒業……。

確か根津のニンゲンになりたい理由は『美味しいモノをいっぱい食べたいから』だ。

俺はなんとなく、解決の糸口が見えたような気がした。

＊＊＊

「——根津」

「ヒトマちぇんちぇー、どうしたんちゅか？」

放課後、俺は根津を教室に残した。

春名も残りたそうにしていたが、急ぎの仕事があるらしく職員室へ戻ってしまった。

「これ、差し入れ」

俺が取り出したのは、休日にコンビニで買ってきた焼き菓子。

根津が普段食べるお菓子は、ネット通販で箱買いか取り寄せをしたものだ。

そのため、コンビニでしか売られていないお菓子は手に入れるのが最も難しい商品のひとつらしく、俺はたびたびお使いを頼まれたりしていた。

いつもならすぐに食いついてくるのだが……。

「ありがとございますっちゅ。千結と食べるっちゅ」

根津は焼き菓子を優しく受け取って、封も開けずにそのまま鞄にしまった。

明らかに様子がおかしい。

「ちぇんちぇー、それだけっちゅか？」

きょとんと首を傾げる根津に違和感を覚えつつ、俺は本題へと移る。

「いや、今日は、根津の『ニンゲンになりたい理由』について、もっと教えてもらおうと思っているんだ」

根津の耳がピクリと反応した。

「根津のニンゲンになりたい理由は『美味しいモノをいっぱい食べたいから』だったよな」

「間違いないっちゅ」

根津が浮かべる薄い微笑みも春名を彷彿とさせた。

根津のことはまだ1年と数ヶ月しか見ていないが、俺が知っている根津の笑い方とは違う。

「根津の思う『美味しいモノ』の定義って何だ？」

「美味しいモノは美味しいモノっちゅ。キャビアとかフォアグラとか、高級なお肉やお魚とかっちゅ」

「値段が全てってことか？」

俺の質問に根津は沈黙する。

ちょっと意地悪な質問をしたかもしれない。

根津は居心地が悪そうに下を向いてしまった。

少し話の方向を変えるか……。

「……去年の千結ちゃんの事件も今頃の時期だったよな」

根津の妹、正確には妹分らしい千結ちゃんが、根津のためにひとりでビワを採りに行こうとして、帰れなくなってしまったあの事件。

「そっちゅね、大変だったたっちゅ」

根津も学校から森の中まで奔走して、やっと千結ちゃんは見つかった。

そして俺は、妹に甘かった根津の怒るところを、初めて見たのだ。

「……俺さ、その時の根津の言葉がずっと気になってて」

根津は不安そうに俺を見る。

そんな根津に、俺はちゃんと安心できるような笑顔を見せられているだろうか。

「あの時さ、根津は『千結が元気になるまで美味しいモノが美味しく食べられない』って言ってたんだよ」

俺の言葉に根津は思い出したようにハッとした。

千結ちゃんが助かった後の話だ。

「その時の『美味しいモノ』ってどういう意味で言っていたか、教えてもらってもいいか」

1年越しの質問。

さっきした質問と似ているけれど、きっと違う。


「それは……」

根津の瞳が一瞬キラリと光ったように見えた。

少し声が震えている。

「万智の『美味しいモノ』は……『大切な存在と一緒に、幸せな気持ちで食べるご飯』っちゅ……」

悲しいような困ったような表情で、けれども、譲れない思いを乗せた声色で根津は答えてくれた。

「万智はニンゲンになって、千結と万智とで安全に暮らして、温かいご飯を食べるんちゅ。たまにはケンカもするかもしれないっちゅけど、ご飯を一緒に食べて、たくさん笑って、そうして生きていきたいんちゅ。これからも……」

根津の夢。それは人によっては、何気ないただの日常だった。

でも、かけがえのない。そんな夢。

「そっか。教えてくれてありがとうな。じゃあさ……今の根津は美味しいご飯、食べているのか?」

長めの沈黙。

ただでさえ小さい根津が、より小さく見えた。

そして――。

「………食べられていないっちゅ」

それは今にも消えそうな声だった。

「そっか」

今の根津は痛々しくて、正直見ていられない。

「でも万智はそのままだと、みんなの迷惑になっちゃうんちゅ。それもわかってるんちゅ。だから直した方がいいところは直したいと思ってんちゅよ」

「うん、根津も自分なりにたくさん考えているんだよな」

「たくさん我慢して変わろうとするのは、間違ってたんちゅか……？」

「努力することは何も間違いじゃないよ。ただ――辛すぎる我慢をされたら心配になってしまうかな」

「……心配させてごめんなさいっちゅ」

「謝らなくてもいいよ。でも、これから根津がなりたい根津になるために、ちょっとずつ頑張ってみような？」

根津は小さく「はいっちゅ」と答える。

しおれた姿にほんの少し心が痛む。

「あのさ、俺、根津ってすごいなって思うことが最近あったから聞いてくれるか？」

根津はきょとんとした顔で俺を見る。

「この間の、タコパあっただろ？　実は俺さ、あの日若葉に何かできたらと思って、あのパーティーを計画したんだ」

「……そんなこったろーと思ってたっちゅ」

根津は力なく笑う。

「でも俺は何もできなくて、そんな時に根津が偶然事情を知ってくれてて、それで若葉を笑わせてくれただろ？　その時に俺、思ったんだ。根津ってすげえって」

「ちゅはは、ちゃんと面白くできたならよかったたっちゅよ」

「これは俺が勝手に思うだけなんだが、根津の良いところは、欲望に正直なところだと思うんだ」

「それは褒めてるっちゅか？」

「めちゃくちゃ褒めてるよ」

怪訝な顔を向けられているが、俺は大マジのマジだ。

「一途なところ、心から尊敬しているよ」

「……」

あ、ちょっと照れた。

根津はもにゃもにゃと何か言いたそうにしているが、言葉は出てこないみたいだ。

「なあ、根津。根津の『大切な存在』には、根津自身も入っているか？」

「万智……？」

「俺の中の『大切な存在』は根津と、右左美と、羽根田と、小此鬼と、若葉と、今までの生徒たちと、一緒に働いてきた先生と――そして、これは俺も今追加したから根津に偉そうに言えないな――俺自身もそこに入れてみようかって思ってるよ」

「万智は……」

潤んだ瞳で、根津は自分の手のひらを見る。

「万智、本当は自分のこと、ずっとずっと大事だったんちゅよ」

ほんとっちゅ、と言って、その手のひらを握り締める。

「でも、なんでかわからんちゅだけど、忘れてしまっていたんちゅ。万智、本当は自分が大好きで、この世の中心で世界一可愛くて物知りで天才っちゅなのに……」

「……もしかして、少し調子戻ってきたか？」

すげえ盛ってきた。

「ちゅひひ」

あ、いい笑顔。

「万智、自分が最強ってこと思い出してきたっちゅ！」

「おうおう、そうだそうだー！」

勢いよく立ち上がる根津に、俺も乗っかってみる。

「万智は最高で最強なんちゅよ！　世界中を笑顔にするっちゅ！　万智のニンゲンになる目標は『美味しいモノをいっぱい食べたいから』っちゅ！　いや、本当はちょっと違っちゅかもしれんちゅね。万智のニンゲンになる目標は『大切な存在と一緒に、幸せな気持ちでご飯を食べたいから』に修正っちゅ！」

もしかしたら今の根津は少しだけ、強がりとやけくそが入っているかもしれない。

けれど、強がりでも前を向ける強さが、根津にはある。

「万智は！　万智のままで、かっこいいニンゲンになってみたいっちゅ！　ルールも……それなりに守れるようがんばっちゅ！」

「というか、根津はつまみ食いだけなんだよな」

「何がっちゅか？　欠点っちゅか？　ちゅふふ、まあ万智は完璧っちゅからね？」

欠点がある時点で完璧ではないような気もするが……。

「それもそうだが……根津が減点されるのって、いつもつまみ食いだけなんだよ」

「ちゅ!?」

そうなのだ。他の生徒は生活態度や他の生徒との関わりなどで教師からの減点もあるのだが、根津は無遅刻無欠席の皆勤賞で、提出物もきちんと出し、成績もかなり良く、クラス内でのコミュニケーションもしっかりとれている優秀生徒だ。……つまみ食いさえしなければ。

「もしかして万智って……つまみ食いがなかったらとっくに卒業できてたりするっちゅか？」

「その可能性はかなり高いな」

「ちゅがーん!!」

もしかしたら言わない方がいい情報だったのだろうか。

「……ちぇんちぇー」

「どうした？　根津」

「正直に言っていいっちゅか？　万智、本当はまだ卒業したくないかもしれないっちゅ」

「それは――ニンゲンになりたくないってことか？」

俺は黒澤(くろさわ)を思い出す。

本当は、ニンゲンになりたくなかった黒猫。

本当は、ずっと一緒に暮らしていた魔女のそばにいることが望みだった生徒。

根津は困ったような表情をしている。

「ちゅ……そうじゃないっちゅ。ニンゲンにはなりたいんちゅ。でも――千結(ちゅ)がひとりになっちゃうんちゅよ」

「もしかして、それでつまみ食いをしてたのか？」

「最初はそうだったんちゅけど……だんだん万智のためになってってたんちゅ。でももし、万智の癖が直っちゃって卒業できちゃったら？　千結はひとりになってしまうっちゅ」

「千結ちゃんは根津が思ってるより強いと思うぞ？　同じクラスに友達もいるみたいだし」

「それはわかっているんちゅけど……。ごめんなさいっちゅ。間違えたっちゅ。最初は千結のためだったんちゅが、今はもう万智のためっちゅ。妹離れできてないだけっちゅ」

　そう言って目を伏せる根津に、俺はなんて声をかけたらいいのだろうか。

　根津も自分で自分のことをわかっているようだし、俺から言えることは何もないような気がする。

「いつか万智は、妹離れできる日が来るんちゅかね」

「……無理に離れなくてもいいと思うけどな」

「ちゅ？」

「俺は――立場的に、生徒たちに卒業してもらうよう頑張るけどさ、それ以上にちゃんと幸せになってもらいたいんだよ」

　言いながら自分の望みに気が付く。

　そうか――俺は、生徒に幸せになってほしいんだ。

「どんな形でもいいから、幸せに生きていってほしい」

　自然と零れたその言葉で、なんとなく羽根田の顔を思い出した。

　幸せに、生きて。

　永遠の命は生きてないことと同じと言った羽根田。

「……生きるってなんだろうなぁ」

「ちゅ？　それなら万智わかるっちゅよ！」

　うっかり零れた言葉に、根津が明るく返事をする。

「生きるって言うのはっちゅね！　食べることっちゅ！　よく食べてよく寝て！　よく笑うんちゅ！」

　そう言って、根津ははたと宙を見る。

「最近の万智は、生きてなかったっちゅ」

　ぽつりと根津は呟いた。

「ちぇんちぇーが言ってたこと、やっとわかったっちゅ。万智、生きてなかったんちゅね。そりゃあ心配かけるっちゅ」

根津はまっすぐに俺の方を見つめた。

「心配かけてごめんちゅ。あと、万智のためにお話ししてくれてありがとっちゅ。もう万智は大丈夫っちゅよ。強がりじゃなくて、本当に大丈夫の大丈夫っちゅ」

さっきの言葉が強がりだったたって、やはり根津も思ってたんだ。そして、それが俺にばれてることも理解していたんだな。

やはり根津はちゃんと賢い。

「うん、よかった」

「明日からは！　本当にいつも通りの万智っちゅからね！」

「お手柔らかに頼むよ」

「それはどうっちゅかね～？　手始めに今日、帰ったら千結といーっぱいご飯食べちゃうっちゅよ～！」

根津はいたずらっぽい笑顔が良く似合う。

それから俺たちは他愛(たあい)ない話をして、また教室で何かしらのご飯パーティーをしたいと言う根津に、計画を任せたりして。

根津の『大切な存在と一緒に、幸せな気持ちでご飯を食べたい』は、ここにいる間も、少しずつ叶(かな)っていくようだった。

＊＊＊

「そうだったんですね！　根津さん……良かったです！」

翌日、根津と話した内容を軽くまとめて春名(はるな)にも報告した。

根津の様子には、やはり春名も少し心配していたようだ。

「ああ、たぶんもう大丈夫なんじゃないかな」

授業中のつまみ食いや早弁もできる範囲で直すと言っていたし、朝に見かけた時も元気そうに笑っていた。

「私、根津さんが元気をなくしてしまった原因を作ってしまったのかなって、申し訳なく思っていたので、ヒトマ先生にしっかりフォローしてもらえて安心しました っ！　ありがとうございます！」

「いや、そんな」

思い返せば、事の発端は根津のお菓子袋紛失事件からだったか。そういえばそんなこともあったなと思ったが、確かに春名の立場だと、心配だけでなく責任を感じてしまっていたのかもしれない。

うん、俺なら責任感でだいぶへこむな……。

「それも大丈夫だよ。春名先生もいろいろと考えた結果ってちゃんとわかってるから」

「えへへ、ありがとうございます！」

まぶしい笑顔だ。

この感じなら……大丈夫、そうか？

とりあえず、春名も責任を感じて必要以上に落ち込んでるとかは無さそうなので、その点は本当に俺も安心した。

＊＊＊

——きっと、私は間違えたんだ。

破られた教科書を眺めながら、上手く働かない頭でぼんやりと思った。

自分が普通じゃないことなんて自覚していたのに。

だからなるべく波風立てないように、明るく、可愛く、優しく、親切な——そんな人間でいたのにな。

……気を抜いていたんだろうな。

ヒトマ先生の、あの生ぬるい優しさが私の判断を鈍らせたのだ。

私の友達りおちゃんこと、赤沢理央はクラスの女王様だった。

学校に多額の寄付をしている大企業重役の令嬢。

私はなぜか彼女に気に入られていた。

きっと、私の外面が彼女に都合良かったのだろう。

どこへ行くにも私のそばにいて、私に何でも話してくれていた。

だが、今となってはこの有様だ。
『未来といても、なんかつまんなくなった』らしい。

私が徐々に、りおちゃんの望む言葉じゃなくて、自分の言葉で話すようになったから。
私が、りおちゃんの『お願い』を断るようになったから。
私が私でいようとしたから。

それが私の間違いだった。

つい、期待してしまったのだ。
私は私のまま、友達を作れるんじゃないかって。

社会科準備室のやわらかな空気を思い出す。
私も、そういう場所になりたかった。

人外教室の
人間嫌い教師③

ヒトマ先生、私たちと未来に進んでくれますか……？

人間嫌いと徒花（あだばな）の花嵐

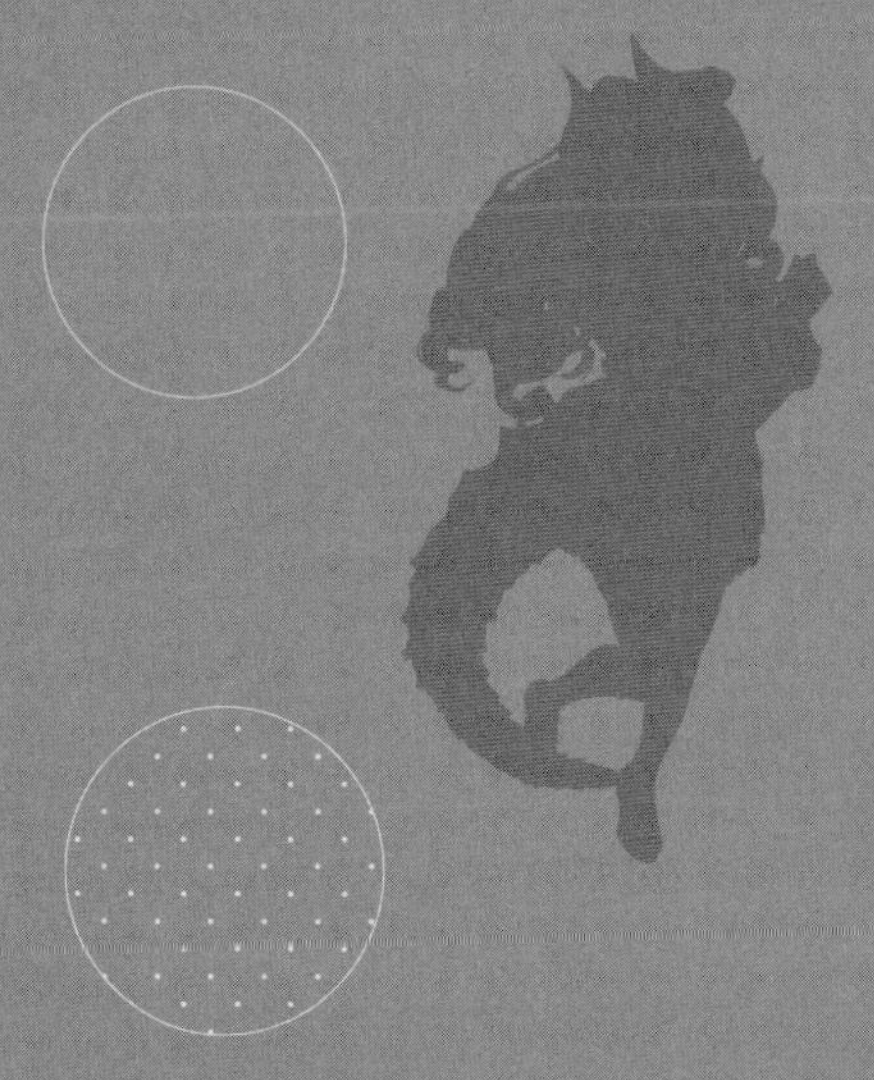

MISANTHROPIC TEACHER IN DEMI-HUMAN CLASSROOM.

この恋の始まりは、もしかしたらただの思い込みだったのかもしれない。

アタクシたちみたいな存在を気にかけてくれるニンゲンなんて、ほとんどいないから。

零先生に、かつて共に暮らした姫を重ねていたことも、本当は自分で気が付いていた。


けれど、零先生を知っていくうちに、どんどん本気で好きになっていって。


アタクシに近寄られて、困ったように笑う顔も。

授業中の雑談でたまに見せる、少年みたいな顔も。

誰かのイタズラに、呆れている顔も。

寝不足で少し疲れてるのに、頑張ってる顔も。

アタクシはこんなにも零先生のことが大好きなのに、アタクシの想いを受け取ってくれない優しさも。

アタクシの心の全部で愛おしく思えて。


ほんの少し、悲しかった。

＊＊＊

「夏休みっちゅ〜〜〜!!」

長かった1学期も無事終了し、明日から夏休み。

生徒たちに通知表も行き渡り、教室の空気はもう夏休みモードだ。

「おや、万智くんは元気いっぱいだね」

「万智、はしゃぎすぎなの」

「そうだぞ根津。すぐ机に乗るな、危ないから」

「ちゅっふふーん！　夏休みっちゅよ!?　これははしゃぐしかないっちゅが!?」

「だから机から降りろって！」

根津はぴょんぴょんと机の上で跳んだり跳ねたりして、かなり危なっかしい。

完全に調子に乗っている。

根津もうすっかり元通りで安心するが、流石にこれは騒ぎすぎだ。

「こら根津――」

「こほん。根津さん、今の分は2学期の生活態度を減点しておきますね」

「ぢゅ!?」

　春名(はるな)がわざとらしく咳払(せきばら)いをしながら言った注意に、根津は大きな目を見開いて飛び上がった。

「あはは！　人間逸脱行為以外での減点って、アタシ久しぶりに聞いたかも」

「笑い事じゃないんちゅが!?」

「でも3秒以内に机から降りて大人しくするなら減点はナシにします」

「大人しくするっちゅー!!」

　上手(うま)いな。

　生徒たちは徐々に春名になつき始めている。根津も、春名とはお菓子袋没収の件があったが、お互い上手くやっているようだ。

「ぴえ～、1学期終わっちゃうの寂しいねぇ。マキ、もっとみんなと遊びたいなぁ」

　頬杖(ほおづえ)をつきながら、小此鬼(おこのぎ)がため息をついている。

「マキは寂しがりね」

「カリンちゃそは寂しくないのぉ？」

「零先生と会う機会が減るのはとっっっっても寂しいわ。ね、零先生？」

「返事に困るんだが」

　最近の龍崎(りゅうざき)は、なんだかあざとさに磨きがかかっているように感じる……気のせいだろうか。

　顎の下に手を持ってきて上目づかいで見つめてこないでほしい。そういえば、最近流行(はや)っているソシャゲの新規イラストもこんなポーズだったな。あれは可愛(かわい)かった。

「でもさ、マキ。今年は体育祭あるじゃん？　だから夏休みにみんなでその練習しない？」

「まじぃ？　えー、ちょうやるぅ！」

　羽根田(はねだ)の誘いに小此鬼はにへっと気の抜けた笑顔で喜ぶ。

　いつの間にか羽根田が、小此鬼の机にひょこっと現れていた。

――体育祭。

本当は去年の予定だったが、黒澤(くろさわ)の脱走騒ぎで中止になっていて、今年に延期されたのだ。

　この学校の体育祭は3年に1度という、結構レアな行事。全校行事とはいえ生徒の数が少ないので、赤団と白団の2組に分かれて勝敗を競うらしい。

　競技はよくあるニンゲンの学校と似たようなものばかりなので、特筆すべきものではないが、俺はこの学校に来てから初めての体育祭で少しワクワクしていた。

「練習って何をするんだ？」

「応援合戦の練習だよー。上級クラスと中級クラスの合同種目なんだ」

「確か名簿によると……羽根田(はねだ)さんと小此鬼(おこのぎ)さんと若葉(わかば)さんが白団でしたよね？」

「そうそう、それでリーダーがアタシだね。で、右左美(うさみ)と万智(まち)とカリンが赤団」

　春名(はるな)も興味があるのか、羽根田に体育祭について聞いている。

「応援合戦って、チアとかですか？」

「考え中かなー、学ランでの応援団も捨てがたいし」

「赤団も白団に負けないよう頑張るっちゅよ！　ね！　カリン！　うちゃみ！」

「まあ……ほどほどに頑張るの」

「うちゃみ〜っ！　3年に1度の体育祭っちゅよ！　もっとやる気だせっちゅ！　……ぢゅ〜カリン〜、カリンはがんばっちゅしてくれっちゅよね！」

「……零(れい)先生、チアって好きかしら？」

「え、俺⁉」

　じっと俺の反応を窺(うかが)う龍崎(りゅうざき)の後ろで、根津(ねづ)がパチパチとウインクをしてくる。

　これはあれか、好きと言えっていう圧か。

　答えづらい質問に難しい要求をしてくる……。

「いやー……別にそんなに嫌いってわけじゃないけど……」

　うわ、根津があからさまに「コイツ使えねぇな」って顔をしてきた。

「……けど！　龍崎なら何でも似合うと思うぞ」

「零先生……！　好きっ！」

「なんちゅかこの茶番」

「お前が言うな」

けしかけたくせに一気に冷めるな。

「うん。でもぼくがいるから応援合戦は白団の勝利かな」

「ふひひ、マキがぁ、さいきょーにかわちぃ衣装をぉ、作っちゃうよぉ」

「負けないっちゅよ！」

「万智は手強いからこわいなぁ」

「零先生にもっと可愛いって思ってもらえるように頑張るわ！」

「カリンは動機が不純なの」

というわけで、どうやら生徒たちの今年の夏休みは応援団の練習に充てられるようだ。

＊＊＊

生徒は夏休みでも俺たち教師は出勤の日だ。

冷房の効いた職員室で事務作業をしていると遠くから生徒たちの声が聞こえた。

「みんな頑張ってますね」

春名が窓の外を見ながら呟いた。

俺の背後にある窓からは通学路とグラウンドが見える。

窓の外を眺めると、グラウンドで生徒たちがチアダンスの振り付けをしていた。

午前中から頑張ってるなぁ……本日は雲ひとつない晴天だ。太陽が強めのコントラストをグラウンドに描いている。良い天気すぎて熱中症になってしまわないか一瞬心配になったが、羽根田もいるし危ないことは起きないだろう。

上級クラスの生徒は、団は違えど全員で練習をしているようだった。

キラキラした青春の1ページ。

学校ってそういうイベントの積み重ねなんだよな。

声を掛け合いながら振り付けを追っていく生徒たちの姿が眩しい。

「――あ」

一旦休憩となったのか、ダンスを止めて生徒は散り散りになる。

右左美と若葉は体力を消耗してしまったようで、その場に座り込んでいた。

根津もすごい勢いで水筒の水を飲んでいる。

小此鬼はゆるゆると踊っていたからか、まだ平気そうだ。

羽根田と龍崎はまだ余裕があるみたいだ。他の生徒にタオルや水を持っていったり、何かと世話をしている。

この学校では高校生の健康な身体でいられるそうだが、やはり身体能力には元からの個人差が多少あるのだろうか。

卒業してしまった尾々守も水月も体力はあった方だったんだと、今になって思った。

1年目の最初に体育の授業を見学したことが懐かしい。

そんなことを考えていたら、ふと龍崎と目が合う。

龍崎はパッと笑顔になり、こちらに向かってぶんぶんと手を振っている。

それに気づいた他の生徒もなんだなんだと龍崎の見ている先を向き、俺と春名に気が付くと、そういうことかという様子で微笑ましい空気が流れていた。

俺も控えめに手を振り返す。

「龍崎さんったら相変わらずですね」

隣にいる春名は、少し呆れた口調でため息をついていた。

＊＊＊

午後になると上級クラスのメンバーは赤団、白団と分かれていた。

こうして生徒たちが踊っている様子を見ていると、卒業した水月のことを考えてしまう。

水月からは去年もらった差し入れ以降、出演作品のフライヤーが定期的に届いていた。

尾々守たちからの連絡はないが、2人で元気にやっているだろうか。

今見ている生徒たちの中には、きっと今年卒業する生徒もいると思う。この学校は一定の年次で卒業というわけではないから、突然卒業してしまう感覚になって普通の学校より寂しい。旅立ちを見送る覚悟というものが、急に来てしまうのだ。

校庭にいる生徒たちはまだまだ練習するみたいだ。

長時間練習なんて俺が学生の頃はやったことなかった。運動部の同級生が朝や休日に学校で部活に勤しんでいる中、俺は家で勉強とゲームを少しするくらい。

体育祭はどれだけ空気に近づけるか努力をしていたタイプだ。

だから、生徒たちが頑張っている姿を見て、素直に偉いなと尊敬する。

せっかくだし、差し入れにスポドリか何か持っていくか。

俺は自分の財布をカバンから取り出して席を立った。

＊＊＊

この学校には、体育館脇に1台だけ自動販売機が存在している。

その自販機はこの学校の事務員さんが管理してくれているのだそうだ。事務員さんは校舎の掃除や、宅配の荷物を敷地外倉庫から敷地内に持ってきてくれたりと、主に物資的な面で外とこの学校を繋ぐ役割を担ってくれている。

涼しい職員室から離れるのは少々名残惜しかった。

この真夏のむわっとまとわりつくような温度も湿度も高い空気。まるで別の国——というか理事長室っていつもこんな感じの環境だったよな。蒸し暑くて……。

羽根田もいるし生徒たちは大丈夫だと思っていたが、少し心配になってきた。

階段を降りて、正面玄関へと向かい、なるべく日向を避けて体育館方面へと歩いていく。校舎の外は森で、木々を抜ける風が夏でも少し涼しくて、気持ちがいい。

今この瞬間が、この学校が自然豊かで良かったと思うこと第1位かもしれない。

少し歩くと自販機が見えてきた。

それと——人影？　先客だろうか。

身長が小さい。初級クラスの生徒だろうか？

今は初級クラスの生徒が学校に来る用事は無いはずだが……。

とというかあの猫耳……誰かに似ている——？

「…………せん、せい？」

「え、もしかして黒澤？　って、その姿は——わっぷ！」

黒澤の姿に驚いていたら突然後ろから口を塞がれた。

「おい！　あんまり大きい声出すなっての！　はあ、これだからニンゲンは……」

自販機の影にいたのは去年退学し、学校敷地内にある神社で暮らしている黒澤寧々子。そして——。

「アリスさん……」

片手で俺の口というか最早顔面を掴みながら、アリスさんは辟易とした表情をしていた。この体勢だと背中にアリスさんが密着していて、どことなく気まずい。

「ネコと私がここにいるのは一応内緒なんだから、ぎゃあぎゃあ騒ぐんじゃないわよこの雑魚」

「……せんせい。……わたし、つかえる魔力……ふえた」

魔力——確か黒澤がコントロールしないといけないものだったっけ。

「は？　制御できる量がちょっと増えたくらいで調子に乗るな。ネコの分際で生意気なんだけど」

「アリスは、わたし、が……ひとり、で……ニンゲンの、姿、に……なれる、って、理事長に……自慢、する……ために、学校にもがもが」

「ちょ・う・し・に・の・る・な！　って聞こえなかった？」

アリスさんは俺を押さえていた手を離して、今度は黒澤を押さえている。

魔女なのに他人を黙らせるのは素手って、だいぶ力業だな……。

「まあまあ、アリスさん、そのくらいで……」

じゃれているだけとも思うが、一応宥めてみる。

が、全く聞いてはくれないご様子だ。

「アンタまだそんなチビの姿にしかなれないじゃん。

それに、耳と尻尾も隠せないし。あたしみたいな大人の姿になれて、やっと魔力コントロールの第1段階なんだから、甘ったれてんじゃないわよ！」

そう——少し前に会った黒澤はまだ黒猫の姿でニャーと鳴くことしかできなかった。

それが、目の前にいる黒澤はだいぶ幼く、身長も小さいが、出会った頃の黒澤に近い姿になっている。

「あの、魔力……について無知で申し訳ないのですが、使える魔力が増えるとニンゲンの姿になれるんですか？」

アリスさんは呆れたように俺を見ながら、黒澤を解放する。

「はあ？　アンタこの学校にいるのに、そんなことも知らないの？　使える魔力が多いと、それだけ他の物質に干渉できるんだよ。だから、ニンゲンの姿になれると言うより、なりやすいって言った方が適切ね」

なるほど？　なんとなく分かった気がする。

「アンタのクラスだってそうじゃん」

「え？　どういうことですか？」

上級クラスの話か？

「元々の魔力が多いやつらは大人の姿だけど、そうじゃないやつらはガキの姿じゃん」

「……一咲、トバリ、カリン、おおきい。……万智、右左美、ちいさい」

「そいつらの名前とか知らないけど。あれでしょ、シラヌイ様がそいつらが持ってる元々の魔力に自分の魔力を混ぜ合わせて、この学校で半分ニンゲンの姿にしてんのよ。元々の魔力がなければシラヌイ様の魔力しかないからあまり大きく身体を作れなくて……って、まさか、本当に何も知らなかったの？」

「結界の外に出たら元の姿になってしまうことは知ってましたけど……」

魔力云々の話は知らなかった。

苦笑いをしている俺に、アリスさんは呆れたように大きくため息をついた。

「あのさあ……あたしがこんなこと言うのも変な話だけど、アンタ、もっと疑問くらい持ちな。なんでもバカ素直にホイホイ受け入れてんじゃないわよ。じゃないといつか後悔するから」

　う……。耳が痛い。

「じゃ、そういうことだから。目的も果たしたし、あたしとネコはシラヌイ様の部屋でのんびりしようかしらね」

「目的？」

「…………」

「こら、ネコ。なんで黙ってんのよ。あんたがこいつにも報告したいって言ったんでしょ」

「報告？」

「……この、姿」

　黒澤はそう言って、ゆっくりとその場で回ってみせた。

　あ、そうか。小さくてもニンゲンの姿になれたことを俺にも報告してくれていたんだ。

「黒澤もたくさん頑張ってるんだな」

　黒澤は無表情ながらも、俺の返事を聞いて満足そうににゃあと鳴いた。

「また差し入れも持っていきます」

　アリスさんがニヤリと笑う。

「どうも。待ってるよ」

　そうしてアリスさんと黒澤はゆらりと煙のように風の中へ消えていった。

　本当に消えたのか、俺から見えなくなっているだけなのかわからなくて、少しの間俺はその場に立ち尽くす。

　また風が吹いた。だが、特に何も起こらず、俺は当初の目的を思い出した。

　そうだ、差し入れ用のスポドリを買いに来たんだ。

　俺は自販機に小銭を入れてボタンを押す。

　1回ごとにペットボトルを取り出さないといけないのが面倒くさいので、次に差し入れを持っていく時は、あらかじめネット通販でまとめ買いして、職員室の冷蔵庫で冷やして持っていこうと思った。

＊＊＊

「おーい、差し入れ持ってきたぞー」

「ちゅ!?　食べものっちゅか!?」

　グラウンドの生徒たちに声をかけて、真っ先にやってきたのは根津だった。

　流石というかなんというか……。

「いや、スポドリ。水分補給ちゃんとしてるか？」

「うん。あまりできていなかったかもしれないね」

「ややこしい返事だな……」

「自信満々にできないことを言うんじゃないなの。ヒトマわざわざご苦労なの。ありがとうなの」

　右左美が小さくぺこりと頭を下げてペットボトルを受け取る。

「どういたしまして。――あれ、羽根田は？」

　生徒たちにペットボトルを手渡していると1つ余ってしまった。

　グラウンドにいる生徒は5人。羽根田だけ姿が見えない。

「トバリんちゃはぁ、さっきぃ、用事があるってゆってぇ、どっか行ったよぉ」

「トイレじゃないっちゅか？」

「どうせすぐに戻ってくるなの」

　そこで俺は先ほど黒澤とアリスさんに会ったことを思い出す。なるほど、羽根田は理事長として、あの2人に対応しに行ったのかな。

「零先生から初めてのプレゼント……!?」

「差し入れな」

　じっとペットボトルを見ながら目を輝かせている龍崎に、一応注釈を入れさせていただく。

「ありがとう！　一生大切にするわね！」

「いや飲んで消費してくれ」

　龍崎は大切そうにペットボトルを抱きしめていたが、それでは意味がないのだ。

「ちゅ～、ベタなやりとりっちゅね～」

「ふひひ、まじキュンじゃ～ん？　いいねぇ～」

「あら？　マキちゃんもそういうのに憧れたりするのかしら！」

「んー？　せーしゅんって感じでぇ、うらやましくなぁい？」

「……零先生はダメだからね！」

「マキ、せんせぇにきょーみないから別にいいぃー」

ふわふわフラれた……。

別にどうこうなる気は龍崎も含めて微塵もないけれど、それでも悲しいことに若干傷ついてしまう。

「ちぇーんちぇ！　どんまいっちゅ★」

追い打ちが辛い。

ここにいてはダメだ、余計に傷つきそうな予感がする。少し離れたところにいる若葉に話しかけよう。

「若葉、練習の様子はどうだ。進んでるか」

「うん。それなりに進んでいるよ。今日の目標は体育の須藤先生が以前の授業で教えてくれた、チア基礎の復習さ」

なるほど、だから団が違うのに一緒に練習をしていたのか。

「ぼくとしてはスタンツもやってみたかったのだけれど……羽を使って飛ぶことが禁止というルールは、わくわくしないかい？」

「んー、でも今のところそういうアクロバット寄りの振付は予定に入れてないなー」

「あ〜、トバリんちゃ、おかえりぃ」

羽根田は小此鬼に「ただいまー」とひらひらと手を振りながらグラウンドへと戻ってきた。

もうアリスさんと黒澤とは話したのだろうか。

「ん、差し入れ」

羽根田には必要ないかもしれないけれど、差し入れなんて俺の自己満足だし、羽根田にだけ無いのも変だし……と思い、羽根田にもペットボトルを差し出す。

「ありがとー、センセ」

羽根田は俺が差し出したペットボトルを受け取ってそのままグビグビと飲んでいた。

「若ちゃまー、スタンツってなんちゅか？」

とてとてと根津が若葉に近づいて行く。

俺も聞こうと思ったけどタイミングを逃していたので正直助かった。

「万智は授業聞いてないの」

「まあまあ右左美。ほら、センセも知りたそーな顔してるし」

「そ、そんなことは……！」

バレバレかよ。

若葉はそんな俺と根津を見てふわりと微笑む。

「うん。スタンツというのはチアリーディングでよく見る、人の上に人が乗ったりするパフォーマンスのことだね。そうやって飛んだり乗ったりする姿は、羽が無くてもまるで空を飛んでいるみたいなんだ」

うっとり話す若葉の言葉に、ついその場面を見たくなってしまう自分がいた。

夏の空気は、わくわくを助長させる。

今日の空は相変わらず、雲ひとつない抜けるような青が一面に広がっていた。

＊＊＊

それから俺が出勤する日に、生徒たちはいたりいなかったり。

時々練習する様子を見ては、頑張っているなと思う毎日だった。

「あ、ヒトマ先生、おつっす」

「ヒトマ先生！　今日出勤だったんですね！」

「烏丸先生、早乙女先生、おつかれさまです」

職員室で昼食を終えて、社会科準備室に資料を取りに行こうと思い廊下に出ると、そこには雑談をしている2人がいた。

「今日は春名先生いないんすか？」

「はい、先週からしばらく実家へ帰るそうで」

「あら、そうなんですね。1学期は初めてのお仕事で大変だったと思うので、ゆっくりしてほしいですね」

早乙女先生は春名の教育係なので、より心配なのだろう。

「それに未来先生、まだあまり心を開いてくれていない気がするので、より、ね。頑張り屋さんですから、悟らせないようにしているのかな？　でも、そうやってずっと気を張ってたら疲れちゃいますよね。……って、どうしたんですかヒトマ先生。変な顔して」

「あ、いや……」

意外だった。

早乙女先生から見た春名ってそういう感じなんだ。

「ふーん、自分も春名(はるな)先生とゆっくり話してみたいっす」

「そうなんだ。うーん、そういえばハルカちゃんと未来(みらい)先生、2人きりってあんまり見ないかも」

「サシで喋(しゃべ)ったことないっすね。まだ」

確かに、春名と烏丸(からすま)先生が会話をしているところは何度か見たことがあるが、そこには必ず早乙女(さおとめ)先生もいた。

「上級クラスといえば、みんな偉いっすね。ちゃんと練習してて。しかもグラウンドの使用申請もちゃんと提出してくれていてマジ助かるっす」

「ねー、私たちが学生のころはみんなやりたい放題だったもんねー」

「いや自分は雪(ゆき)サンほどじゃないっすね……」

昔の体育祭か……。

「お2人の時はどんな体育祭だったんですか?」

「私の時は演出で吹雪を出したらすごく怒られてしまいました。もちろん人間逸脱行為で減点対象になるんですけど、えへへ……私も若かったんですよね、楽しくなってつい……」

「軽い災害っしたね」

苦い顔をして死んだ目になっている烏丸先生の様子から、当時の早乙女先生はそれなりの問題児だったのではと想像してしまう。

「か、烏丸先生はいかがでしたか?」

「自分の時は別にフツーっすよ」

「ハルカちゃん、応援合戦の時に学ラン着てすごくかっこよかったんですよ!」

「へえ」

烏丸先生、クールだし似合いそうだ。

「その後、ファンクラブも下級クラスで作られて……そうそう若葉(わかば)さんみたいな感じですね!」

「自分は恥ずかしかったっすけど……」

「その時の映像って残ってたりしますか?」

「ないっす」

「校長が保管しているんじゃないですかね?」

「ないっす」

「映像系は録画技術がない時代のものも保管があると

聞いたことがありますよ。なんでも烏丸一族にそういったことが得意な方がいるんだとか……」

「よくわかんないっすね」

なんで烏丸先生の方が曖昧な返事をしているんだ。バリバリ一族だろうに。

「あー！　零先生！　やっと見つけたわ！」

そうして先生たちと談笑していると、背後から嬉しそうな龍崎の声がした。ぱたぱたと走って俺たちの方へ向かってくる足音が聞こえる。

「わあ！　龍崎さん可愛いですね！」

振り返ると龍崎は、金髪をフワフワと揺らしながら満面の笑みを見せていた。

だが、着ているのはいつもの制服でも体操服でもない。

チア衣装だ。

「ふふ、雪先生ありがとう！　そうでしょう？　アタクシも早く零先生に見せたくて！」

そう言って龍崎は、赤団のチア衣装で俺に向かっていろいろなポーズをとる。

赤団なのでトップスは赤色ベースに白と青のライン入りデザインで、胸元には大きくローマ字で「ＳＨＩＲＡＮＵＩ」と書かれていた。スカートは白ベースで赤いラインのプリーツスカート、だよな、この形。チアの定番衣装という感じでとても似合っている。龍崎の金髪といつものポニーテールがよりチア衣装に映えていて、元気だが綺麗な雰囲気もあった。

「零先生聞いて！　すごいのよ！　アタクシのデザインを彗ちゃんが縫製してくれたの！」

「へー、右左美サンてそういうのできるんすね」

右左美は家庭科の料理で苦労していたと教科担当から以前聞いていたので、あまり手先が器用なイメージはなかったが、この衣装を見る限り、裁縫は得意みたいだ。

「彗ちゃん、『これからの時代は洋裁って聞いたことがあるの。だからちょっと覚えたなの』って言ってたわ。あの子長生きなのね？　……それで、その、零先生、どうかしら？」

不安げな表情でこてんと首を傾げる龍崎の髪が、ふわりと揺れた。丈の短いスカートの裾を持って、ひらひら揺らす仕草に思わずドキッとしてしまうが……チア衣装って下に見えてもいい何かを穿いているんだっけ。じゃあいいのか？　それにしても危ういな……。

「えっと、いいんじゃないか？　王道っぽくて」

「ほんとう!?　嬉しいわ！　零先生ありがとう！」

絶妙に煮え切らない返事をしてしまった俺に、龍崎が喜んでいて、なぜかほんの少しだけ良心が痛む。

「龍崎さん、とっても可愛いですよ！」

「ふむ……色々なタイプの生徒に対応できそーな良いデザインっすね。ちな、しっぽどこから出してんすか？」

一緒にいた烏丸先生と早乙女先生も龍崎の衣装に興味津々だ。

生地を触っていいか許可を取ったり、手を上げて見せてもらったりスカートをめくったり――結構大胆に観察しているな。俺は思わずそんな3人から目をそらしてしまう。

お2人は卒業生でもあるので、自分たちの時との違いが気になるのだろうか。「この素材がその値段で買えるの？」とか「このデザインがイマっぽさ爆上げっすねー、トレンド押さえているとポイント高いっすよ」とか龍崎とその衣装にかなり食いついている。

俺、もうここから立ち去ってもいいかな……。龍崎が俺のために衣装を見せに来てくれたとはいえ、ちょっと、いや、かなりこの空間はいづらいかも……。

「んな――――!!　カリン！　やっと見つけたなの！」

すると耳に響く大声と共に右左美が現れた。

先ほどの龍崎と同じ場所から、右左美は小走りで俺たちに近づいてくる。

「衣装はまだ仮縫いなの！　サイズ合わせの途中でどっか行くななの！　うっかり解けたらどうするなの!?」

「……お色気大サービスかしら？」

「アホなの!?」

全くだ。なんて状態で来たんだ。大サービスで困るのは俺だし！

早乙女先生は「あらあら～」と言いながら困ってい

て、烏丸先生はジト目で俺を見ている。

「……烏丸先生、何か？」

「いやー？　なんでもないっすよ？　ヒトマ先生もニンゲンだなあって思っただけっす」

どういう意味だよ。

「──あ、ヒトマ先生。ちょっと時間いっすか」

「え」

そう言って烏丸先生は、唐突に俺のシャツの袖口を掴み、そのまま早乙女先生と生徒たちに背を向けて、スタスタと保健室の方へと歩いていく。

「ちょっ……烏丸先生……!?」

普通に呼べばいいのに、どうしてわざわざ俺のシャツを引っ張っていくんだろう。

「零先生、どこに──きゃっ！」

俺と烏丸先生が少し歩いて離れたところで、後ろから龍崎の小さい悲鳴が聞こえた。

「龍ざ──」

「振り返っちゃダメっすよ」

その言葉に、思わず振り向きそうになっていた俺の視線が目の前にいる烏丸先生に戻る。

「んな────っ!?!?　カリン!!　だから言ったなの──っ!!」

次に聞こえたのは、怒りながら叫ぶ右左美の声だった。

「彗ちゃんごめんなさい！」

「あわわわ！　大変！　お色気大サービスですね!?　わあ！　龍崎さんのお胸おっきいです！」

「カリン！　とっとと教室戻るなの！　雪も混乱してないで、その白衣貸せなの！」

背中に聞こえるてんやわんやで俺は事の顚末を察した。

「……だから言ったっしょ？」

にひっと、したり顔の烏丸先生になんとなく負けた気分になる。

そういえば校長は未来視が使えたはずだ。もしかして……今、烏丸先生が俺を半ば無理やり連れ出したのも、事前に龍崎のトラブルを察知したからなのだろうか。

じゃあ、龍崎に烏丸先生から何かアクションを起こせば良かったんじゃ——いや、タイミング的にそれでは間に合わなかったのか？　だから、俺を連れ出す方が早いと思っての行動か。

「はーい、着いたっすよー」

くるくると考えながら烏丸先生についていっていたら、いつの間にか保健室に到着していた。

俺に用事なんて無いだろうに……だが、俺はそのまま烏丸先生に流されて保健室のソファに座る。

「紅茶でいいっすね」

「あ、はい」

いつもなら要不要を問われるのに、今日は問答無用で紅茶になった。

別に何も困らないからいいけれど。

それにしても、今年はよく保健室に来るなあ……。

「実際どうなんすか？」

烏丸先生はお湯を沸かしながら、俺へと問いかける。

「どう……とは？」

何の話だろう。

カチャカチャと作業をする烏丸先生は俺に背を向けているので、その表情は見えない。

「ヒトマ先生も悟サンパターンになる系っすか？」

悟サン——こと星野先生は教え子だった早乙女先生とご結婚されている。

つまり烏丸先生は、俺が龍崎とどうにかなるつもりはあるのかと聞いているのだろうか。

「龍崎とはそんなんじゃないですよ」

俺の解釈が合っているのか不安だが、とりあえず否定しておく。

カチリと電気ケトルのスイッチを入れた音がした。

「ふーん。じゃあ未来先生はどうなんすか？」

「もっとないです」

「そっすか」

なんだ……？　烏丸先生はどうしてそんな質問をしてくるのだろうか。

もしかして烏丸先生は俺のことが気になってたり……するのだろうか……!?

「ヒトマ先生？　どしたんすか？　突然そわそわし

て」

「いっ、いえっ！　特に何も！」

まさか……まさかな、いやでも万が一ということもあるんじゃないのか!?

だからといって今後どうこうなりたいとかそういうわけではないのだが……。

そもそも烏丸先生も謎の多い人物だ。

校長の娘でこの学校の卒業生……あれ、だとしたら――。

「あの、烏丸先生のニンゲンになりたい理由って何だったんですか？」

この学校は〝人外生徒がニンゲンになるための学校〟だ。

卒業生ということは、烏丸先生は生徒たちと同じようにニンゲンになりたいと願ってこの学校で学んでいたということでもある。

「へー、キョーミあるんすか？」

机に肘をつきながら、烏丸先生は小さく首を傾げる。

「たぶん、ヒトマ先生は勘違いしてるとかもしんないすけど、自分、実はニンゲンになってないんすよ」

「えっ、でも卒業って」

「辞退したんす」

「卒業を？」

「ニンゲンになることを、っすね」

「つまりどういうことですか？」

「在学中に目標が変わったんすよ。結構いるじゃないすか、そーゆー生徒。自分もそのクチで。それで、卒業はしたけど、自分のやりたいこと的にニンゲンにならない方が都合良かったんで辞退したんす。今の自分がやりたいことは〝この学校と生徒を守ること〟っすから」

またカチッと音が鳴って、電気ケトルのお湯が沸いたことがわかる。

烏丸先生はケトルの方へ向かい、ポットにお湯を入れた。

「今日も暑いからアイスでいっすよね」

それは確認するのか。

「はい、ありがとうございます」

烏丸先生は俺の方をチラッと見て、ポットを蒸らしながらガラスのコップに氷を入れていく。

「在学していた頃の目標は何だったんですか？」

「……いい感じの話でうまくごまかせたと思ったんすけど」

まずい、踏み込みすぎたか。

「単なる興味なので、言いたくないなら大丈夫です。すみません」

「や、別にいっすよ。ちょっとハズいというか若気の至り的なやつなんで……」

気まずそうだが本当にいいのだろうか。本人がいいならいい、のか？　申し訳なさを覚えながらも、そのまま何も言わずに烏丸先生の言葉を待つ。

「……自分、ニンゲンの好きな人がいたんすよ」

蒸らした紅茶の香りがふわりと保健室を包み始める。

「ただそれだけの話っす。近づきたくて、ニンゲンになろうと思ってたんすよね。今思うとだいぶ単純ってゆーか、笑っちゃいますよね。だから龍崎さんにもちょっと思うところがあるのかもしんないっすねー、なーんて」

へらっと笑う烏丸先生は、いつもの調子で何でもないことのように続ける。

「それで、自分はもう在学中に『ああ、これはもうダメだな』って思ったんで、その時点で本物のニンゲンになることは諦めたんすよ」

「本物の？」

どういうことだろうか？

「自分、こう見えても位の高い爆裂に偉い妖怪なんすよ。だから偽物の……んー、ニンゲンっぽい存在にはなれるんすよ。てか今がそーじゃないすか、変化った方がわかりやすいかもしれないすね」

いえーい、うまいっしょ？と、烏丸先生は俺に逆ピースをして見せる。

確かに烏丸先生はこのまま人里にいても何も違和感はない。逆に都会的な美人なので田舎では浮くまである。

やはりあの校長のご息女だ。ゲームなら中ボスくらいのレベルが高い。使用できる術のレベル

「――ん？　在学中に？」

「なんすか？」

ひとつ引っかかったことがあったのだが、聞いていいのだろうか。

「在学中にその、こう、ダメだなって思ったということは、相手ってもしかして、この学校にいたんですか？」

しまったといわんばかりに烏丸（からすま）先生は自分の口をふさいだ。烏丸先生にとって失言だったのだろうか。

「……だから龍崎（りゅうざき）さんにもちょっと思うところがあるのかもしんないすね？」

ってことは――

「それはもう『相手は教師』の反応じゃないですか！」

「ばれたかー。いやー、出会った頃は違ったんすけどねー」

烏丸先生は観念したように肩をすくめ、椅子の上でくるくると回った。

そっか……相手は教師で、烏丸先生は諦めなきゃいけない状況で――。

「――俺は、もっとはっきり言った方がいいと思いますか？」

烏丸先生は椅子を止めて小さく溜息（ためいき）をついた。

「龍崎さん、そんなに望みないんすか？」

「……生徒なんで」

「卒業しても、すか」

「はい」

「そっすか」

烏丸先生は紅茶に口をつける。

なんとなく、烏丸先生を傷つけてしまったような感触がしたが、これは俺も譲れない。

俺にとって生徒は、ずっと生徒だから。

「うーん、マジでないなら、早めの方が傷は浅いかもしれないすねー」

「やっぱりそうですか」

「ヒトマ先生、断ってはいるっぽさあるけど、なんだかんだ期待させちゃってるとこあるじゃないすか。自分、見てて思うんすけど」

「正直……まあこれは恋愛ごとが苦手な俺が悪いんで

すけど、龍崎がどこまで本気かわからなくて、真面目に返事をしづらいと言いますか……」

「あーね？　一生懸命すぎて逆にね？」

烏丸先生はふわふわしているが、その空気感のおかげで俺も緊張せずに話せる。

なんというか、全肯定的な安心感。

「まあ、自分の時は何も伝えずに勝手に玉砕しちゃったんで、なんも参考にならないんすけど、そうやってちゃんと相手に終わらせてもらえるのなら区切りがついていいかもしれないすね」

勝手に玉砕だったんだ……。

「何か聞きたそうな顔っすね」

「え、すみません」

しまった、顔に出てしまっていたか。

「ヒトマ先生素直でうける。まあ、そんなこともあるんすよ。だから自分は今もまだ、綺麗な終わりが見つけられなくて、この学校にいるのかも……」

烏丸先生の想い人はまだこの学校にいるのだろうか。

そもそも、烏丸先生はいつからこの学校に関わっているのだろうか。

聞きたいことはいろいろあるけれど、なんだかこれ以上はさすがに踏み込みすぎだと自分でも思うので、何も言えなかった。

——ちゃんと相手に終わらせてもらえるのなら、区切りがついていい、か。

ちょうど夏休みだし、2学期に入る前に龍崎ときちんと話そう。

そして——龍崎の気持ちには絶対に応えられないことを伝えないとな。

＊＊＊

「れれれ零先生！　アタクシに真面目な話って、いい い一体何かしら！！！」

夏休みも半ばになり、生徒たちのチアも形になりだした頃、俺は龍崎を上級クラスの教室へと呼び出した。

いつもこの時間は普通に授業をしているのに、教室には俺と龍崎の2人しかいなくて、なんだか変な気分だ。

「ああ、そろそろ龍崎とちゃんと話そうと思って」

「な、何かしらっ！」

それにしても、龍崎はめちゃくちゃ緊張しているな。あまり畏まられると却ってやりづらい。

最初は軽く世間話から始めようと思い、練習の様子を聞いてみる。

「……あのさ、チアの練習、どんな感じだ？」

「へ？　チア？」

龍崎も自分で思っているより間抜けな声が出てしまったと思ったのか、慌てて恥ずかしそうに口を隠した。気まずそうに目を泳がせて、もじもじと少し不満げな様子で俺を見上げる龍崎は可愛い。

そう、可愛いのだ。

「……アタクシたちの赤団は順調よ。万智が指揮をとってくれて、アタクシと彗ちゃんがそれについていく形ね。チアの振り付けもほとんど固まっていて、あとは中級クラスが入った時に調整ってところかしら？　白団はトバリちゃん中心にやってるみたいだけれど、そこまで詳しくはわからないわ。でも衣装もできてきているみたいだし、上手くやっているんじゃないかしら？」

適当に振ってみた雑談だったが、しっかりわかりやすい各団のチアダンス進捗報告をしてもらえて、素直に嬉しかった。

「すごいな、みんな頑張ってるんだな」

「そうね。でも彗ちゃんの体力が心配だけれど……。あの子ストイックだから練習終わった後も、寮の裏で自主練しているみたい」

「大丈夫なのか？」

右左美は体育祭も頑張ってもらいたいが、大学の受験もある。全部やろうとして力が及ばないなんてことは避けたい。

「アタクシも気になって聞いてみたら『時間と体力管理くらいできて当たり前なの』って言ってたわ。お勉強の合間のリフレッシュとして振り入れとクオリティアップを頑張っているそうよ」

ああ……確かに右左美なら言いそうだ。

けれど、本当にできているのだろうか。

右左美みたいなタイプが自分ひとりで管理すると、だいたいストイックになりすぎて、自分のできること以上に頑張ろうとしてしまう傾向があるから……。

また右左美にも話を聞いてみるか。

――ぽす、と、俺の右腕に何かが当たった。

「ね、零先生……それだけ？」

いつの間にか龍崎が俺のすぐ右側に来て、顔を近づけてきていた。少し火照ったような頬と、上目づかいで、何かを期待しているかのように潤んだ瞳。控えめに俺の服をつかんでいる手もなんだかぎこちなかった。何かが当たったと思ったのは、龍崎がつかんだ手か。

それにしてもこの距離とポーズ。

まるで腕を組もうとしているかのような状況だ。

「その、アタクシ、こうやってわざわざ呼び出されて、まるで少女漫画みたいなシチュエーションでしょう？それでアタクシ……前は零先生の優しさにつけこむなんて言ったけれど、あれから1年と少しが経って……そろそろ零先生の心にアタクシはいるのかしら？　アタクシは100年くらいなら全然待てるのよ？　でも零先生や他のニンゲンの感覚だとそれじゃあ寿命がきちゃうんでしょう？　だからやっぱりお返事は今くらいのタイミングなのかしら？　なんて……期待しすぎ、かしら？」

じっとこちらを見つめる龍崎の瞳にわずかに熱がこもるのがわかる。

だからこそ、俺もちゃんと言わなければいけないと思った。

「そうだな、もう一度ちゃんと言うよ」

もう一度、という俺の言葉に、俺の服をつかむ龍崎の手に力が入る。

「去年と変わらないよ。龍崎のことは生徒である限りはひとりにしたくないし、ずっと見守っていたいと思うけど、やっぱり龍崎の気持ちには応えられない」

俺の服をつかんでいた龍崎の手が離れていった。

龍崎は切ない表情できゅっと目を細めている。

「……もしかして零先生、他に好きな人ができた？」

「そういうわけじゃないけど――」

「けど、何かあるのね？」

「絶対に望みはないのに期待させるのは、やっぱり良くないと思ったんだ」

「絶対に望みはない……」

声が震えている。

龍崎は俯いて自分の服を掴んでいた。

「本当に先生の優しさにつけこめる余地は全くないのかしら」

「ごめん」

現在進行形で傷つけているのは分かっているが、ここで迷ってはいけない。絶対に。

それは龍崎への可能性ではなくて、ただの同情だから。

「そう……アタクシはまたひとりになるのね」

龍崎の頬を一筋の涙が伝った。

龍崎はかつて一緒に暮らしていた姫様に裏切られて離れ離れになっている。

そばにいてくれる存在。

龍崎が求めているものは、恋人というよりそういった存在だ。

俺は、そうはなれない。

「龍崎――うわっ！」

突然の熱波が龍崎から教室に溢れていく。

夏の暑さなんて比ではない。

なんだこれ……!?　真夏とはいえ、室内でここまで熱いのは異常だ。教室は冷房もつけていたのに、一瞬でまるでサウナ状態になっていた。

「どうして……どうしてアタクシは……」

そんな中、龍崎はぼろぼろと涙を流しながら、自分の胸元を押さえて苦しそうにしていた。

「零先生ごめんなさい……。アタクシから……はなれて……っ！」

「え、わっ！」

龍崎に突き飛ばされた俺は、そのまま後ろに倒れ込んだ。……龍崎に触れた場所が熱い。

「零先生なんて……大好きで、アタクシどうしたらいいかわからないわ！　でも……もう全部なくなっちゃえばいいのに。零先生のこと、嫌いになれたらいいのに……！」

その一瞬で、上級クラスの教室に龍崎を中心とした熱風が勢いよく渦巻いた。机がなぎ倒されて、黒板消しが宙を舞う。

「もう嫌なの！　アタクシをひとりにしないで……」

龍崎はなんとか立ってはいるがふらふらとしている。倒れたら危ない。けれど俺は突き飛ばされ、風圧によって近づけず、支えることもできない……！

「ごめんなさい……やっぱりアタクシはニンゲンになんてなれないんだわ……。誰かに大切になんて……」

おそらく龍崎は暴走してしまっている。

俺のせいで――。

なんとかしたいが、俺は風で壁へと押し付けられてしまって動けない。今の状態では龍崎に近づくことも、離れることもできないのだ。

「こんなことになるならもう、いっそ――」

近くで――パン、と何かが割れる音がした。蛍光灯だった。その直後、額のあたりに鋭い痛みが走る。

「痛っ！」

「零先生！」

飛んできたガラスで切ってしまったのだろうか。切った場所からゆっくりと何かが伝うのがわかる。

でもこの感じだとそこまで深くなさそうだった。漫画みたいにだらだらと流れてはいないので一応大丈夫だと信じたい。

けれど、こんな姿を龍崎が見たら……。

「アタクシのせいで……アタクシのせいで零先生が……アタクシがよくないことを考えてしまったから……！」

「大丈夫！　全然大丈夫だから！」

まずい。龍崎を落ち着かせたかったのに、さらに追い詰めてしまった。

風の勢いはだんだん強くなる。

すぐ近くに、ガンッと机が飛んできた。

俺はその机を自分に寄せて、飛んでくるものから身を守る。

「ごめんなさい……ごめんなさい零先生……っ！」

龍崎はずっと泣いている。

そのまま風の中心で、ぺたんと力なく座り込んでしまった。

「龍崎、大丈夫……！　俺は全然大丈夫だから……！」

だが、風は止まない。

「アタクシがニンゲンになりたいって思ってしまったから……。アタクシが……アタクシのせいで……アタクシの大切なもの……全部、壊してしまうんだわ……」

龍崎に俺の声は届いていない。

どうしよう。このままだと俺も龍崎も傷ついてしまう。それでも――。

「龍崎、大丈夫だ。まず深呼吸！　深呼吸してみよう！」

少しでも龍崎が落ち着けたら――そう思って声をかけ続けるが、盾にしている机に何かがぶつかる音がするし、下手すると机ごと風に持っていかれそうになる。

どうしよう、このままだと――。

「ヒトマくん！」

「校長!?」

教室のドアの方から声が聞こえた。

危ないので、机から顔を出して確認できないが、確かに校長の声だ！

「わっぷ、この部屋熱すぎじゃないすか？　あ、自分もいるっすよー」

「烏丸先生……！」

俺はこの強い風の中で立つことすらままならないのに、２人は平気なのだろうか。

「もうダメよ！　アタクシは全部壊すんだわ！　だから……来ないで……！」

龍崎がそう叫んだ直後、校長が小声で何か呟いた。聞き取れないが、何らかの術式なのだろうか。

校長の声が止む。すると、ごうごうと吹いていた風が少し弱まった。

「来ないでよぉ……」

よし……これくらいなら様子を確認するくらいはできる……！　すぐに顔を出して見回す。

龍崎は相変わらず、風の中心でぐったりと座り込みながらぼろぼろと涙を流していた。校長と烏丸先生がゆっくりと龍崎の方へと歩いていく。散らばっているガラスや他の物が、２人を避けるように飛んでいた。

——いや、２人の周りに風でできた壁があるのか。

龍崎はずっと泣いていた。

「龍崎さん」

先に口を開いたのは校長だった。

龍崎はその声に顔を上げたが、まだ混乱しているのか、ぼろぼろと涙を流し続けている。

「こ、こうちょう、せんせ。……こない、で。あぶないわ……っ！」

「龍崎さん、ボクは大丈夫なのねん。伊達に何百年も烏天狗やってないのねん」

「あ、自分もっすよー。風とか超強いんで。もう大親友じゃん？みたいな」

いつも通りの２人の様子を見て、龍崎の呼吸がだんだん落ち着いてゆく。

それに伴って、周りの風も弱まっていくようだった。

「……うっ、ア、アタクシ、もうニンゲンに、なりたくないわ。どれだけあしらわれても、いつかは報われるって、アタクシ、信じていたのに……っ」

ぐすぐすと嗚咽を漏らしながら龍崎は一生懸命喋っている。涙がぼろぼろと龍崎のスカートに落ちて、歪な水玉模様を作っていた。

その姿に心が苦しくなる。龍崎の暴走は、俺のせいでもあるのだ。

俺がもっと上手く伝えられていたら——。

「それに……零先生に、ケガまで……させてしまって」

机から顔だけ出している俺と、龍崎の目が合った。

いや、龍崎は俺の額を見ているのだろうか。

「え、まじすか。あーほんとだ」

細かいガラスをちゃりちゃり踏みながら、烏丸先生が俺の近くへ歩いてくる。

「ちょーっと失礼しゃーす」

目の前まで来た烏丸先生は、そのまま俺の前髪を上げて、傷の様子を確認していた。

「あっ、全然平気です！　本当に！　もう血とか止まったみたいですし！」

実際どうであれ、これ以上龍崎に心配はかけたくない！

伝われ！　と思いながら、烏丸(からすま)先生にアイコンタクトを送ってみる。

烏丸先生は、何故(なぜ)か一瞬笑いをこらえるような顔をしたが、すぐにいつもの顔になって龍崎(りゅうざき)の方へと向き直る。

「そっすね。ヒトマ先生の言う通り、見た感じ浅いっぽいから大丈夫そうっすよ。念のため後で保健室で処置だけよろしゃす」

「う……はい」

とりあえず、大丈夫って言ってもらえて良かった。

これで龍崎も少しは安心できただろうか。

龍崎は、辛(つら)そうに俺を見ていた。

「龍崎さん、ヒトマくんは大丈夫なのねん。それにボクたちも来たから、もーっと大丈夫なのねん。ボクたちは今の君より強いのねん。だから、君が心配している君の力くらい抑えられるから安心するのねん」

そうして校長は小粋なウインクをキメた。

「校長先生……そう……なのね……。よかった……」

校長と烏丸先生の問いかけで龍崎はだいぶ落ち着いてきたようだった。

風はいつの間にか、凪(な)いでいた。

「ごめんなさい、アタクシ……」

龍崎はすっかり落ち込んで、青ざめてしまっている。

無理もない。自分の意志ではなかったとはいえ、教室は大惨事だ。机は倒れ、傷つき、チョークも黒板消しも蛍光灯のガラスも掲示物も——教室にあったものほぼ全てが乱雑に床へと投げ出されている。

「俺もごめん。大丈夫か、立てるか？」

俺は龍崎に手を差し出した。

龍崎はその手をじっと見つめ、また泣きそうな顔をしたかと思えば、ぎゅっと睨(にら)んでプイっとそっぽを向いてしまう。

「……っ、アタクシ、大丈夫じゃないわ！」

「やーい、ヒトマ先生フラれてやんのー」

何故か烏丸先生が楽しそうだ。

俺は心配して出した手を拒否されて、少なからずショックを受けているというのに……。

「でもヒトマ先生、今の『ごめん』はちょーっと無神経ってゆーかぁー」

「こら、ハルカ！　変に茶化さないのねん！　龍崎さん、もうさっきより調子戻ったのねん？」

「あ……、ええ……うん」

龍崎は自分の手のひらを見つめながら何度か手を閉じたり開いたりしている。

「ごめんなさい校長先生、ハルカ先生も……もう大丈夫よ」

「それはよかったっす。……さて」

そう言って、烏丸先生は教室を見回す。

龍崎は口元を押さえながら申し訳なさそうに俯いていた。

「零先生、本当にごめんなさいっ！　アタクシ、教室をこんな……大変なことにしてしまって……！」

「大丈夫だ、みんなで片づけるから、な？」

「でも……」

龍崎は深く反省している様子だ。

なかなかの大惨事、俺たちが手伝うと龍崎の罪悪感が大きくなってしまうだろうか。

けれど、教室は1人で片づけられる状態でもない。

すると、何か考えていた様子の烏丸先生がパッとひらめいた顔を見せた。

「龍崎さん、女子会しません？」

「女子会……？」

「そっすよ、一緒にコイバナしましょ」

にやりと笑いながら烏丸先生が龍崎の肩に手を置く。

このタイミングで？　何か意図があるのだろうか。

烏丸先生は話を続ける。

「実は自分も似たような経験してんすよ。だから、龍崎さん、この際2人で良いことも嫌なことも話し合いましょ」

その言葉に校長の目がくわっと開かれた。

「ハルカ？　どういうことなのねん？　ボクはハルカのそういう話知らないのねん。いつの話なのねん？在学中なのねん？」

あれ？　校長は在学中の烏丸先生の目標を知らなかったのだろうか。困惑している様子だが、なんだか目が親心パワーで怖い。

「パパうざーい」

「う……!?」

烏丸先生の雷のような会心の一撃で、校長が白目を剥いて、ぐらりとスローモーションのように倒れてゆく。

「校長――!!」

「なの……ねん…………」

そんな『無念……』みたいな言い方で……！

白目をむいて固まってしまった校長を、俺はしっかりとキャッチする。

やはりいくつになっても娘から言われる「うざい」の一撃は重いんだ……。いや、なんだこれ。

「ヒトマ先生、校長がなんか固まっちゃったんで、適当に持っていってください」

「ええ……」

なんて雑なんだ、これが親子の温度感か……。

納得いかない気持ちもあったが、俺は固まってしまった校長をしぶしぶ引きずって教室の外へと運び出す。


「あの、零先生」

ちょうど教室を出たところで龍崎に呼び止められた。

そして思い出す。

龍崎の暴走や校長たちの乱入もあり、てんやわんやだったが、俺は龍崎のことを……。

龍崎は迷いと後悔と悲しみが入り混じったような、複雑な表情をして俯いていたが、顔を上げて俺と目が合うと、控えめながら精一杯の笑顔になる。

「……零先生の気持ち、教えてくれてありがとう。取り乱してしまって……ごめんなさい。零先生は真面目にお話をしてくれようとしていたのに……。こうして今日みたいな時間を作ってくれたってことは、それまでアタクシのことをたくさん考えてくれたってことよね？　アタクシのことで頭をいっぱいにしてくれたってことよね？　アタクシ、それだけで十分……嬉しかったわ！」

泣きはらした目に薄く涙を浮かべながら、懸命に笑顔を見せる龍崎は、とても一生懸命で、それに応えられない自分が悲しかった。

でも、俺にも守れないものはあって。

そして龍崎は困ったように微笑む。

「ふふ、アタクシったらダメね。あんなにひどいことをしてしまったのに、まだ零先生のこと、大好き」

ひどいこと、だなんて。

——俺も龍崎のことは好きだよ。生徒として。

俺は龍崎の言葉に「そっか」としか返せなかった。どうあがいても傷つけてしまうから、せめて少しでも優しい声色で。

今の龍崎にとって残酷だとわかっていたから、「ありがとう」すら、今は言えなかった。

じわりと龍崎の瞳がきらめく。

龍崎はバッと俯いてしまって、ぎゅっと閉じた唇以外の表情は見えなかった。

「さあ、ハルカ先生！　女子会しましょう！　アタクシ、ハルカ先生のお話にとっても興味があるわ！」

「ほーい。そんじゃ、男子禁制なんで。ヒトマ先生と校長は出て行ってくださーい。あ、教室は自分たちで片づけておくんで。じゃ」

ぽいぽいと俺と校長は教室の外に投げ出される。

龍崎の声は震えていた。

これが、龍崎と向き合った結果だ。

龍崎は高尚なドラゴン。

誰よりも強いドラゴン。

そして、誰よりもまっすぐ立ち向かっていく、1人の生徒だった。

春名とは違った意味で、俺は龍崎を傷つけたことを忘れない。

ただ守りたかったのだ。

俺が存在しない龍崎の未来を。

教師という存在は最終的に、生徒にとって必要のない存在であってほしい。

——そうじゃないといけない。

＊＊＊

「――校長、起きてください」

俺は膝の上にいる校長の肩を軽くたたく。

「はっ！　長い夢を見ていたのねん」

「なんですかそれ」

目をぱちぱちさせながら、むくりと起きる校長がなんだかコミカルで俺はほんの少し和んだ。

「ん？　ハルカはどうしたのねん？」

「教室で龍崎と女子会をするみたいです。片づけを手伝おうとしたら、男子禁制と言われてしまって――」

きょろきょろと辺りを見回す校長に、俺たちが烏丸先生によって廊下に出された経緯を説明する。

「なるほどなのねん」

校長はこくこくと頷きながら、この状況を理解してくれたようだ。

「そういうことなら、ちょっと移動するのねん。ここにいてもしょうがないのねん」

「あ、はい」

俺はちらりと上級クラスの教室を見る。

ドアが閉まっているので、中の様子はわからない。

「……心配になる気持ちもわかるのねん」

教室の方を向いている俺に気が付いたのか、校長が階段を下りながら俺に語りかけてきた。

後ろ髪を引かれる思いだが、校長の言う通り、ここにいても何も変わらないので俺も校長の後に続く。

「ボクもハルカのことが心配なのねん……似たような経験ってなんの話なのねん……。在学中もそんなそぶりは見せなかったのねん……。一体どこの誰がハルカを……」

ここまでうじうじしたオーラをまとっている校長は初めて見た。

なんだかんだ校長は烏丸先生のことが大切なんだ。

「はぁ……。少し寂しいけれど、子供も生徒も、ボクたちの知らないところで成長しちゃうのねん」

遠い目をした校長が零すように語る。

「そうですね……」

少し前の若葉の時もそうだった。

俺がいなくても根津が若葉のことをちゃんと見て、

動いてくれていた。

今回の龍崎の件も――いや、龍崎の件は俺が当事者すぎるから特殊なケースか。

龍崎は烏丸先生と何を話しているのだろう。

烏丸先生は話しやすい雰囲気を作ることが上手いから、きっと龍崎もたくさん話ができるだろうな。

俺と校長はそのまま、夏休みで誰もいない職員室へと戻り、体育祭の練習はどうだとか、とりとめのない雑談をしていた。

＊＊＊

しばらく後に職員室に戻ってきた烏丸先生曰く、龍崎はひとしきり烏丸先生と話をして先に寮へと帰ったそうだ。

内容は2人だけの秘密、らしい。

そう言われると余計に気になってしまうけれど、きっと俺は知らない方がいい内容なんだろう。

「――ヒトマ先生」

「はい」

なんだろう。少しかしこまった雰囲気で烏丸先生に名前を呼ばれた。

「龍崎さんの話を聞いて、なんか、逆にヒトマ先生のこと見直したっす」

「あ、ありがとうございます……？」

「はは、ここでキョドるのはちょっとダサいっすよ」

そう言って烏丸先生はけらけらと笑っていた。

＊＊＊

「あ……」

「お……っす、龍崎、おはよう」

気まずい。

さわやかな朝の空気の中、向かう方向が同じなのでそのまま一緒に通学することになる。

「昨日ね、ハルカ先生と話したのよ」

先に口を開いたのは龍崎だった。

「ねえ、零先生。アタクシ、もう零先生との未来があるなんて期待はしないから安心してね」

力のない龍崎の微笑みに俺の心がチクリと痛む。

望んでいたことだし、未来を求められても応えられないのに。

「でもね、アタクシがこの学校にいる間だけ、零先生のこと好きでいることは許してほしいのだけれど……ダメかしら？　もう、アタクシは好きな人に好きを伝えたいだけよ。他に何も望まないわ」

龍崎の問いに俺は少し迷ってしまった。

それは、また変に期待をさせてしまうのではないだろうか。けれど――。

「俺にも、他の誰かにも、龍崎の感情を制限する権利なんてないよ」

「じゃあ、良いってことで間違いはない？」

「龍崎が思ったり、感じたりすることに良いも悪いもない。龍崎の感情は龍崎だけのものだから」

龍崎は「なるほどね？」と少し考えながら歩いていって、ぱっと俺の方へと振り返る。

「零先生がアタクシのことをどう思っていたとしても、アタクシは零先生のことが好きよ！　ああ、でもそれだけ！　それだけだから！　この感情はやっぱり抑えられないから、伝えるだけ伝えるわ！　お返事はわかっているからいらない！　大丈夫よ！」

そして、龍崎はとびっきりの笑顔で――。

「零先生、愛してるわ！」

それはうっかり恋に落ちそうになるほどの一瞬で。

不覚にもときめいてしまったが、俺はすぐに平静を取り戻す。

そう、生徒とは恋愛なんてしない。

俺は小さく深呼吸をして、龍崎に返事をする。

「うん、ありがとう」

今なら、そう返してもいいと思った。

もう龍崎もわかっている。

この「ありがとう」には龍崎が本当に望む意味が含まれていないことを。

龍崎は諦めたように目を細めて、ゆっくりと瞬きをした。

「零先生、ありがとうって言ってくれてありがとう！」

「なんだそれ」

「ふふ、嬉しかったから！」

俺と龍崎の関係は何も変わらないまま、ただ少しの苦みと諦めと成長が俺たちの間にはあった。

龍崎はもう、そういう意味で俺に期待しない。

そうして俺の夏休みは終わったのであった。

＊＊＊

「ねえ先生。明日世界が終わるなら何をする？」

今日もまた春名は社会科準備室に来ていた。

あれから授業に出ない日も増えてきて、今ではほとんどの時間をここで過ごしている。

「なんだそれ」

「ただの喩え話だよ」

そして、春名の声のトーンが日に日に下がっていることにも気が付いていた。

「そうだなぁ……。まだやってないゲームを全部終わらせる！」

「あはは、なにそれー」

今日もまた他愛もない会話だけだ。

おそらく、春名が一番話したくないことは、春名が一番話したくないことなのだろう。

教室に行きたくない理由は、まだ教えてもらえなかった。

ただ、こうやって話している時は、たまに穏やかな顔を見せてくれる。それだけが救いだった。

「春名にはわからないかもしれないが、俺にとっては大事なんだよ。俺は聞いたことのない物語を聞いてみたいし、見たことのない景色だって見たい！　そういったロマンにも似たものをゲームに見出していてだなぁ！」

「ふーん？」

子供でも見ているような顔で春名は頬杖をつく。

「……やっぱりわかってないな？」

「うん。だって、世界の終わりでしょ？　ゲームよりもっとやることあるって。そういう時、普通は恋人や家族と過ごすって言うんじゃないの？」

「……春名はそうなのか？」

俺の問いに返されたのは、穏やかな――笑顔。

この笑顔は何の笑顔だろう。

「私は――嘘をつくと思う」

「嘘？」

意外な回答だ。

「うん。『世界が終わるなんてあるわけないじゃん』って嘘をつくよ。そして、その嘘を信じたニンゲンと普通の日常を過ごして終わるの」

「ふーん、優しいな」

「は？」

春名の眉間に皺が寄るが、そのまま話を続ける。

「だって、それは終わりを受け入れられない人のための嘘だろ」

「道連れにしてるだけだよ。私が終わりを受け入れられないから」

そう言って、また春名は悲しく微笑む。

まるで何かを諦めるように。

「……明日世界が終わればいいのに」

まるで、独り言のような暖かく穏やかな口調。

終わる悲しみも、憧れも、何もないけれど、そこには希望も無かった。

――助けてって、言われた気がした。

「俺さ、春名が『世界が終わるなんてあるわけない』って言ってたら、それ信じると思うんだよね」

春名は少し驚いた様子だったが、すぐに穏やかな笑顔に戻る。

「……それじゃあゲームもできないよ」

「そうかもなぁ。でも大丈夫」

「はは、なにそれ。私、別に先生を道連れにしたくないんだけど」

嘲笑混じりの言葉。

それは優しさか、ひとりで全部背負うための強がりか。それとも――。

「だから、私のことなんて信じなくていいよ」

——他人を巻き込むことを躊躇する臆病さか。

きっと、春名はこれ以上踏み込むと離れていくだろう。春名の言う「信じなくていい」というのも、ある程度は本心なのだ。けれど、全てを拒絶してほしいわけじゃないことも、ちゃんとわかっていた。

「騙してもいいよ」

春名の視線が俺の方に向く。

信じる、とは言えなかった。

今の春名には、その言葉はあまりにも重いだろうから。

「嘘でもいいから、春名の言いたいことを聞きたい。俺は、春名の味方だ」

自分でも春名を受け入れているのか、突き放しているのか、よくわからなかった。

嘘でもいい、なんて。まるで春名を嘘つき呼ばわりしたように思われないだろうか。

換気扇の音だけが聞こえる社会科準備室の中で、春名は黙って俯いていた。

「……あの、さ」

しばらく沈黙が続いた後、迷っているような歯切れの悪い言葉で春名は話し出す。

「私……ここに、いても……いいのかな」

そして春名は教えてくれた。

今、春名の世界で何が起こっているのかを。

人外教室の人間嫌い教師③

ヒトマ先生、私たちと未来に進んでくれますか……？

人間嫌いと真夏の体育祭

MISANTHROPIC TEACHER IN DEMI-HUMAN CLASSROOM.

8月25日。夏休み中ではあるが本日は登校日だ。

簡単な連絡のみのホームルームが終わり、もう今日はこれで終了。

久々に会った春名もなんだか珍しくぼんやりとしていた。

休み明けでまだ本調子じゃないのだろう。

「零先生！　おはよう！　今日も素敵よ！」

「龍崎、おはよう」

龍崎は手を振りながらパチンとウインクをして見せる。

あれからも龍崎とは、体育祭の練習でたまに顔を合わせていた。

龍崎のアピールは前よりも控えめだったが、代わりにじっと見つめられることが増えた気がする。

「ね、カリンー」

するりと龍崎の後ろから羽根田が現れた。

羽根田はそのまま龍崎のウエストに手を回しながら肩に顎を乗せて、ぎゅっと後ろから抱きついている。

「赤団の練習どんなかんじー？　今日から中級クラスも練習に参加するんだけど、振りとかいけそ？」

「あら、偵察かしら？　白団のトバリちゃん？　もちろんバッチリよ！」

2人ともたくさん練習して自信があるからか余裕の笑みだ。

「仲良さそうでよかったよ」

こうやって生徒が楽しそうに会話している姿を見ると心がほっこりする。

「……それ本気で言ってます？　バチバチでは？」

春名は意味が分からないという様子で眉間に皺を寄せている。

バチバチには見えなかったが……。

「せんせぇたちの意見、割れちゃったねぇ」

小此鬼が萌え袖を自分のほっぺに乗せながら、俺たちの様子をぽやーっと眺めている。

「どっちでもいいの。とっとと校庭で練習するの」

「バチバチなのはうちゃみの態度っちゅよ～」

「万智、うるせえの」

出会った頃よりかなりマシになっているとはいえ、

まだまだ右左美は口が悪い。

「こら右左美、もっと優しく――」

「そだよぉ～、勝つのはぁ、白団だからぁ、うさみぃとまっちーがなんかゆっててもぉ、かんけーないもんねぇ。負けいぬ……負けうさぎとねずみが鳴いてるってゆぅかぁ」

「小此鬼も煽るなって」

ぽやぽやふわふわの口調なのに何故か煽りに圧があるのは、余裕を感じるからだろうか。

「うん。勝負の世界は甘くないからね、負けないよ」

若葉まで乗ってきた。こういう時はいつもきょとんとした顔で静観しているのに。

こうなるともう一旦俺は引くしかない。

「ちゅえーん！　うちゃみー！　若ちゃまとマキが、ちょ――っと身長あるからって調子に乗ってっちゅーー！　あいつら上から物申してくるっちゅ！」

「ふん、雑魚の相手してるヒマないの」

「やーい！　ざーこざーこっちゅ！」

すがすがしいまでの根津の三下っぷり。これはだいぶ煽り性能が高い。

だが、言われている若葉は綺麗に整った顔で春風のように微笑んでいた。

「うん？　ごめんね。ぼくはそういう言葉遣いを生まれてから一度もしたことがないから、返事は難しいかな？」

「ぢゅ……っ！」

根津は固まってしまった。

「うわぁ～、これは若の勝ちだねぇ」

ツンツンと半笑いで小此鬼が根津を突いている。

根津はうわごとのように「ざこ……ざこは……万智……？」と言っていた。

「天然って強いのね……」

「その言葉もホントっぽいところがまた……ねぇ？」

龍崎と羽根田も顔を見合わせて感心していた。

「え、ぼく、また何かしてしまったのかな」

「ナチュラルにそのセリフ使うことってあるんだな」

漫画やゲーム、もしくはふざけて使う時にしか聞かないセリフだと思っていた。

「私は若葉さんの気持ちわかりますよ？　そういう言葉に触れてこないと使うのって難しいですよね」

「ふーん、春名センセって若葉とは違う方向で潔癖って感じするー」

すると突然上級クラスの教室の扉が開いた。

「若さまー！」「きゃー！　一緒の団になれて嬉しいです！」「今日も麗しいー！」

怒濤の中級クラス生徒による黄色い声が、俺たちの鼓膜に響く。

誰かすっごい通る声の生徒がいるんだよな。誰だ。

「あ、あなたたち！　他の教室に入る時はまずノックをしなさい！」

勢いと声に押されていた俺は、毅然とした態度で中級クラス生徒に指導をする春名に後れを取ってしまった。

「えー、だってぇー」「練習時間になっても誰も来ないからー」「そうそう、あたしたちは上級クラスの皆さんを迎えに来たんですー」

ああそうか。もう他のクラスのホームルームもとっくに終わっている時間だ。

それに教室の空気も雑談ムードだったから、問題ないと思ったんだろうな。

「じゃ、練習頑張ってこいよ」

上級クラスの生徒たちは、その俺の言葉をきっかけに、教室を出て中級クラスの生徒とグラウンドへ向かっていった。

＊＊＊

朝日で気持ちよく起きたのはいつぶりだろうか。

いつもは呪っている太陽の光も、今日だけは晴れてくれたことに感謝した。

9月上旬は台風のシーズンだから少し心配していたが、そんな心配も太陽が吹き飛ばしてくれていた。

イベントがある日の朝は、なんだか少し空気が違う気がする。

実際はただの気持ち的なところなんだろうと思ったところで、俺は自分が想像以上に体育祭を楽しみにしているのだと気づいてしまった。

体育祭、学生のころは嫌いな行事だったけれど、今は生徒が努力してきた成果を発揮する場だ。

さて、本日は体育祭本番。

俺はまず顔を洗って出勤の準備を始めた。

＊＊＊

学校のグラウンドには、もう体育祭の入場門と退場門が設置されていた。

そして、いくつかのテントも校庭のトラック脇に建てられていた。

生徒たちは自分が出場する競技ではない時には、基本的にそのテントの下で自分の所属する団の応援をすることになっている。

上級クラスはメイン競技が応援合戦なので、他競技は１人１種目のみ出場する予定だ。

「セーンセ、暇そうじゃーん？」

「羽根田（はねだ）もな、あと、馴（な）れ馴（な）れしく肩を組むな」

教員用テント内にあるパイプ椅子で休憩していたら、隣に羽根田がやってきた。

俺は身をよじらせて羽根田の腕を躱（かわ）す。

体操服の袖をまくってタンクトップみたいに着て、頭には白いハチマキが巻いてある。いつもひらひらとなびいていた２つの毛束に、今日は２本の白が混ざっていて、羽根田は白団の方が色的に映えるんだなと思った。

「あー！　トバリちゃんずるいわ！　アタクシも零（れい）先生の隣に座りたいのに！」

俺と羽根田を指さしながら龍崎（りゅうざき）もやってきた。

龍崎は赤いハチマキをポニーテールのリボンのように結んでいる。前の学校でも、そういったハチマキアレンジをしている生徒がいたことを思い出した。

「２人ともまだこんなところにいたんですか？　もうすぐ開会式だから自分の団のテントに戻ってください」

そう、今２人に注意をした春名も、アレンジをしていた生徒のうちの１人だった。

「あ、龍崎さん、ちょっと」

「なあに？　未来先生」

春名は龍崎のリボンに手を伸ばす。

そして、リボンの羽の部分をキュッと広げた。

「これでよし。リボンがよれていたので整えさせてもらいました」

「まあ、未来先生！　ありがとう！」

「どういたしまして」

龍崎のまっすぐな感謝に、春名は綺麗に微笑む。

「未来先生って器用で素敵ね。アタクシも未来先生のようになりたいわ」

「器用さは練習すれば身に付きますよ！　まずは手芸などから始めてみてもいいかもしれませんね」

「そうね！　ありがとう、未来先生！」

龍崎は春名にぺこりと軽く頭を下げて、赤団のテントへと向かっていた。

『ただいまより、第３１２回、不知火高校体育祭を開催いたします。生徒の皆さんは自分の団のテントに集合してください』

このよく通る綺麗な声は早乙女先生だ。

こういった全校行事では、いつも早乙女先生が司会進行をしている。

やはり、良い声をしているからだろうか……。

選手宣誓は羽根田が毎回担当しているらしい。

体育祭の内容は俺も良く知ってるような一般的なものだ。この学校だから、空を飛んだり、何かしらのチートがあるのかと思っていたが、全くそんなことはない。というか、チート行為は減点対象になるらしい。普段の人間逸脱行為と同じなので、当たり前といえば当たり前だ。

他の上級クラスの生徒は根津がパン食い競争で無双していたり、龍崎が騎馬戦で参謀能力を発揮して上手に立ち回っていたり、若葉が借り物競争で他クラスの生徒の心を打ちぬいて一瞬で借り物をゲットしていたり、右左美と小此鬼が二人三脚で小競り合いをして結果的に仲良くなってたり……。

生徒たちは俺の知らないところでも、練習したり活躍したりしているようで誇らしくなった。

＊＊＊

昼休憩も終わり、次はいよいよ上級クラスと中級クラス合同チアだ。上級クラス生徒たちのメインイベント。ずっと練習している姿を見てきたので、なんだか俺まで緊張してきた。

生徒たちは昼休憩の間に衣装への着替えをすませたそうだ。

白団の衣装は「当日までのお楽しみっ★」と生徒たちに言われていたので、実は俺も見るのは今日が初めてだ。

いったいどんな衣装なのだろう。

そうしてわくわくしながら、合同チアの開幕を見ていたのだが……一言で言えば白団の衣装は、かなり奇抜だった。

まず、ひとりひとりデザインが違う。小此鬼はぬいぐるみをいくつか付けていて、羽根田は羽根まみれだ。若葉に至ってはすごくキラキラしている。なんだあれは……。スパンコールか？　ビーズか？　某歌劇団を彷彿(ほうふつ)とさせるデザインだった。

中級クラスの生徒も個性的で、お面を付けていたり、包帯でぐるぐる巻きだったり。

確か白団の衣装は、小此鬼が担当していたんだっけ。ぱっと見の印象はチアと言うよりも、ハロウィンに近い。まるでテーマパークのパレードのようだ。

そうして音楽が流れ出す。生徒たちが練習をしている時に何度か耳にした曲だ。

それはまるで本場のチアを思い出させるような、軽快なリズムの洋楽だった。……本場のチアをあまり知らないけど。衣装とのギャップでなんだか不思議な感覚に襲われた。脳がバグるってこういうことなのだろうか。

白団はその曲に合わせて３つのグループに分かれていった。

左に羽根田、右に小此鬼、そしてセンターは若葉。

なるほど、白団は若葉のグループを軸にして展開していくんだなぁ……。

練習でなんとなく見ていた時と本番ではやはり雰囲気が全然違う。

センターの若葉は、これでもかというくらい、ファンサービスをしまくっていた。

近くにいる生徒からは「やば……あたし、若様のファンになりそう……」「いいじゃん！　一緒に推そ！」という会話も聞こえてきた。

やはり若葉は〝魅せる〟ということに長けている。

バラバラだけど、みんな違うというのが、謎の統一感を醸し出していた。

白団のパフォーマンスは、この学校の特異さと、体育祭という非日常空間で見事にマッチしていた。

白団のショーのようなパフォーマンスが終わり、次は赤団のパフォーマンスが始まる。

お揃いのチア衣装に身を包んだ彼女たちはじっとしゃがんで音楽が始まるのを待っていた。

さっきの白団の後だと王道チアはだいぶやりづらいのでは……。

一瞬の静寂。

そして――音楽が始まった。

俺でも知っている有名ジャズのアレンジ音源。

ダンス意識なのかだいぶポップにアレンジされている。ちょっとゲーム音楽っぽくてわくわくした。

右左美中心に展開されて行く振り付けは、流れている曲に合わせて定番でかわいらしい。

右左美は相変わらず笑顔は少ないがミスも少ない。

俺は、2年前に見学させてもらったダンスの授業を思い出していた。相変わらずきっちりしている。けれどそれが、ジャズの軽快さと小洒落た雰囲気に合っていて、右左美らしく様になっていた。

ふっと楽曲が変わり、今度はだいぶ前に流行していたお笑い芸人がチアガールの格好をして踊っていた楽曲が流れ出す。なっつかし！　よく見つけたな！

直後、チアの中心が右左美から根津に変わった。

言ってしまえばコミックソングだ。根津はところどころふざけながら全力で楽しんでいた。動きが大きいので、根津は小さいのにとても目立つ。

根津の振りは表情豊かで、見ている者全てに楽しんでもらおうという気持ちがありありと伝わってくる。元気をくれるチアらしいチアだ。

一段落してまた楽曲が変わる。次はJ－POPか。それは女性アーティストが恋の応援をする曲だった。生徒たちのフォーメーションが変わり、次は龍崎が中心となる。

龍崎は俯いたままじっと止まり、振りの始まるきっかけを待っていた。

――来た！

女性ボーカルの歌うメロディーに合わせて龍崎が顔を上げる。

龍崎の表情は、何も心配いらないと言わんばかりの笑顔、そしてこみ上げるような愛おしさに溢れていた。

例えば、やわらかくほころぶ口元だとか、どこか控えめな仕草だとか、視線の向かう先だとか。

龍崎は幸せをいっぱい振りまきながら、チアを楽しんでいるようだった。

一瞬、龍崎と目が合って、龍崎は困ったように笑った。

「……龍崎さん、健気っすよね」

いつの間にか俺の隣には烏丸先生が座っていた。

あの日――龍崎が暴走した日から、烏丸先生とは話す機会が無かったので、少し久しぶりだ。

「自分は、ヒトマ先生の対応もキライじゃないっすよ。誠実で」

不意に褒められて、俺はちらりと横目で烏丸先生を見る。烏丸先生は赤団のパフォーマンスを嬉しそうに見ていた。

「ありがとうございます」

何が正解かは今もわからないけれど、認めてもらえた気がして何故か泣きそうな気持ちになる。

赤団は笑顔でパフォーマンスをやり切っていた。

＊＊＊

長いようで短い体育祭も終わり、この後は教師と生徒全員で片付けだ。

「――じゃあ、残りがこれだけなら、あとは俺が運んでおくよ」

俺は初級クラスの生徒たちとトラック上の道具類を片づけていたが、もうそろそろ夕方になってきた。

みんなも今日は疲れただろう。

特に、まだニンゲンの姿に慣れきっていない初級クラスの生徒たちだ。二足歩行にさえ違和感を覚える者もいる。徒競走で四足歩行をして減点されていた生徒もいた。

生徒たちは帰れることに喜んで「先生ありがとー」「みんな帰ろー」「寮でお菓子食べよー」と口々に言って帰っていった。

初級クラスの見た目は、上級クラスの生徒たちと変わりないが、やはり態度や性格はまだまだ幼く見える。

今日はいろいろあって疲れただろうし、しっかり休んで明日からも元気に学校に来てほしい。

さて、あとはこのカラーコーンを倉庫に片づけるか。

初級クラスの生徒がまとめてくれたおかげで、残りの片づけは体育倉庫まで台車2、3往復で終わるだろう。――よし、あと少しだけ頑張るか。

＊＊＊

「これでよし、と」

グラウンド側の体育倉庫に入るのは、ほぼ初めてだ。

体育の須藤(すどう)先生に倉庫の収納場所についても教えてもらっていたし、道具を置く場所もここで問題ないだろう。

それにしても、倉庫の中はいろいろあるなあ。

跳び箱や球技に使うネットやポールなど、体育に使用するような定番器具はもちろん、奥の方にはかなり年代物の雑貨のようなものまである。

この提灯(ちょうちん)なんていつからあるんだろう。あとは――なんだこの古い障子は。穴が空いている。しかも床には和綴(わと)じの本まで置いてある。本当に体育倉庫か？

珍しい物が多すぎて気になった俺は、どんどん体育倉庫の奥へ入ってゆく。

わ、釣り竿まである。いつ使うんだろう。虫かごもあるんだ……。川なのか山なのか……。この変な形のカゴは……もしや魚を捕まえるための罠か？

「――ふう、これでボール類は全部かしら？」

扉の方で声がして、俺は別に悪いことをしているわけではないのに思わず隠れてしまった。

「意外と量があったなの」

「はい。龍崎さん、右左美さんありがとうございます」

この声は――龍崎と……右左美と春名か？

先ほどの障子の陰に隠れているので、３人の声の様子しかわからない。

まるで不審者のようだが、一度隠れてしまったが故に、出ていくタイミングを完全に逃してしまった。

「あの、龍崎さんって、ヒトマ先生のこと……どこまで本気なんですか？」

え、俺の話題？

さらに出ていきづらくなってしまったな……。

「アタクシは1から10まで本気よ！　けれど――フラれちゃったから、アタクシが勝手に好きなだけ。もう零先生に迷惑かけられないわ」

「ヒトマのくせに生意気なの」

「もう、彗ちゃん。あんまりそんなこと言わないで？」

「ヒトマ先生は良くも悪くも真面目ですもんね」

さらに出ていきづらくなってきた。

自分が真面目だという自覚もないが、春名にはそう見えているのか。良くも悪くも。

「未来もヒトマの生徒だった時があるなの。未来の時も相変わらずだったなの？」

「そうですね、お変わりないようでしたよ！」

成長が無いということだろうか……。

「それは……うーん……」

「昔の零先生も素敵だったのね！」

「未来先生!?」

「ふん、ヒトマなんてそんなもんなの。片づけが終わったらさっさと教室に戻るの。ここは埃っぽいの」

「ふふ、はーいっ」

そうして3人は体育倉庫から出ていった。

体育倉庫は最終的に、体育の須藤先生が戸締りをする予定になっているので、ドアは開けられたままだった。

＊＊＊

その日、俺は学年主任に呼び出されていた。

くたびれた教師には場違いなほどに豪華な料亭。

なんでわざわざこんなところに……。

嫌な予感しかしなかったが、立場上俺は行くしかなかった。

俺はまだ関わりが浅く、いまいちわかっていない部分もあるが、学年主任の先生は、地元の有権者とも繫がりが強く、学校運営になくてはならない存在らしい。

学年主任は先に到着していると言っていた。

俺は出迎えてくれた女将さんらしき方に学年主任の名前を告げて、奥の個室へと通される。

「おお、ヒトマ先生！　待ってましたよ！」

俺はこの先生が少し苦手だった。

「――だから、ね？　ヒトマ先生、大人になりましょうよ。赤沢の家からの援助金の額もご存じでしょう？　あのね、教師なんてものはビジネスなんですよ。つまりは営利目的なわけ。あなた確か、まあまあいい大学出てたでしょう？　なら、学校に雇われているってどういうことかわかりますよね？　ご自分が何をするべきかもわかりますよね？」

世間話をしながら、ある程度飲み食いをして、それなりに酔っている学年主任はおそらく本題と思われる話を出してきた。

俺は食事にも酒にもほとんど手をつけていない。

この状況でまともに食べられる気がしなかった。

「……俺に春名の訴えをもみ消せと？」

胃が、痛い。

「はは！　嫌だなあ人聞きの悪い。でも明確な証拠もないでしょう。破られた教科書とか、汚れた体操服とか……そんなもの、誰がやったって証拠もない。戦っても無意味ですよ。それならどっちの味方になる方が得かって話です。ね？　ご自身のキャリアだって大事でしょう？　我々の人生もこれから長いんですから。優秀なヒトマ先生なら賢明な判断ができますよね？」

「俺は……」

学年主任の目が野生動物のように光っていた。

俺は今、敵か味方か見定められている。

「争いは勝った方が正義になるんですよ。……ああ、ヒトマ先生は社会科ですよね？　なら私より詳しいか。それに、負け戦の愚かさもよくよくご存じでしょう。だーっはっは！」

何が面白いのか、学年主任は豪快に笑っていた。

目の前にある、綺麗に整えられた料理が、なんだかすごく気持ち悪い。

どうして、俺はこんなところにいるのだろう。

「…………無理です」

「ん？」

俺の声は学年主任の笑い声でかき消されていた。

学年主任は目の笑っていない笑顔で、じっと俺を見ている。

こんなところで負けたくない。

「訴えをもみ消すなんて無理です。春名と約束したんです。最後まで味方でいるって」

ふっと学年主任の失望を感じた。

けれど、笑顔は崩れない。

「ヒトマ先生、誰かの味方になるということは、誰かの敵になるということですよ」

「存じています」

「……息子がここまで愚かだと、ご両親も可哀想ですね」

「両親は関係ありません」

依然として笑顔だが、学年主任は仄かに苛立っている。

何だ？　わざと俺を傷付けようとしているのか？

少しの沈黙の後、学年主任は何かに気が付いたようにハッとした顔を見せた。

「まさか、春名と特別な関係にあるとか？」

「は？」

とぼけたような言い方に、ざわっと不愉快な感覚が心臓の奥から湧き上がる。

俺がそれを表情に出してしまったからか、学年主任は嬉しそうに手を叩き、満面の笑みで大きく頷いた。

「ああ、なるほど合点がいきました！　私、ずっと不思議だったんですよ！　聡明なヒトマ先生がどうしてそこまで春名に執着するか！　まあ……春名は見た目は良いですからね。いやはや、ヒトマ先生もお若いことで。だから――」

「そんなことあるわけないでしょう！」

あまりの侮辱に、気づいたら俺は机を叩いて立ち上がっていた。

上手く息ができなくて喉の奥が苦しい。血が上ってしまっているのか頭がぐらぐらする。胃も絞られるように痛くて、何もないのに吐きそうだ。

けれど、そんなことよりも、このこみ上げる嫌悪感に飲み込まれてぐちゃぐちゃになってしまいそうだった。

ダメだ。冷静に……冷静にならないと……。


学年主任は呼吸を落ち着かせようとしている俺を、冷めた目で見ている。

「……どうだか。春名はよく社会科準備室に入り浸っているそうですね。いったい何をしているんだか……」

「相談を受けているだけです。俺はともかく、春名への侮辱はやめてください」

できるだけしっかりと言ったつもりだった。

学年主任は、もう笑っていない。

窓の外を見て、もう俺には興味の無い様子で自分のポケットからタバコを取り出していた。

「……まあ、いいでしょう。ヒトマ先生のご意思は十分理解できました。……また、どれだけ愚かかということも」

タバコに火がつき、学年主任は大きなため息と共に煙を吐く。

「残念ですよ、ヒトマ先生……」

人間嫌いと積日のほうき星

MISANTHROPIC TEACHER IN DEMI-HUMAN CLASSROOM.

最初は――頼りなくて。

こんなニンゲンが担任だなんて不運だと思ってしまったの。

右左美(うさみ)はこのクラスで卒業できるのか心配だったの。

ヒトマはおせっかいで、どんくさくて、たまに不安そうで、少し頑固なところもあって。

けれど、誰よりも右左美の話を聞いてくれる先生だったの。

＊＊＊

「ヒトマくんちょっと待って」

「星野(ほしの)先生、どうしました？」

帰りのホームルームのために席を立ったところで、隣の席の星野先生がガサゴソと自分の机を漁(あさ)り始めた。

相変わらずすごい机だ……。

星野先生はどこに何があるか、全部把握しているのだろうか……。

「あの、お手伝いしましょうか？」

「いや大丈夫だよ。あー、あったあった、そうだ皺(しわ)になるとよくないから、こっちにしまっておいたんだよね」

星野先生は机の引き出しの中から、俺に1枚の紙を差し出した。

「はい、これ。右左美さんの模試の結果が出たから、渡してもらっていいかな？　昨日の勉強会で渡しそびれちゃってね」

右左美は受験のため、たびたび放課後に星野先生と勉強会をしている。

この模試は、学校がニンゲンの教育機関にかけあって特別に受けたものらしい。

右左美は卒業と進学に向けて全力だ。

「わかりました。ありがとうございます」

俺は星野先生から右左美の模試の結果を受け取る。

お、去年の今の時期はC判定だったのに、今回はB判定に上がっている。すごいな。

右左美の努力がこうやって目に見える結果になっていて俺は嬉(うれ)しく思った。

上級クラスの生徒たちの進路は去年と変わらずだ。

今年上がってきた2人――小此鬼は服飾専門学校志望、若葉は演劇サークルが有名な大学に進学したいと言っていた。なんでも「ぼくがどんなに完璧でもコネクションはあった方がいいからね」とのことらしい。いわゆる縦と横の繋がりを作ることが目的だそうだ。在学中も芸能系のオーディションは受けるつもりらしいが……。

右左美の模試の結果も出席簿に挟んで、俺は上級クラスの教室へと向かった。

＊＊＊

「はい、右左美。星野先生から」

「なんなの？」

ホームルームを終えて、俺は星野先生から預かった模試の結果を右左美へ手渡す。

紙を広げて見ている右左美は難しそうな顔をしていた。

「まずまずなの」

俺はこの時期にその結果ならまだ十分届くし安定している方だと思ったが、右左美と星野先生による計画もあるかもしれないので何も言わないでおく。

右左美はそういうタイプじゃないと思うが、いい結果で安心して気を抜いてしまうタイプの生徒もいるのだ。

右左美は模試の結果を丁寧におりたたんで自分のカバンの中へとしまった。

他の生徒はもう帰ってしまったようで、いつの間にか教室には俺と右左美の2人だけだ。

「鏡花や一咲から連絡とか来たりするなの？」

右左美は鞄の金具を閉じて帰る支度を進めながら、俺に問いかけた。

「水月からはたまに手紙がくるよ。と言っても、専門学校で出演する予定の演目のチラシだけれど。もうすぐ卒業公演があるらしい。日程的に見に行けなさそうだが、まあ元気にやっているみたいだ。尾々守からは特に何もないけれど……今はまだ環境に慣れるので手一杯なのかもしれないな。便りが無いのは良い便りだと思っているよ」

「……みんなどんどん進んでいくの」

右左美はもう上級クラス3年目だ。

このクラスに上がるまで——初級と中級クラスは最短の1年で進級していたらしいから、焦っているのだろう。

去年、ギリギリのところで卒業できなかったことも、右左美の焦りを加速させている気がする。

パン！と右左美が自分の頰を挟むように叩いた。

「ふん！　右左美は、大丈夫なの」

そして右左美は自分の鞄を持って、教室を出ていく。

受験までに、右左美の不安を取り除きたい。

だが、どうやって？

学力面では星野先生が丁寧にフォローしているし、理数科目は俺が教えられることなんてないだろう。語学もそうだ。星野先生はハーバード主席だし……。

右左美のために、俺ができることってなんだろう。

＊＊＊

「右左美さん、かなり悩んでそうですね？」

「早乙女先生」

ふわりと微笑む姿が天使に見えた。

「お勉強の件ですか？　私も星野先生に相談されたりしていて……」

「相談ってやっぱり指導内容の相談ですか？」

「いえ、というより、右左美さんのメンタルですね。頑張り屋さんなので、必要以上に力が入ってしまっているんじゃないかって」

星野先生にもそう見えるのか。

「早乙女先生はこの学校の卒業生なんですよね」

「はい、そうですよ！」

「早乙女先生は何年で卒業したんですか？」

「私は4年ですね。最後の上級クラスに2年いました。私は雪女だったので、元の姿と今の姿にほとんど変わりはないですし、ニンゲンの文化もそれなりに理解していたので、卒業も早い方だったと思います。……ふ

ふ、きっと、やんちゃが無ければもっと早く卒業できたかもしれないですね」

そういえば、体育祭の時にやんちゃがあったって烏丸先生が言ってたっけ……。

「早乙女先生は焦ったりしなかったんですか？　上級クラスに2年いて」

「とっても焦りましたよー！　だって、在学中は歳をとらないので、このままだと、ええと……例のあの人との歳の差がどんどん開いちゃう～って、当時はやんちゃをしてしまった自分を責めたりもしました」

星野先生のことをわざわざぼかさなくてもいいんじゃないかと思ったが、職員室だと言いづらいだろうということもわかる。

早乙女先生は懐かしそうに空を見上げる。

「でもいい勉強になりました。ニンゲンは吹雪を起こしたり、寒さに強いわけでもない。それに、５００年の寿命があるわけでもないんですよね。それってつまらないと思うこともあったんですよ、本当は、ね」

「実際、ただの人間からしたら、うらやましく思うこともありますよ」

「ふふ、けれど私はニンゲンと同じ時間を生きたかったので」

右左美はどうなのだろう。

ニンゲンになる理由は他にもあったりするのかな。

「あ、未来先生！　未来先生の時はお受験どうでした？」

「私ですか？」

いつの間にか春名も職員室へ帰っていたようだ。

春名の受験は……。

一瞬だけ春名と目が合ったがすぐにそらされる。

「実は私、第一志望落ちちゃって！　第二志望の女子大に行ったニンゲンなのであまり参考にならないかもです～っ。でも女子大も楽しかったんですよ！　何より、学食でいろんな種類の焼きたてパンがあるんですよ！　大学ってそういうのも大事ですよね～」

春名が第1志望に落ちたのは学力が足りなかったわけではない。

問題を起こした生徒とみなされて、生活態度が最低評価になり推薦が取り消しになったのだ。

それを俺はよく知っている。

その後、退学になった春名は別の学校へ転入し、一般受験で大学へと進学していた。

「わ、そうだったんですね。でもおいしいパンが食べられるのはいいですねー」

「雪（ゆき）先生はどのパンがお好きなんですか？」

「私はスノーブレッドっていう白くてふわふわのパンが好きです！」

そのまま2人の話は好きなパンの話に移っていった。

＊＊＊

「なーにしょぼくれているんですか」

「春名先生」

人もまばらな授業中の空き時間。

職員室には俺と春名と数人の教師しかいない。

「私の受験、まだ気にしているんですか？」

図星だ。

それにしてもはっきり言ってくるな。

「あれは仕方なかったじゃないですか。だから気にしないでください」

「そうは言ってもだな」

「そろそろ生徒のみなさんも受験シーズンですよね」

春名はバッサリと話題を変える。

これ以上、過去を掘り返しても鬱陶しいか。

「そうだな。大学進学組は右左美と根津（ねづ）が受験で、若葉（わかば）と龍崎（りゅうざき）が推薦。小此鬼（おこのぎ）と羽根田（はねだ）は専門学校の予定だ」

「この学校の受験って大変そうですね。生徒が決まった年数で必ず卒業できるわけではないので」

「だよな。何らかの形で進路が決まったとしても、卒業できなかったら、そのままだ。進路もいったん白紙で、進路自体は辞退——というか、最初から何も無かったように調整されるって聞いたな」

「調整？」

「理事長と校長の人脈とかで無かったことにするんだってさ。何度も同じ生徒が同じ年齢で受験するのは不自然だから」

「……ちょっと怖いですね。大きな組織が後ろで動いていそうで」

もう俺はこの学校に染まり切ってしまったのだろうか。春名に言われるまであまりそういうことを考えなかった。

言われてみれば、外部にそういった影響があることはちょっと怖いかも。

「受験組は根津さんもだそうですが、彼女は大丈夫そうですか？」

春名は結構生徒のことを気にしてくれている。

「根津は学校のランク的に問題なさそうだな。ただ、生活態度で卒業ができるのかどうか……」

「ああ……根津さんは間食がありますからね……けど、あれからかなり少なくなりましたよ」

あれから——根津に間食禁止を言い渡したあの1週間から、根津に注意をする頻度はかなり減った。

結果的にあの対応は根津の生活態度改善のきっかけになっていた。

「みんな今年で卒業できたらいいのにな」

「そうですね」

まずは右左美。

難関狙いで成績もギリギリのため、本人のプレッシャーも大きいだろう。俺も何か協力できたらいいが、右左美の受験に社会科はほとんど必要ないし……。

今はできる限りのサポートしかできないことが、歯がゆいところだ。

＊＊＊

右左美はどんどんギアを上げているようだった。

それはもう鬼気迫る勢いで。

「せんせぇ～、うさみぃだいじょぶそ？」

最初の心配は意外な生徒からだった。

「小此鬼、それはどういう意味だ？」

授業合間の休み時間。偶然会った廊下で小此鬼はぽてぽてと俺のもとへ駆け寄ってくる。

「そのまんまだよぉ～、うさみぃ頑張り屋さんすぎい。いっぱい我慢してるよぉ。ひとり我慢大会だよぉ。

……マキも参加しようかなぁ？」

「いや、参加しなくていいから」

小此鬼は相変わらずなんだかよくわからない。

「あのねぇ、うさみぃねぇ、ちゃんとご飯食べないんだよぉ。だからねぇ、まっちーもご飯食べなよって怒ってるのぉ」

「そんなに根詰めているのか？」

それは明らかにやりすぎだ。

「マキねぇ、うさみぃはいい子だから幸せになってほしぃんだぁ」

「そうだな、右左美は努力家だもんな」

「そうだよぉ。でもねぇ最近のうさみぃは赤っぽいからちょっと好きくなぁい」

「赤っぽい？」

風邪でも引いているのだろうか。

だとしたらすぐに休むべきだ。

「でもねぇ、うさみぃは頑張りたいちゃんでねぇ。夜もずっと電気ついてるのぉ。あ、マキがねぇ夜におトイレに行く時に見えたんだよぉ。マキは夜更かしの悪い子ちゃんじゃないもん」

まとめると、右左美は飯の時間も寝る時間も勉強に費やして体調を崩しているということだろうか。あの模試の結果を渡した日から、右左美が焦っていることはなんとなく伝わってきていた。

だが、星野（ほしの）先生の組んだ受験計画もあるので、あまり俺からは何も言わないようにしていたのだ。

ギア上げは必要な時期だとは思うが、俺は食事の時間や睡眠時間を削るほどの計画を星野先生が作るとは思えない。むしろ、どの教科より大切にしてそうだ。

「きちんと睡眠をとらなきゃ、勉強したことが身に付きにくくなるよ」「ご飯を食べなきゃ、脳みそに栄養がいかないよ」なんて。

「小此鬼、今日は右左美、赤っぽい？か」

「んー？　今日はねぇ、わりと青だよぉ」

青？　風邪が悪化しているということだろうか。

「わかった。このまま教室に寄って右左美の様子見てくる。教えてくれてありがとう」

「ふへへ、マキねぇ、うさみぃすきすきらぶちゅだから、よろしくねぇ」

小此鬼はそのままぺたぺたと廊下の向こうへ歩いて行った。

俺は上級クラスの教室へと向かう。

朝に見た時は、体調悪そうには見えなかったが、気合と集中力で不調を抑え込んでいたのだろうか。

右左美はかなり泥臭く頑張るところがあるから、根性でなんとかしようとしたのかも。

右左美ならやりかねない。

けれどそれで手遅れになったら、受験に響くどころの話ではない。

生徒たちは風邪をひきにくい身体と聞いてはいたが、引きにくいだけで、引かないわけではない。

「右左美、いるか？」

「……なんなの？」

上級クラスのドアを開けると右左美はバリバリ勉強をしていた。俺の呼ぶ声に一旦手を止める。

「体調大丈夫か？」

「んな？　全然平気なの。ピンピンしてるの」

何を言ってんだと目が訴えてきている。

俺の目から見ても調子悪そうな様子でもないし、小此鬼の「青っぽい」は健康そうという意味だったのか？

「いきなりどうしたの？　邪魔すんななの」

「右左美、放課後呼び出し」

「んな!?　右左美は何もやらかしてないの！」

「とにかく、そういうことだから、ちょっと居残りだ」

チラッと時計を見たらもうすぐ次の授業が始まってしまう。確か次は中級クラスの授業だったよな。

俺はそれだけ言って教室から出る。

後ろで「零先生の呼び出しだなんて、彗ちゃん羨ましいわ！」と龍崎の声が聞こえた。

＊＊＊

放課後、上級クラスの教室には俺と右左美と星野先生と、そして春名が集まった。

「未来もいるなの？」

「私も一応、上級クラスの副担なので」

「こんな話をする時間があれば、ちょっとでも勉強して追いつきたいの」

「そうだよね。右左美さんは勉強したいんだよね」

あからさまに不機嫌な右左美に、星野先生は寄り添いの姿勢だ。

「でも、ヒトマ先生から聞いたよ？　なんでも、食事や睡眠の時間を削って勉強しているんだって？」

「ヒトマ！　なんでそんなこと知ってるなの!?　まさか……ス、ストーカーなの!?」

「そんなわけあるかよ。右左美のことを心配している生徒から教えてもらったんだよ」

右左美は歯を食いしばって俺を睨んでいる。

「右左美さん、事実なのかな？」

星野先生はそんな右左美の態度にも動じず、優しく右左美に問いかけていた。

右左美は気まずそうにきゅっと口を閉じて、目をそらす。

「……事実、なの」

ふてくされたような小さい声だった。

今から怒られることを予想しているのだろう。

この状況に納得はしてなさそうだ。

「そっかー。うんうん、気持ちはわかるよ。一生懸命になると周りが見えなくなるよね。僕もね、たまに研究しすぎで気が付いたら飲まず食わずで3日経ってる時あるもん」

「えーっ！　星野先生大丈夫だったんですか？」

「あはは」

「さては笑って誤魔化そうとしてますね？　ヒトマ先生はそんな経験ないですよね？　……どこ見てるんですか」

「えーっと……ゲームは別か？」

「もうっ！　没頭しすぎているなら一緒です！　右左美さん助けてください、この大人たちダメダメです！」

「まったくなの！　そんなんじゃ右左美のこと叱れないの！」

「ねー、本当に僕たちダメダメだよね。でもね右左美(うさみ)さん。今、無理したくなる気持ちはわかるけど、無理をするのはタイミングも大事なんだよ」

「右左美は大丈夫なの」

「それは慢心だね」

　バッサリと星野(ほしの)先生は右左美の意見を切り捨てる。

「マラソンでずっと全力疾走してたら肝心な時にバテちゃうよ」

「右左美だって……そんなことわかってるの。でも、不安なの。今日この瞬間にできないことを1つでもなくしたいの。全部完璧じゃないと嫌なの！」

「右左美」

　焦りすぎだ。

　けれど、今の右左美に正論を言ったところで、ただ傷つけてしまうだけ。

　俺たちは右左美の努力とか、頑張りたい気持ちを否定したいわけではないのだ。右左美も現実が見えていないわけじゃない。

　右左美だって今の自分の状態が良くないことも全部わかっている。それでもどうしようもない気持ちでいっぱいになってしまって、その結果、がむしゃらな努力をしているだけ。

　それに、根拠のない慰めも今の右左美は必要としていないだろう。大丈夫なんて言っても、そんなのなんの助けにもならない。口だけの言葉だ。

　俺たちは右左美を責めたいわけでも喧嘩(けんか)したいわけでもない。

　ならば――。

「俺たちは、右左美の味方だ」

　まずは、一番伝えたいことを。

「右左美がやりたいことは応援したいと思ってる。たくさん努力ができるところも尊敬してるし、向上心が強くて完璧主義なところも見習わなきゃって思うよ」

　右左美はじっと疑わしそうな目で俺の話を聞いている。

「だから……右左美が一番信じているのは自分自身だと思うけど、俺たちのことも……少しでいいから信じてもらえると嬉(うれ)しい、かな」

「右左美はヒトマたちのことを信じていないわけじゃないの。ただ――」

右左美の表情が悔しそうに歪(ゆが)んでゆく。

「不安で仕方がなかっただけなの……！」

言いたくなかったことをふり絞るような右左美の言葉。

大きい挑戦をするんだ、右左美だって不安に決まっている。

「怖いの。悪い夢ばっかり見るの。全部ダメになる夢なの。今年ダメでも来年があるかもしれないの。でも、そんなのもう嫌なの。去年だって右左美はダメだったの。このまませいこちゃんとの約束も守れないのは嫌なの！」

「――悔しいですよね」

右左美の言葉を優しく撫(な)でるように春名(はるな)が口を開く。

「ヒトマ先生も言ってましたけど、私たちは右左美さんの味方です。だから、どうか右左美さんの努力に協力させてください。……って言っても、私みたいな新人にできることは……うう、あまりないかもしれませんが……」

ぐぬぬと悔しがりながら「私は、星野先生ほどの学歴も、ヒトマ先生みたいな経験値もないのでっ、本当に応援くらいしか……！」なんて言っている春名に場の空気が和んでゆく。

「未来(みらい)、大丈夫なの。未来の気持ちは伝わったなの」

右左美が柔らかく微笑(ほほえ)む。

よかった、先ほどまでの緊張は解けているようだ。

春名のおかげだろうか。

「ほんとですか！　よかった～、嬉しいです！　安心しました」

俺たちは右左美に気を使いすぎていたのかもな。

その緊張が右左美にも伝わって、頑張りすぎていたのかも。

「星野先生、ヒトマ、心配かけてごめんなさいなの。もう一度、一緒に勉強のスケジュールを組んでほしいなの」

「うん、わかった。不安があれば教えてね。僕も右左美さんに合わせて調整していくから」

「あ、ヒトマは未来と応援しててなの」

「俺の対応雑じゃね!?」

「ふん、これでも感謝してるの。ヒトマ、ありがとうなの」

それが感謝の態度かよ、と、ほんの少し思ったが、いつも通りの右左美だ。

そして、右左美はそのまま星野先生と受験までの計画を練り直してゆく。

まず、最低限の睡眠と食事など、生活に関する時間は確保する。

そのうえで、右左美が現状不安な数学と英語の勉強法を調整していた。

星野先生の指導はかなり参考になる。

どちらかというと学習塾っぽさはあるが、俺もいつか難関に挑む生徒に社会科を教える機会があるかもしれない。

右左美の努力は何も無駄じゃない。

真面目に星野先生の話を聞く横顔に、どうかその努力が報われますようにと願いを込めて。

＊＊＊

――それからの学校生活は悲惨だった。

ヒトマ先生は、私のためにたくさん動いてくれたようだった。

男子と話すという名目で、なるべく教室の様子を見に来たり。他の先生にも相談していたり、進学に向けた手助けまでしてくれた。

この学校は、一応進学校だ。

私も、高校受験の時はそれなりに苦労した。

だから、このまま卒業したかった。

けれど、どうしても、りおちゃんは私を許せなかったようだ。

あれからどんどん嫌がらせはエスカレートしていった。クラスのみんなも見ていたけれど、誰もりおちゃんには逆らえなかった。学校の先生さえも。

ヒトマ先生に協力してもらっていたことも、りおちゃんは知っていた。

だから先生にも――。


いつのまにか、私はヒトマ先生に体罰を受けたことになっていた。

『私がヒトマ先生から、社会科準備室で体罰を受けて、その腹いせにりおちゃんをいじめている』

りおちゃんが作ったそのシナリオを疑う人は、誰もいなかった。

現に、私は時々怪我をしていたし、りおちゃんと仲違いしていることは別のクラスの生徒でさえ知っていた。そして――私がよく社会科準備室に入り浸っていたことも、りおちゃんは知っていた。

もう、何を言っても信じてもらえない。

そこからは早かった。

私は学校の風紀を乱したという理由で退学。

ヒトマ先生も責任をとって辞職だ。

最悪の結果だった。

けれど、私は退学後すぐに適当な高校に転校して卒業資格だけはもらうことができた。

聞いたこともない名前の高校だった。

大学も、推薦は取り消されたが、勉強はそこそこできたので一般入試で適当な女子大に入学した。

浪人して頑張る気力なんてなかった。

退学が決まる少し前から、ヒトマ先生とは学校側から接触を禁止されていた。

だが、退学前日。

私は偶然ヒトマ先生と会えたのだ。


――寒い冬の日の教室だった。

人外教室の人間嫌い教師③

ヒトマ先生、私たちと未来に進んでくれますか……？

人間嫌いと此方(こなた)の虚構

MISANTHROPIC TEACHER IN DEMI-HUMAN CLASSROOM.

みんなマキのこと「うそつき」ってゆいます。

でもマキはしってます。

ほんとうはみんなのほうが「うそつき」なのです。

＊＊＊

「マキちゅーん！　期末テストどうだったっちゅか？」

「全部満点だよぉ」

「マジっちゅか!?」

「嘘（うそ）だよぉ」

「しょーもないなの」

「小此鬼（おこのぎ）さんは相変わらずですね」

「えへへえ、それほどでもぉ」

「褒めてないなの」

右左美（うさみ）の進路についての話も一段落して、俺たちはいつも通りの日常を送っている。２学期の期末テストの結果は全員少しずつ良くなっていた。

「トバリちゃんはすごいわね」

「ん？　突然どしたの。カリン」

「あ、ごめんなさい。ついテストの結果が見えてしまって」

「トバリ！　どうだったなの！」

「変わらずって感じ～」

「ぬ……全教科満点ってなんなの？　さっきマキがついた嘘が紛らわしいの」

「まあ、勉強は得意なんだよね」

「うちゃみはどうだったんちゅか？」

「語学が微妙なの」

「マキはねぇ全部５点だったよぉ」

「うん!?　マキくんはそういうタイプだったかな!?」

「嘘だよぉ」

「うん、焦ったよ」

「そうだねー、そんな点数とっちゃったら冬休みは補習で全部無くなっちゃうんじゃないかなー」

　もうすぐ冬休み。今年もいろいろあったが、ひとまずは平和に年を越せそうでよかった。

＊＊＊

昼休み、もう冬だけど日向はちょっと暖かい。

こんな日は少し外に出てみようか。

懐かしい、俺が大学生だったころは時々外で飯を食ったりしていた。

まあ……ボッチ飯だったけど。

グラウンドでは初級クラスの生徒が円陣バレーをして遊んでいる。

食った後に動けるなんて元気だなぁ。

なんとなく外に出てきてしまったが、目的なんて無いからあてもなくふらふらしてしまう。

ぼんやりしていると、ふと見慣れた姿が視界の端に映った。

小此鬼だ。

グラウンド横のベンチにはぼんやりと座っている。

特に何をするでもなく小此鬼はジュースを片手にグラウンドを眺めていた。

「小此鬼、1人でいるなんて珍しいな」

「んえ？　あー、せんせぇー」

「ひなたぼっこか？　今日あったかいよなー」

「うん、そうだねぇ」

グラウンドで行われている円陣バレーは、さらに生徒が加わって、グループが2つできていた。

「せんせぇはマキが嘘つきでもなんにも言わないよねぇ」

「そうか？」

「うん、だって怒らないでしょぉ、叩いたりもしないし」

——叩いたり？

小此鬼の言葉に内心かなり驚いたが、変に大げさにするのもと思い、俺は態度に出さないよう注意する。

「まあ、小此鬼の嘘で困ったことないしな！　怒る理由なんてないよ」

「ふーん、へんなのぉ」

小此鬼はこういった、ふにゃりと力の抜けた笑顔をよく見せている。

小此鬼はこの学校に来る前は、どういった生徒だったのだろう。

「ねぇー、せんせぇ」

「ん？」

「マキねぇ、みんなの嘘がわかるんだよぉ」

風が吹く。

この学校の生徒たちはニンゲンじゃない。

小此鬼の【鬼】という種族は嘘が見抜けるのだろうか。

「……なんてねぇ、嘘だよぉ」

「嘘かよ」

びっくりした。

本当に小此鬼に嘘がわかるんだとしたら、俺は何か失敗をしていたか心配になる。

致命的な嘘はついたことがないはずだが……。

「ヒトマ先生こんなところで何してるんですか？　あ、小此鬼さんも一緒にいたんですね。すみませんヒトマ先生の影になってて気づきませんでした」

「春名先生」

「あのねぇ、マキ、ヒトマせんせぇにぃ、相談乗ってもらってたのぉ」

相談？　これは小此鬼が気を使ってくれたのだろうか。

「そうだったんですね、ヒトマ先生は頼りになる素敵な先生ですもんね！」

「未来せんせぇも頑張り屋さんで良い先生だよぉ」

「そう言ってもらえて嬉しいです！」

「ん！」

「え？」

小此鬼が春名の方に手を伸ばしているが、何のポーズなのだろう。

春名も小此鬼の意図がわからず困ったように俺と小此鬼を見ている。

「しゃがんでよぉ～」

「こう、ですか？」

小此鬼に言われるがまま、春名は小此鬼の目の前に屈んだ。

「ふへへ、よしよぉし」

小此鬼は満足そうに春名の頭を撫で始めた。

「未来せんせぇ、いいこいいこだよぉ。むり、しないでねぇ」

「はあ……ありがとうございます……？」

不意に頭を撫でられて、春名はどうしていいかわからず、されるがままになっていた。

なんだか変な光景だ。

次は俺の番とか言われたらどうしよう。

ちょっと遠慮させてもらうかもしれない……。

俺がいらない心配をしているところで予鈴のチャイムが鳴った。

「わぁ～、時間がたつのは早いねぇ。ありがとぉせんせぇ、マキ、教室もどるぅ」

パッと春名を撫でていた手を止めて、小此鬼はベンチから立ち上がった。

「俺も戻ろうかな」

次は空きコマだからやや余裕はあるが、授業の準備をしなければ。

「ねぇ、未来せんせぇ」

「なんですか?」

「未来せんせぇってぇ、なんでせんせぇになったのぉ」

校舎へ戻る足が止まる。

「私が教師になった理由——ですか」

思わず振り返ってしまった。

春名と目が合う。

「決まってるじゃないですか」

俺と目が合ったまま、春名はにっこりといつもの笑顔を見せた。

「ヒトマ先生みたいになりたかったからですよ」

風が吹く。

冬の冷たい風だった。

＊＊＊

ママがゆってました。

マキのちからは、ごせんぞさまがくれた、たいせつなプレゼントだって。

けれど、それはひとにゆったらいけないとゆわれました。

みんな、ほんとうのことは、ないしょなんだって。

マキにわかってても、しらんぷりしなきゃいけないんだって。

だからね、

ほんとうのことは、ゆったらだめなんだよ。

＊＊＊

「みんなおはよう――って根津はどうしたんだ」

「ちゅ？」

　他人のことを言える自分じゃないし、あまり見た目のことは言わないようにしているのだが……根津は、いつも下ろしている髪が、指摘したくなってしまうレベルでぐちゃぐちゃになっていた。

　どうしたらそんなことになるんだ。実験か料理にでも失敗したのか？　ここだけギャグ漫画の世界線なのか。

「根津さん、頭が大変なことになってますよ」

「万智、言われているなの」

「ひどっちゅ！」

　根津の表情が顔文字っぽくてつい笑いそうになってしまう。

「あ、ごめんなさい！　私の言い方が悪かったです。正しくは髪ですね」

「ほんとだぁ、まっちーがぁぐちゃぐちゃのボンバァになってるねぇ」

　というか、アフロ一歩手前なのではないだろうか。

　いつものストレートが、ふわふわのもさもさになっている。

「うん。きっと静電気のせいだね」

　根津は若葉に手渡された小さな櫛を受け取って、不機嫌に髪をとかしていた。

「ちゅ～、万智は毛が長いからマフラー巻くとぐちゃぐちゃになるっちゅ～」

「わかるわ！　髪が長いと絡まっちゃうのよね」

　同意を口にする龍崎に、根津はじとーっと疑いの目つきだ。

「……カリンはいつも髪がつやつやっちゅからあんまり説得力ないっちゅ！」

「そうだよね。カリンの縦ロールなんて繊細だからぐちゃぐちゃになりそうなのに綺麗だよねー。何か特別なことしてるんだったら、アタシも知りたいな」

「特別なことはしていないわ。上にあげてるからじゃないかしら？　普段のケアは丁寧なブローとヘアオイルとシルクキャップくらいかしらね」

　だいぶ手が込んでいると思うが……俺なんか基本的に自然乾燥だし。女の子は大変だな……。

　龍崎はポニーテールにしているが、それでも長いのでマフラーに絡まったりはしそうだ。

「根津さんも髪上げたりしないんですか？」

「朝はめんどっちゅからねぇ」

「確かに朝はみんな時間無いよな。気持ちはわかるぞ」

　俺だって朝の身だしなみは顔を洗って髭を剃るので精一杯だ。

「だらしないだけなの」

「そうですよっ！　朝は気合いで起きれますよっ！」

「うん？　力業だね」

　根性論のような2人に若葉も少々困惑しているようだった。

　毎日余裕を持った早起きなんて、強豪運動部並の気合いがいりそうだ。

　それにしても、根津は先ほどから一生懸命髪を整えているが、あまり上手くいっていない。

　そんな根津を見ていた小此鬼がにやにやした笑顔で手をわきわきさせながら、根津へ近づいていく。

「ふひひ、ねぇ、まっちーあのさぁ、マキがちょっとだけ触ってみてぃーいぃ？」

「小此鬼さん、なんだか手がいやらしいです」

「んえー？　じゃあマキ、未来ちゃん先生も触っちゃおうかなぁ？」

「不純！　不純ですよ！」

「嘘だよぉ」

　ゆらゆらと春名の方にも近づいていた小此鬼はパッと手を開いてへらっと気の抜けた笑顔を返した。

「マキちゅんは髪触るの上手っちゅから、見てみたいっちゅ！」

「おっけぇ～」

それは普段ののんびりした姿からは想像できないくらいの手際の良さだった。

根津の髪がみるみるまとまって団子が作られてゆく。

「はぁい、できたよぉ」

小此鬼の団子と同じ団子が、あっという間に根津の耳の前に出現して俺たちは各々感嘆の声を上げる。

「ちゅ〰〰！　すごっちゅ〜!!」

「マキは器用なの」

「へー、すごいな。こういうのどこかで習ったりしたのか？」

　ぶっちゃけこれで食べていけるくらいの出来映えじゃなかろうか。

「ふふぅん♪　ママに教えてもらったんだぁ。でもこおゆうのは習うより慣れろだよぉ」

「うん。マキくんは努力家だからね」

「えへへぇ、若ちゃまに褒められちゃったぁ」

若葉に撫でられて小此鬼はより得意げになっていた。

「ねー、アタシ、マキが髪下ろしてるところ見てみたーい」

「んえー？」

羽根田の言葉に小此鬼はきょとんと首を傾げる。

「確かにマキの髪下ろしたところ、見たことないなの」

「温泉も一緒に行ったことないっちゅし」

「あー、どぉしよっかなぁー……」

「あ、マキちゃん、嫌だったら無理しなくていいのよ。結い直すのも大変でしょう？」

「うん、そうだね。無理はしなくてもかまわないよ」

と、言いつつも、生徒たちは興味が隠しきれておらず、ほんのりとそわそわした空気が流れている。

「ふひ……んーん、いいよぉ」

一瞬迷いが見えたが、小此鬼は自分の頭に手を伸ばし、少しずつ髪をほどいていく。

いつもはまとめているから気づかなかったが、小此鬼の髪は想像より長い。長さはウエストの辺りだろうか。団子と三つ編みの部分に癖が付いて、くるくると巻かれていた。

ツノの部分に伸びる手が一瞬止まったが、そのままツノ部分の髪もしゅるるとほどいていく。

初めて見る小此鬼のツノは薄い肌色だった。

「ふへへ、ちょっと照れるねぇ」

小此鬼はまたへらっと笑う。

「結構長いんだねー、伸ばしてたりするの？」

「目標100mだよぉ」

「長すぎないかしら!?」

「嘘だよぉ」

言いながら小此鬼は髪を結い直していく。

「鏡なしでよく結えますね」

「慣れだからねぇ。昔はママがやってくれてたんだよぉ」

感心している春名に小此鬼は何でもないことのように答えた。

あっという間に元の髪型だ。俺はこういうことに疎いのでまるで魔法のように思える。

「マキのお母さんってどんな人なのかしら？」

「んとねぇ、世界で一番優しい人だよぉ」

「へー！　なんかいいっちゅね！　家族が仲良しは嬉しいことっちゅ！」

「ってかセンセ、出席まだ取ってなくない？」

「わっ、本当だ。すまん」

結局全員出席だったから問題はないけれど、根津と小此鬼に気を取られてすっかり忘れるところだった。

ここに来る前、小此鬼はどんな生活をしてたのだろう。

小此鬼はまたぽけーっと窓の外を見ていた。

小此鬼マキ、鬼。在学歴3年。人間になりたい理由は「嘘をつきたくないから」。

＊＊＊

ねるまえに、ママがよくしてくれたおはなし。

「マキちゃんはママのひいおばあちゃんに似ちゃったのね」

あったこともない、ひいおばあちゃんというひとは、マキみたいにうそがわかるひとだったみたい。

「ひいおばあちゃんは他人の嘘がわかるから、偉い人

に連れて行かれていろんな人の嘘を見抜いてきたの。

だからもしバレてしまったらマキも――」

マキにパパはいません。

マキがうまれてすぐにいなくなったみたいです。

「マキ、ママをおいていかないで」

マキはほんとうのことをゆっちゃだめです。

マキがほんとうのことをゆったら、マキはえらいひとにつれていかれて――。

ママがひとりになっちゃうから。

＊＊＊

「ねぇー今度さぁ、みんなで遠足しよぉ？」

冬休みまであと2週間ほどになったある日、そう提案したのは小此鬼だった。

「遠足っちゅか？　そういうのがあるって風の噂で聞いたことはあるっちゅ！　幻じゃなかったんちゅね！」

「あーね？　そういえばここ数年無かったなぁ……」

「トバリ、最後に遠足があったのはいつなの？　右左美も『学校の外に出る遠足があった』って聞いたことがあるの」

「5年くらい前かな？」

「うん、かなり前だね」

「俺がこの学校に来てからは一度もないな……」

遠足――というか外部に出る実習は、教師の裁量によって行っても行かなくてもいいと校長や星野先生から言われていた。

だからつい、後回しにして今に至る。

「まー、センセじゃ頼りないから無理もないって。でも今年は行ってもいいかもねー、春名センセもいるし？」

「わ、私ですか！」

「こらこら、勝手に話を進めるな」

……でも確かに俺だけだと生徒たちの面倒を見ることに不安があるが、春名もいるなら安心できそうだ。

「零先生とのお外デートってことかしら！」

「絶対違うの」

「でも羨ましいわ！　いつもの授業でもニンゲンの世界を学ぶ実習はあるけれど、全部学校の敷地内でしょう？　だからアタクシも今のニンゲンの社会を見てみたいわ」

う、そう言われると自分の怠惰で心が痛い。

「いいっちゅねぇ……万智(まち)はコンビニのプライベートブランドを全制覇してみたいっちゅ～！」

根津(ねづ)もうっとりとよだれを垂らしながら口元を緩めている。

「この中でニンゲンと同じ生活をしたことがあるのはマキだけだよね？」

「そぉ～？」

「右左美(うさみ)は……動物で、万智とトバリもそうなの」

「うん、エルフのぼくもそうなるのかな？」

「アタクシはニンゲンより高尚な存在よ！」

「へぇ～、そぉなんだぁ」

小此鬼(おこのぎ)は、思い切り胸を張った龍崎(りゅうざき)にあまり興味無さそうに返事をしている。

「あの、小此鬼さんはここに来る前、どんな子だったんですか？　って聞いてよかったりします？」

意外にも春名(はるな)は、小此鬼の過去に興味津々なようで、おずおずと小此鬼に寄っていった。

「いいよぉ」

小此鬼は両手でオッケーマークを作って自分の頬(ほお)に当てる。思い出せないけど前もそのポーズを見た気がするな。

頬をむにむにとさせながら、小此鬼はゆっくりと口開いた。

「あのねぇ、マキはねぇ、ママと暮らしてたの」

「ちゅ？　家族がいるのはいいっちゅね」

「万智の、その後方腕組スタイルなんなの？」

神妙な顔で頷(うなず)く根津を、右左美がジットリと横目で見ている。

「でもねぇ、小学校でぇ、ちょっと大変になっちゃってねぇ」

「小学校？　結構遡って話す感じなのかしら？」

「それでぇ、ここに来たのぉ」

「うん？」

「話だいぶ飛んだの」

困惑している上級クラスのメンバーに小此鬼は何がわからないのかわからないと言いたげな顔で不思議そうにポケッとしていた。

「小此鬼、もう少し詳しく教えてもらってもいいか？」

俺も話の流れがよくわからなかった。

「んえ～？　んとねぇ、小学校でねぇ、おんなじクラスの子がぁ、悪いことをしたんだけどぉ、それをねぇ、他の子がやったってことにしようと嘘ついてたのぉ」

「ちゃんと詳しく教えてくれるのね？」

「親切っちゅね」

「だからねぇ、マキがそれ嘘だよってゆっちゃたのぉ。そしたらねぇ、偉いひと？に、マキには嘘がわかるってぇ、バレてぇ、それでぇ、ママがここの住所を教えてくれたのぉ」

——マキねぇ、みんなの嘘がわかるんだよぉ。

もしかして、あれは本当のことだったのだろうか。

小此鬼の嘘はただの嘘だけじゃなくて、本当のことも混ざっている？

「……うん？　ということは？」

若葉も小此鬼の力に気づいたのだろうか。

「マキってもしかして小学生のガキなの？」

「マキは5億歳だよぉ」

「嘘つけっちゅ！」

「そっち!?　それより気になることなかったか!?」

「ちゅ……？」

「真顔で困るな」

あれ、でも他の生徒もなんとなく顔を見合わせているな？

「ふひひ、もしかしてせんせぇ、マキに嘘がわかるってまだ信じてたのぉ？」

「え、ち、違うのか？」

てっきりそういう流れかと思ったのだが！

「それ、みんな引っかけられた嘘っちゅよ」

「既出なの」

「あら、また言ってるわ、って思ったわね」

「うん、ぼくたちはそれは嘘(うそ)って知っていたんだよ」

「ヒトマ先生、だからみんなわざわざツッコまなかったんですよ？」

生徒たちと春名(はるな)に囲まれて、各々から小此鬼(おこのぎ)の嘘を教えられる。

そうか……いくらなんでもそういう特殊能力みたいなものはないのか……。そりゃそうだ、嘘がわかるなんてすごすぎるもんな……。

羽根田(はねだ)なんて俺にかける言葉もないのか、無言で微笑(ほほえ)んでいるし……。

「エピソードはともかく、マキちゅんが子供ちゅんってことは新しい発見っちゅね！」

「えー？　それを言うなら万智(まち)だって生まれたばっかじゃん？」

ドヤる根津(ねづ)の頬(ほお)を、羽根田が後ろからつついた。

「ちゅ……た、確かに万智は生まれたばっかっちゅが、ネズミの一生は短いんちゅ！　だからそんじょそこらのニンゲンよりは大人っちゅから！」

「どーだかなの」

「右左美(うさみ)もそうじゃないんちゅか？」

「万智よりは大人なの」

「アタシもたぶんそうだよ」

「ぢゅっ!?　カリンと若(わか)ちゃまはどうなんちゅか！　何年生きてるんちゅか！　特に若ちゃま！」

「根津さん、人を指差すのはよくないですよ！」

春名の注意に根津は手をグーにする。

たぶんそういうことじゃない。

「アタクシは数えてないからわからないわ。ニンゲンの暦は細かいんだもの。若い頃はローマ帝国の近くで暮らしてたわよ。だからそれよりも前ね」

「うん、ぼくはリフガルドでは16歳だったよ」

「みんな万智より長生きしてっちゅ……」

ぐぬぬと悔しそうな根津の肩に羽根田が軽く手を置いた。

「万智、でもあれじゃん？　長生きだから偉いってわけじゃないじゃん？」

「トバリちゅん！　それもそっちゅね！　……でも、万智ももっと大人っぽい見た目になりたいっちゅ～！」

「うーん、万智はネズミだからなあ」

「ネズミは本体が小さいから、ですか？」

俺はふと、夏休みに聞いた言葉を思い出す。

「この学校の見た目年齢は生徒本人が持ってる魔力の量で決まる――」

「うん？　そうなんだね」

「あっ……って、最近聞いたんだよな！」

アリスさんから。

あれから黒澤(くろさわ)と会っていないが元気にしているだろうか。

「あー、そうそう、アタシも聞いたことある。アタシたちは一応みんなニンゲンの18歳と同じフィジカルを持っているけれど、上位種であればあるほど魔力が大きいから上限の18歳に近い見た目になれるんだよ」

「だから万智はちんちくりんなんちゅか！」

「その、魔力?の上限超えたらどうなるなの？」

「あー……それはー……」

羽根田はそのまま龍崎(りゅうざき)の方を見――って、どこを見ているんだ。

「胸のあたりにすごく視線を感じるわ！」

「ははーん、なるほどっちゅな？」

「納得なの。だから鏡花(きょうか)や一咲(いさき)も……！」

「零(れい)先生！　これはセクハラなのかしら!?」

「気まずいし、男の立場からだと答えづらいなあ！」

「あの！　龍崎さんが嫌ならセクハラだと思いますよ！」

「そうなのね……うーん……」

春名がフォローしてくれて助かった。

が、何故か龍崎は目を瞑(つぶ)って腕を組んで考え込んでいる。

「この2人相手なら、ちょっと優越感ね！」

「ちゅっど――――ん！！！！！」

「きゃあ！　何するの万智!!」

根津が龍崎の胸にダイブしていった……。

なんだか悪い気がして、すぐ目をそらしたから定かではないけれど……今、根津の頭が半分くらい埋まってしまっていた気がする。

「うん、これは煽(あお)ったカリンくんが悪いね」

「じゃれてるねぇ、なかよしちゃんなんだぁ」

「仲良しなのか？」

喧嘩するほどなんとやら、だろうか。

「でぇ～？　遠足はぁ～？」

「そういえばその話だったの」

「遠足の話からよくここまで脱線したな」

高校生女子の話題の切り替わりってすごいもんな。

そういうところはニンゲンの学校と大差ない。

「行きたいっちゅ～！」

「そもそも行けるの？」

「センセ、アタシたちが最後に学校の外に出たのっていつだっけ？」

「ええと……去年……いや、もう一昨年か。夏に川遊びをした時じゃないか？」

ほぼ敷地内みたいなものだから、今回とはまた話が変わってくるとは思うが。

「いいなぁ～、当時の上級クラスはぁ、そゆことしてたんだぁ」

「うん、とっても魅力的だね」

「水着ってことかしら!?」

龍崎が突然、カッと目を見開いた。

「そうだよー」

「零先生も!?」

「俺は着てない」

俺の水着でなんでそんなに目を輝かせるんだ……。

「ヒトマはずっとゲームしてたなの」

「零先生らしくて素敵っ！」

そうかなあ……。褒められているのに少し複雑だ。

「うん、カリンくんはなんでも褒めるね」

「羨ましっちゅ！　羨ましっちゅ～!!　万智も外で遊んでみたいっちゅ～!!」

「うーん、でももう外は寒いだろ。あんまり遠くに行くのも危ないし……希望とかあるのか？　やりたいことか」

「コンビニでお買いものっちゅ！」

「そういえば言ってたな……」

根津はコンビニのプライベートブランドが好きなんだった。

「右左美はパスなの。遠足より卒業と進学なの」

「うん、ぼくもパスしようかな」

「受験ガチ勢は忙しそうだねー」

「トバリは余裕綽々でむかつくの」

　右左美に睨まれて羽根田は「ごめんごめん」と軽く謝る。

「ねぇ～、若しゃまも進学だっけぇ？」

「うん、そうだね。ミスコンと演劇サークルが有名な大学に進学を希望しているよ」

「葵ちゃんらしいわね！　アタクシも進学組だけれど、文系ならどこでも気にしないから遠足に行けるなら参加したいわ！」

「まだ遠足が決定したわけじゃないだろ」

　このへんで一旦ストップをかけないと、遠足がなし崩し的に決まってしまう。

「そんじゃあ——はーい、行く子は手を挙げてー」

「羽根田！　勝手に決を採るな！」

　ああもうトントン拍子で事が進んでゆく……。

「ふんふん……希望者はー、万智とカリンとマキと——アタシ、かな？　センセも4人くらいなら大丈夫っしょ。一昨年も4人だったし」

「はい！　私もご一緒したいです！」

「未来ちぇんちぇーも来てくれるっちゅか！　嬉しっちゅ～っ！」

　これはもう俺ひとりで却下できない空気だ。

　あまり乗り気では無かったが観念しよう。

「はあ……わかった。まず校長に聞いてみるよ。でも川遊びと違って、コンビニ実習になるなら、外のニンゲンとの接触があるだろ？　だからあんまり期待はしないでくれ」

「ありがと！　ね、どうせなら年が明ける前の冬休みがいいな」

「なんでだ？」

　だとしたらかなり急だな。2週間以内ってことか。

「だって、この時期はイベントが多くて、街がそわそわしてそうじゃん？」

「万智がそわそわっちゅ？」

「万智じゃないの」

　ベタなボケだな。

「せっかく出るなら遠足でさ、ニンゲンのパワーって言うの？　イベントを創る力も一緒に見られるかなって思って」

そして羽根田はニッといたずらっぽい笑みを浮かべる。

「ニンゲンの世界を肌で感じに行くなら、受け取れるものが多いタイミングの方がいいじゃんね」

貪欲だ。羨ましいほどに。

「だから許可とれるかわからんて」

そう、すべては校長次第。

羽根田——理事長の希望があっても、校長が許可を出すとは限らない。

「そだね、でも一応外出許可証は今日中に出しとくよ」

許可が出ても2週間以内に学校側の準備ができるとも限らないし、あまり期待はできないが……。

念のため、外部接触がある場合の外出についての注意点を星野先生に教えてもらおう。

＊＊＊

ところが、あれから話は怖いくらいスムーズに進んだ。

羽根田の外出許可証は宣言通り当日に提出されたし、ダメ元で行った校長は、千里眼で今回の件を予見していたらしく、時期もすでに調整されていた。

『2週間前の事前申請と教師の引率があれば、結界から2キロ圏内の場所へは理事長宝玉指輪の貸し出しによる特別外出可能』。

懐かしいルールだ。羽根田はちょうど申請から2週間後の今日を設定していた。

悲しいことに、俺のクリスマスの予定が皆無なことも、校長にはバレていたので、遠足という名の特別外出は終業式の翌日、クリスマスだ。

いや別に本当に予定が何もないわけではなかったんだけど。ソシャゲのイベントとかあるし……。

俺がたまに行くコンビニは徒歩20分ほどで、一応結界から2キロ圏内に存在する。この2キロ圏内のルールはニンゲンが住んでいる場所でも適用されるらしい。

ただ、少し追記があって『自らが人ならざる者と外部のニンゲンにバレた場合、重大な罰則アリ』だ。最悪の場合は退学になるらしい。

「アタクシがツノとしっぽを隠すのって、もしかしてかなり難易度が高いかしら……」

「そうですね……大変言いづらいですけど、龍崎さんはバレちゃいそうですね……」

「カリン、残念っちゅけど……万智がお土産いっぱい持ってくるっちゅ！」

「根津は帽子とロングスカートでなんとかなりそうだな」

「アタシもニット帽でいけそーだね」

「マキはいつも通りでぇ、だいじょぶそぉ」

「うう……零先生、アタクシ今回は諦めるけれど、いつか卒業したら……」

涙目で見つめられていたが、龍崎はふっと力を抜いて、諦めたような顔をする。

「……ううん、なんでもないわ。残念だけれど、アタクシの分まで楽しんできてね」

あれから龍崎はたまにそういう表情をするようになった。俺は心が痛むが、そんな龍崎に気づかないフリをする。

「うん、カリンくんはぼくたちと一緒にケーキでも食べよう」

「ヒトマ、百貨店のケーキ予約しろなの」

「う……今回だけだぞ！」

そして俺は右左美と若葉、そして龍崎の要望を聞いて、人生で食べたこともないレベルの豪華なクリスマスケーキを予約したのであった。

＊＊＊

クリスマス当日。

外出組は結界付近の桜の木に集合の予定だ。

俺はかなり早めに集合場所へと到着してしまったが、ここでまた戻るのも微妙な時間だった。

予定の時間までスマホゲームでもしようかと、ポケットからスマホを取り出したところで森の中に人影が見えた。

誰か来たようだ。早いな。

「ヒトマ先生！　まだ20分も前なのに早いですね、集合は14時ですよね？」

人影の正体は春名だった。

春名はベージュのコートにあんず色のカーディガンと白っぽいふわふわのスカートを着ていた。

春名の私服、初めて見たな……。

「午前中に予定があったから中途半端に時間が余ってしまってな」

予約していたケーキを百貨店まで引き取りに行って、生徒寮の右左美たちに手渡すだけの簡単なお仕事だ。

「そうだったんですねー」

会話が途切れてなんともいえない気まずい空気が流れる。

近況とか聞いてみようか。

いや、最近職員室でも聞いた話だ。

好きな食べ物とか。

いや、いきなり聞かれてもキモいか。

春名は何を考えているのだろう。ぼんやりと上の方を眺めている。

「じぃ――――――っ」

「うわっ！　小此鬼!?　いつからそこに！」

いつからか近くにある茂みの中に隠れていた小此鬼が俺たちの様子を窺っていた。

「100年前からぁ」

「100年前は俺も生まれてないわ」

「嘘だよぉ。せんせぇたち早いねぇ」

のそりと茂みから出てきた小此鬼は、いつもの髪型に、大きめのロゴが入った紫色のトレーナーとデニムのショートパンツを合わせていて、その上にやたら紐と装飾がついている白のブルゾンを羽織っていた。足元は派手なルーズソックスに大きい紫のスニーカーを履いている。

「小此鬼も服とか好きなのか？」

見た感じ、かなりこだわりがありそうだ。

「んえ？　んとねー、なんかぁ好きなの集めただけだよぉ」

小此鬼の返答はいまいち要領を得ない。

結局服は好きなのだろうか。うーん、たぶん好きってことで合っているのか？

「小此鬼さんのスニーカーかっこいいですね！」

「ふひひ、お気に入りだよぉ」

２人は楽しそうにお互いのファッションについて語り合っていた。

こういうところを見ると、すごく女子だなーと思って、この場にいることが気恥ずかしくなってくる。

「あれ、もう結構そろってんじゃん。早いねー」

羽根田だ。白ニットに黒いショートパンツ。鞄は黒い小さなバッグ。コートは茶色チェックのコートで、なんだかいつもより大人っぽく見えた。

「羽根田も全然早いよ」

「ちゅ!?　まだ集合10分前なのに、なんでみんないるんちゅか!?」

お、これで全員揃ったな。

根津はタートルネックの白インナーと水色のワンピースの上に濃いグレーのダウンジャケットのシンプルスタイルだ。

「ふへへ、みんな楽しみだったのかもねぇ」

「あーね？　待ちきれなくてついつい早めに来ちゃう的な」

「万智、いっぱいお買い物できるように一番大きい鞄を持ってきたっちゅよ～！」

そう言って根津は大きな白いトートバッグを広げて見せる。

「あ、万智。鞄に帽子入れっぱなしじゃん。今のうちに被っておいたら？」

「そっちゅね！」

根津が取り出した帽子……俺はどこかで見たことがある気がするが、思い出せない。

あのキャスケット帽、どこで見たんだろう。

「よし、これで完璧っちゅ」

「まっちー、その帽子ぃ、うさみぃが貸してくれてよかったねぇ」

「ああ、それ右左美のか！」

そうだ思い出した！　彗子さんに会いに行った時に右左美が被っていた帽子だ。

「万智は注文してた帽子が届かなくて、一緒に行けないかもって泣いてたもんね～」

「通販の罠っちゅ！」

「あるあるだな」

ここは物流が特殊だからか、たまに配達が大幅に遅れることがある。俺もこの間買ったガジェットが、配達予定日から2週間遅れて届いたことがあった。

羽根田もニット帽を深く被り、羽耳を隠す。

よし、これで大丈夫だ。

俺は校長から預かっていた指輪を生徒たちに配る。

「これが例の指輪っちゅね！」

「かっこいいねぇ」

根津と小此鬼はまじまじと指輪を眺めている。

2人は初めての指輪だ。

「羽根田さんは以前つけたことがあるんでしたっけ」

「そうだね、川遊びの時に借りたことがあるよ」

羽根田にとってはこの指輪は自分のものだろうし、本当はあまり意味は無いんだろうな。

「よし、準備はできたな。――いざ、コンビニへ！」

そして俺たちは結界を出て、徒歩20分のコンビニへと向かうのであった。

＊＊＊

「前方確認！　よしっちゅ！　みんな万智の後につづくっちゅ！」

「まっちーたのしそぉだねぇ」

「コンビニまで、まだ結構距離あるぞ？」

ミリタリーごっこなのだろうか。

「根津、スカートであんまり暴れるなよ。コンビニに入る時に汚れてたら不審に思われるぞ」

「やーい、まっちーの不審者ぁ」

「聞こえが悪すぎっちゅ！」

と言いながらも、根津はふざけるのをやめて、ぽてぽてと春名の隣を歩いている。

だんだんわかってきた。根津のおふざけは自分や他人の不安を和らげようとしているものだ。

「万智はコンビニでお菓子とか買うんだよね？」

「そっちゅよ！　日持ちするスナック菓子はもちろん、洋生菓子系も普段は食べられないっちゅから、この機会は逃せないっちゅ！」

他にはあれと、あれと……と、根津の狙っている商品はたくさん出てくる。

話を聞いていると俺も腹が減ってきたな。

「小此鬼は何か買うのか？」

これ以上根津の話を聞いていると腹が鳴りそうだったので、近くにいた小此鬼に話を振ってみた。

小此鬼は今回の遠足を提案してくれたが、何かお目当ての商品はあるのだろうか。

「んえ～？」

気の抜けた返事をした小此鬼は自分の唇をむにむにと触りながら考えている。

特に買いたいものはなくて、外に出たかったための提案だったのだろうか。

「えっとぉ……あんまんかなぁ？」

「おー、レジの前にあるやつか。いいな、俺はピザまんにしようかな」

ちょうど寒い季節だし、絶対美味(おい)しい。

点心系は朝食にもちょうどいいんだよな。一時期チルドの肉まんをレンチンしてよく食べていた。片手でいけるのが助かるっていうか……あれ？

俺は少しの違和感を覚える。

いつもの「嘘(うそ)だよぉ」が無い。

小此鬼の様子は普段通りに見えるが、もしかしたら、小さな嘘をつく余裕のないくらい、外出で緊張しているのだろうか。

「なあにぃ、せんせぇ」

「あ、いや……あんまんって珍しいなって思ってさ。ほら、やっぱ肉まんが一番人気のイメージがあるから」

上手(うま)く誤魔化(ごまか)せただろうか。

「んー……ふへへ、あんまんはねぇ、ママが好きだったんだぁ」

ふにゃりと小此鬼が笑う。

今まで見たことのない種類の笑顔だ。

お母さんと仲が良かったのかな。

「そっか、小此鬼（おこのぎ）のお母さんはどんな人だったんだ？」

「えっとねぇ、ママはねぇ、お料理が上手でぇ、字がきれいでぇ、頑張り屋さんでぇ――」

　小此鬼は母親と仲が良かったのか愛（いと）おしそうに母親のことを話してくれた。母親のこと――というより、母親の好きなところ、だ。

「早起きもできてぇ、身長が大きくてぇ、髪もサラサラでぇ、お裁縫が得意で、でもぉ……ちょっとだけぇ、ぶきっちょさん」

　延々と続くと思われた褒め言葉に、意外なオチがついた。

「裁縫が得意なのに？」

「んとねぇ、そうゆう感じじゃないやつぅ」

「料理か？」

「それは上手だよぉ。マキ、ママのオムライスだぁいすきぃ。あとねぇ、お誕生日のケーキも美味（おい）しいんだよぉ。ね～、トバリんちゃ～、お誕生日パーティーしたぁい」

　前を歩いていた羽根田（はねだ）に、小此鬼がぴったり張り付いて甘えている。

　羽根田も慣れているのか、そんな小此鬼の頭を優しく撫（な）でた。

「ん？　いいよー、誰の？」

「しらなぁい。誰が近いんだろうねぇ」

「何それ、12月は万智（まち）の誕生日だよね？」

「12日っちゅよ！　なんちゅか！　なんかくれんちゅか！」

「ちがうよぉ」

「ちゅ～、でもまあ、もう過ぎたっちゅからねー」

「嘘（うそ）だよぉ」

「やっぱりお祝いしてくれるんちゅか！　やったっちゅ～！」

「こら根津（ねづ）、あんまりはしゃぐと帽子落ちるぞ！」

　まだこの辺はたまにバスが通るくらいで、人通りはほぼ――というか、全くないと言ってもいい。

　けれど、学校の外だ。何があるかわからない。

「……みなさんの誕生日って、誕生日なんですか？」

「え？　何その質問、ウケる」

羽根田は半笑いだが、春名の言っている意味はわかるし、俺も少し疑問に思っていたところだ。

「誕生日は生まれた日っちゅね」

「あー、多分春名先生が言いたいのは、誕生日がわかる生徒もいるかもしれないが、わからない生徒は誕生日が決まっているのか。適当に決めているのか、もしくは決まっていないのか。ってことだよな？」

「そうですっ！　ほら、元々が野生の方とか、認識できない？可能性が高いんじゃないかって……」

「あーね？」

「マキは普通に生まれた日だよぉ」

小此鬼はそのまま誕生日の歌を歌いだしている。

好きなのかな、誕生日。

「万智もそっちゅよ。生まれた日らしいっちゅ」

「『らしい』って？」

「ネズミだった時の万智は日にちとかわからんちゅだったから、教えてもらったんちゅ、りじちゅーに」

りじちゅー？　ああ、理事長か。

「初級クラスから中級クラスに上がる時に、渡される資料があるんちゅ。そこに自分のプロフィールが書いてあるんちゅよ」

「へえ」

知らなかった。初級中級クラスは授業以外の部分がまだまだ勉強不足だ。

「トバリちゃんもそっちゅよね」

「そーだね。11月だよ」

「トバリんちゃのぉ、おたんじょび、トリさんなのにい、秋なんだねぇ」

「確かにそうですね。野鳥は春先が繁殖時期じゃなかったでしたっけ」

春名の純粋な疑問に羽根田はどう答えるのだろう。

俺の心配もよそに、羽根田は余裕の笑みだ。

「春名センセ詳しいじゃーん。そういうの好きなの？」

「友達の彼氏が野鳥研究会だったんですよ」

「関係遠くない？」

「友達が影響されやすいタイプだったので、それで。

彼氏さんに教えてもらった雑学を私にも教えてくれて、それでちょっと詳しくなりました」

「なぁほぉねぇ～？」

　上手(うま)く誤魔化(ごまか)したようだ。

　羽根田(はねだ)の誕生日は11月3日。

　おそらく生まれた日ではないだろう。

　何かの記念日だろうか。

「ねぇ～、あとどれくらぁい？」

　小此鬼(おこのぎ)は疲れてきたのかぐでぐでと歩いている。

「あの角を曲がったらすぐ町だから、そこから歩いてすぐだよ。あとちょっとだから頑張れ」

「うおおお緊張してきたっちゅ！」

「みなさん気をつけてくださいね」

「ほーい」

　いつも行くコンビニだけれど、俺も少し緊張する。

　けれど、生徒たちもしっかりしているし大丈夫だろう。

＊＊＊

「ここがコンビニっちゅか！　ちゅわ～っ！　初めてちゃんと見たっちゅ！」

　町中に入ってから根津(ねづ)はだいぶ大人しく、むしろ怯(おび)えているのでは？と思うくらい周りの物音などに過敏だったが、コンビニという憧れの場所に着いたことで、少し緊張は解けたようだ。

　小声で話してはいるが、目を輝かせて、まるでテーマパークに来たみたいな喜び方をしている。

「おー、すごいね。ツリーもあるんだ」

「ほんとだぁ。めずらしいねぇ」

　コンビニの店舗によって、イベントへの力の入れ具合はかなり違ってくるが、ここはそういったイベントを頑張るタイプのようだ。

「ちぇんちぇー、万智(まち)とはぐれちゃだめっちゅよ」

　俺の腰辺りに根津がピッタリくっついて、そのまま店内をぐるっと1周させられる。

　このコンビニは基本的には気のいい中年ご夫婦で経営していて、レジでは奥さんがにこにこと微笑(ほほえ)ましそうに俺たちのことを見ていた。

俺も少し不安だったし、言い訳もいくつか考えてきたが、あの様子なら大丈夫そうだ。

「ここにあるものって全部商品なんちゅよね？　万智のお金で買っていいんちゅよね？」

「そうそう、値札が付いてるものは買えるぞ」

「触ってもいいんちゅか？」

「ああ、でも食べ物は買うもの以外はあまり触らないようにな」

「わかったっちゅ」

根津は俺にべったりだが、他の生徒はどうだろうか。

羽根田は春名と一緒にサンドイッチコーナーにいた。

健康志向っぽい茶色い生地のサンドイッチをカゴに入れている。

こうして見ると、2人は一緒に買い物に来ている友達のようだ。

小此鬼は――ん？　どこだ？

ざっと店内を見回すが見当たらない。

あんまんを買うと言っていたが、もう買って外で待っているのだろうか。

このコンビニはイートインがないので、買い食いをするとしたら店の外になる。

コンビニの外は――いない。

本当にどこにいったんだ？

店内の死角にいるのだろうか。

低い棚の商品を見ていたりするのならいいんだけど。

ここから行方不明になったり、はたまた脱走なんてことになったら――。

だとしたら最悪だ。

「根津、少しここで待ってて貰ってもいいか？」

「ちゅ!?　万智をひとりにするんちゅかっ！」

ぎゅっと根津が俺の服にしがみつく。

小此鬼を探しに行きたいが、それをそのまま根津に伝えたら混乱させてしまうか？

じゃあ、一旦ここは春名と羽根田に根津を見てもらって――。

「せんせぇ、どぉしたのぉ？」

いきなり背後の棚の陰から小此鬼は現れた。

さっき振り返った時は見当たらなかったのに、いつの間に……。

「小此鬼、どこにいたんだ？」

「んえ？　ずっといたよぉ」

どこにいたのかという質問の答えにはなっていないが……近くにいたってことか？

てっきり外に出てしまっていたかと思ったが……。

まあ、ここで細かく注意をするのも違うし、ずっといたと本人が言っているなら大丈夫か。

「そっか。心配するから、目の届かないところに行かないようにな」

「善処しないこともないよぉ」

「どこでそんな言い方覚えたんだよ」

とりあえず、小此鬼が行方不明になっていなくて良かった。

「ちぇんちぇ！　決めたっちゅ、万智はこれを買うっちゅ！」

「んえ〜？　まっちーは何を買うのぉ？」

そのまま小此鬼は、根津と購入品の話を始めていた。

根津もそんな小此鬼といつもどおり接している。根津は小此鬼がいなくなったことに気が付いていなかったようだ。手に持った買い物かごには、お菓子がたくさん入っている。

一方、春名と羽根田は、もうレジの方にいた。

「俺たちもそろそろ、レジに向かうか」

「ちゅ！　わかったっちゅ」

「緊張しなくても大丈夫だよ。小此鬼も決まったか？」

「あんまぁん」

「それだけでいいのか？　俺はピザまんにするわ」

そうして俺たちはレジへ向かった。

根津は緊張していたが、きちんとレジで買い物ができていた。小此鬼はずっと人間社会で生きていたから慣れたものだ。

そして、俺たちはコンビニを出る。

クリスマスの雰囲気も、少しは感じられたのか、根津と羽根田はクリスマス限定の商品を購入していた。

帰るまでが遠足だ。

でも、もう田舎道を歩くだけだから何事もないだろう。

コンビニのホットスナックって歩きながら食べるといつもより美味しく感じられるなと、ピザまんを食べながら改めて思った。

＊＊＊

「あれ？　小此鬼さんは？」

「え!?」

森に入ったところで小此鬼の姿が消えていた。

小此鬼はさっきも姿が見えなくなっていたから、より気にかけていないといけなかったのに……！

「マキ、どこいっちゃったんだろうね」

「迷子っちゅか！　マキちゅーん！　……心配っちゅ……」

「お返事、無いですね。うーん、見える範囲にもいなさそうです」

「この森、意外と入り組んでるから迷ったのかもしれない……」

俺も初めてコンビニに行った時は、帰り道が難しくて迷ってしまった。

学校から外に出る道は、行きは分かりやすいが、帰りにY字路が多くて迷いやすいのだ。

小此鬼は大丈夫だろうか……。

何かしらの事故にまきこまれていたら……！

いや、羽根田が落ち着いているから、大事にはならなさそうか……？　なんてメタ読みをして自分を落ち着かせる。

危険なことに巻き込まれてはいないはず。きっとただの迷子だ。

「じゃあ、俺は引き返して探してみるから、春名先生はこのまま生徒を学校に連れて行ってくれるか。あと、校長に報告をお願いいな」

「わかりましたっ！」

小此鬼はぼんやりしているから、ふらふら変な道に入ってしまった可能性もある。

「小此鬼ー！　いるかー！」

呼びかけてみるが返事はない。

俺は来た道を早歩きで、けれど見落としがないように注意しながら戻る。

あたりをざっと見たが、気配すらしない。

コンビニからまだ５００ｍほどしか離れていないはずだ。それに、森に入るまでは小此鬼は俺たちと一緒にいた。だから、道を逸れてしまったとしても、さほど遠くへは行っていないだろう。

そう信じて俺は来た道を引き返していく。

早歩きのはずが、だんだん走ってしまっていた。

コンビニでも小此鬼は姿を消していたが、あれも意図的だったのだろうか。「ずっといた」と言っていたが、あれは本当だったのか？

だとしたら、今回も迷子ではなく――。

ああ、自分に余裕が無くなっているから、変に疑ってしまう。

ひとまず、今は小此鬼を見つけること。

それだけ考えよう。

＊＊＊

「――小此鬼！」

道をしばらく引き返したところに小此鬼は座り込んでいた。見つかったことは一安心だけど……もしかして怪我でもしてしまったのだろうか。

俺の声に反応して小此鬼は振り返り、ゆっくりと立ち上がる。

「せんせぇ」

小此鬼は困惑や焦りも無く、ぽやぽやと普段通りの雰囲気だ。

「小此鬼、どうしたんだ。いきなりいなくなって心配したんだぞ」

「……あんまん、落としちゃったんだぁ」

小此鬼の足元には悲しい姿になった、食べかけのあんまんが転がっていた。

「え、あ、そ、そうか……」

ひとまず怪我などではないようで安心した。

「落としたあんまんをねぇ、追いかけてたらねぇ、みんなとはぐれちゃったぁ」

言いたいことはいろいろ浮かんだが、外出前に小此鬼はあんまんを楽しみにしていたと言っていたし、かなりショックだったのだろう。

なにより、小此鬼が無事で良かった。

「そっか……。でも、もうそのあんまんとはお別れしような。また今度買いに行こう」

小此鬼はじっと俺の顔を見つめて、そのまま自分の足元へ視線を落とす。

やはり名残惜しいのだろうか。

今度と言ったが、今さっと買いに行けば大丈夫か？

他の生徒や春名（はるな）に心配をかけてしまっているので、なるべく早く戻ろうと思っていたが……、ここからコンビニまでは往復で30分くらいかな……うーん微妙な時間だ。

「なあ、小此鬼――」

「ねぇせんせぇ、マキのママは元気にしてるのぉ？」

足元のあんまんを見つめながら、唐突に小此鬼が問いかけてきた。

世間話をするように、いつも通りの声色で。

驚いてしまったが、このままただの世間話ととらえていいのだろうか。

「ごめん、俺はそこまで教えてもらっていないんだ。小此鬼はずっとお母さんと住んでたんだよな？」

「そうだねぇ」

意図を探ろうとして質問を返したが、いまいち会話の先が見えてこない。

「お母さんは……その、小此鬼と同じなのか？」

なんて言うのが正しいか分からず、変な濁し方をしてしまった。

小此鬼はゆっくりと足元から俺へと視線を戻す。

「おんなじぃ？　……あぁ、鬼かってことぉ？　ちがうよぉ。マキのママは普通の、弱いニンゲンだよぉ。マキはねぇ、ご先祖様が鬼だったらしいのぉ」

「先祖返りってことか……？」

小此鬼は口元に手を持ってきてふにゃりと首を傾（かし）げている。

「ん～？　そうなのかなぁ？　ママのおうちでぇ、たまにマキみたいな子が生まれるんだってぇ。ママのおばあちゃんもぉ、マキみたいな子だったたってゆってたあ。……誰かの嘘がわかる子だったってぇ」

「小此鬼は——本当は他人の嘘がわかるのか」

前に聞いた時は「他人の嘘がわかる」なんて、嘘だと言っていた。だが、本当は——。

小此鬼は何も言わない。

肯定、ということだろうか。

他の生徒に定番と思われるまで同じ嘘をつくなんて、本当は自分の力をわかってほしかったのかもしれない。いや、まだわからないか。

「せんせぇってあんま嘘つかないよねぇ」

「え？」

どうなんだろう。俺、小此鬼の前で変な嘘をついたりしていなかったかな。小此鬼の能力が本当なら、かなり発言に気を付けないといけない。

けれど、そう言われるなら、今のところは大丈夫……なのか？

「みんなせんせぇみたいだったらいいのになぁ。そしたらマキもぉ、そのままの感じでぇ、ママと暮らせたのにぃ」

「小此鬼はお母さんと離れたくなかったんだよな」

「……ふへへ」

いつもより少しだけ元気がない笑いで誤魔化して、小此鬼は小さく溜息をつく。

「でもねぇ、ママのおばあちゃんみたいに、怖いところに連れていかれるのやだからぁ、マキはママとおんなじニンゲンにぃ、なるのぉ」

「怖いところ？」

「よくわかんないけどぉ、ママがゆってたぁ」

小此鬼はドラゴンや人魚と違って、自分で自分の身を守る術のないほぼニンゲンで……その上嘘がわかるのだとしたら、いくらでも利用価値が生まれてしまう。

政治、軍事利用と引っ張りだこだ。今の時代ならメディアも放っておかないだろう。

小此鬼もそれをなんとなくは理解しているのだろう。

小此鬼はまた自分の足元に視線を落とす。

いつのまにか、あんまんにはアリが寄ってきていた。

「せんせぇ、なんでニンゲンは嘘をつくのかなぁ」

いつも通り。だからこそ、どうとでも取れるニュアンスで小此鬼は呟いた。

純粋な疑問なのか、悲しんでいるのか、諦めているのか――。

「そんなのぉ、ゆわなかったらいいのにぃ」

顔を上げた小此鬼は普段通りへらっと笑っていた。

それでも、小此鬼がどう思って問いかけたのか、俺にはわからなかった。

「小此鬼はなんで嘘をつくんだ？」

「マキが悪い奴だからぁ」

ああ、ウインクにピースのキメポーズで明らかにふざけているから、これはわかるぞ。

「嘘だな」

「ふへへ、マキのやつパクられちゃったぁ」

小此鬼はけらけらと笑って、そのまま空を見上げる。

「……あのねぇ、嘘がねぇ、たくさんあったらぁ、どれが嘘でどれが本当かわからなくなるかなぁって思ったのぉ。んーとぉ、カモコラージュ？だよぉ」

「カモフラージュ、だよ」

カモコラージュってちょっと可愛いな。平和そう。


小此鬼は「それそれぇ」と笑っていた。

「結局ねぇ、マキが普通じゃないのが悪いんだよぉ」

「それも、嘘だろ」

「……そうなのぉ？」

「嘘だよ。俺にはわかる」

なんて。本当はそう思ってほしくないだけなんだけど。小此鬼が悪くないと思ってるのは本当だ。

「へへ、じゃあそうかもねぇ」

俺の意図が伝わったのか、小此鬼は少し安心したようだった。

けれど――。

「……小此鬼は本当に嘘がわかるんだな」

今までのやり取りで改めて実感した。そうじゃなかったら、俺の言葉を素直に受け取りすぎだ。

小此鬼は迷ったように中途半端な笑みで固まっている。

「んー……、マキねぇ、みんなの声に色が見えるのぉ。赤っぽかったり青っぽかったりするのぉ」

「今の俺の声にも見えるか？」

「うん、青っぽい色だよぉ」

驚いた。共感覚の一種なのだろうか。

「うさみぃとまっちーもねぇ、結構青っぽいんだぁ。たまに紫色になるけどぉ」

「2色だけじゃないんだな」

「そうだねぇ、だってさぁ、嘘と本当の2つだけじゃないでしょぉ？　適当にゆう言葉もあるじゃんねぇ」

「あー……くしゃみの時の声とか？」

「ふひひ、いいねぇ、せんせぇのそゆとこ好きぃ」

笑われてしまって気恥ずかしいような気持ちがあるが、小此鬼が笑顔になったのなら良かったと思う。いや、思いたい。

「どうして小此鬼は俺に話してくれたんだ？」

小此鬼は足元のあんまんを眺めている。

「ママのことぉ、思い出したからぁ」

食べられなくなったあんまんは、どんどんアリに運ばれていた。

「ママも最初はねぇ、青が多かったんだよぉ。でもねぇだんだんマキの話をする時に赤色が多くなってきてねぇ。ごめんなさいって思ったんだぁ」

お母さんの言葉にだんだん嘘が多くなってきて、申し訳なさを感じたということだろうか。母親が自分のために嘘を重ねていることも小此鬼には全部わかる。

――自分のために、大好きな人が『悪いこと』をしている。

それはすごく悲しいことだ。

小此鬼の中で母親の存在はやはり大きいものだと感じる。

「ねぇ、せんせぇ。みんなさぁ、なんで嘘つくんだろうねぇ」

先ほどと同じように、まるで独り言のように投げられた質問。

けれど、小此鬼はその理由をずっと探しているのだろう。

「嘘かぁ……」

思えば、俺はどんな時に嘘をつくのだろう。

悪いことをして、それを隠したい時。

本当のことを言ったら、誰かを傷つけてしまう時。

何かに迷っている時――。

「……守りたいんじゃないかな」

「なにをぉ？」

「自分とか他人とか」

少なくとも、俺はそうだ。

「ふうん」

俺の返事に納得したのかしていないのか、いまいちわからない返事だが、小此鬼はもう足元のあんまんを見ていなかった。

「だから、小此鬼は悪くないよ」

「んえ？」

小此鬼はきょとんとした顔でこちらを見る。

「ええと、小此鬼は小此鬼の思うままで大丈夫、って言いたかっただけだから」

変なことを言ってしまっただろうか。

小此鬼の嘘はカモフラージュと言っていたが、話を聞いていると、まるで自分を責めているようにも思えてしまって。

守っているのは、きっと自分以外の嘘つき全てだ。

自分で嘘を重ねて、他の嘘を何でもないものにしようとしていたのではないだろうか。

俺の気にしすぎかもしれないけれど、つまりは、小此鬼がそこまで背負う必要はないのではということだ。

「……ふひ」

小さく漏れた声が聞こえた。

「ふひひ。せんせぇ、優しいんだねぇ」

すべて見透かしているような諦めているようなその笑顔は、なんだか別の誰か――永遠の命を持つ彼女に似ていた。

もし俺が他人の嘘を知ってしまえるならどうだろう。

その重さに耐えられるのだろうか。

「マキもせんせぇみたいになりたいなぁ。眩しくなっちゃうねぇ」

「俺みたいになってもいいことないだろ。小此鬼ならもっとこう……春名先生の方が年齢も感性も近いんじゃないか？」

中年に片足突っ込んでいるおじさんより、若くてきちんとしている方がいいに決まっている。

それに、春名は誰にでも好かれる性格だし。

「そうだねぇ、未来せんせぇはマキに近いかもねぇ。だからヒトマせんせぇが眩しいのかもぉ」

微妙に返事になっていないな？

小此鬼と春名は近いのか……？

「未来せんせぇは何を守ってるんだろうねぇ」

「え？」

「嘘って何かを守るためにつくんでしょぉ」

それはまるで――春名が嘘をついている前提の話じゃないか。

「――ヒトマ先生！　校長から、小此鬼さんが見つかったと聞いたのですが！」

「うわ！」

「きゃっ、ヒトマ先生リアクション大きすぎません？」

「ふひひ、ウケるぅ」

　突然背後から出てきた春名に驚いて、思いっきり距離を取ってしまった。

　こんなにも狙ったようなタイミングで現れたらそりゃ驚くだろ。気配も感じなかったし……。

「すまん。あー、春名先生、わざわざ戻ってきてくれたのか」

「はいっ！　小此鬼さんが無事だったと校長がよくわからない術？で教えてくれて、私も迎えにいこうって思ったんですよー！　小此鬼さん、無事でよかったです。私も心配したんですよ！」

「ごめんなさぁい。ボーっとしてましたぁ」

　わざわざ戻ってきてくれるなんて本当に心配だったんだな。けれど、先ほどの小此鬼の言葉が引っかかる。

　――未来せんせぇは何を守ってるんだろうねぇ。

　――嘘って何かを守るためにつくんでしょぉ。

「未来せんせぇ」

「なんですか？」

「よしよししていーいぃ？」

「え？　よ、よしよし？　またですか？」

「しゃがんでぇ」

「はあ……わかりました」

　小此鬼はそのまま春名の頭を撫でる。

　いつぞやのグラウンド横と同じ光景だ。

あの時小此鬼はなんて言ってたっけ。

ああそうだ。確か――。

「未来せんせぇ、いいこいいこだよぉ。むり、しないでねぇ」

小此鬼はなんとなく春名のことを気にかけているようだった。

小此鬼には春名がどう見えているのだろう。

「ぎゅーもしてぃーぃぃ？」

「ふふ、もう好きにしてください」

春名は小さい子にじゃれてもらっている感覚で小此鬼の相手をしている。

小此鬼はそのまま春名をぎゅっと抱きしめた。

そして――耳元で小さく何かを囁いたかと思えば、春名が勢いよく小此鬼から離れた。

「えっ……!?」

春名は見たことないほど困惑の表情を浮かべている。

「小此鬼、大丈夫か？　春名先生も、いきなりどうしたんだ」

「マキは大丈夫ぅ。……んー、たぶんねぇ、ちょっと間違えちゃったぁ」

「え？　春名先生は……」

「大丈夫です」

冷たい声色。表情も強張っている。

「あは、小此鬼さんが無事で良かったです。私、ちょっと調子が悪いので先に戻りますね。校長先生たちにも報告しておきます」

早口で一気に喋った春名はそのまま森を抜けて学校の方へと戻ってしまった。

「小此鬼……春名先生に何を言ったんだ？」

「んー……せんせぇには内緒ぉ。たぶんねぇ、せんせぇにはわかんないと思うよぉ」

突き放された……のか？

俺にはわからないってどういうことだ。

「だってせんせぇ、青っぽいもん。綺麗で、マキたちとは違う種類だねぇ。でもマキはねぇ、そんなせんせぇが好きだよぉ。んあ、恋とかそおゆう好きじゃないんだけどぉ、ふひひ」

けらけらと小此鬼は笑っている。

俺は青っぽくて、小此鬼たちはそうじゃない、らしい。

「あのねぇ、真っ赤なマキたちにしかわからないと思うよぉ。あーあぁ、マキ、未来せんせぇと仲良くなりたかったなぁ」

　小此鬼は、相変わらずつかめない。

「……わからないなら、わかりたいと思うよ」

「無理だよぉ」

「無理じゃないかもしれないだろ」

「じゃあせんせぇはぁ、無理だった時どうなると思うのぉ？」

　無理だった時、小此鬼の話を聞いて、それでも意味がわからなかったら。俺は――。

「それでも、少しでも理解できるようにもっと話を聞くよ」

「せんせぇ……」

　小此鬼は俺の返事に悲しそうに答える。

「せんせぇは、嘘は何かを守るものって言ったよねぇ。たぶんねぇ、マキたちが一番守っているのは自分なんだよぉ。だからぁ……わかってもらえるかわからないのに、たくさんお話ができるほどぉ、マキたちは強くないよぉ」

　へらっと笑う小此鬼に、俺はまた、踏み込みすぎたのだろうかと後悔が生まれた。

「ごめん」

　何の謝罪かわからなかったが自然と口から出た言葉。

　悲しませたこと？

　踏み込みすぎたこと？

　理解できないと思わせてしまったこと？

　きっと全部だ。

　小此鬼は、うなだれる俺の肩にポンと手を置く。

「ごめんねぇ、でもせんせぇは悪くないよぉ。ねぇ、そろそろみんなのとこ戻ろぉ？」

　確かにそれなりに時間が経ってしまっていた。

　太陽も少し傾き始めている。

「……そうだな」

　そうして俺と小此鬼は、学校へと帰っていった。

　あとで聞いたところによると、校長は千里眼で小此鬼の場所を見たが、そこにすぐ俺が現れて安心したそうだ。

　俺と小此鬼は、みんなに心配をかけたことを謝罪して、今回の一件は大きな違反や被害も無かったため不問になった。校長は、毎回かなりの温情措置をしてくれる。だからこそ、裏切るような行動はしたくないと思った。

　学校に戻るころには、小此鬼はもういつもの調子で、とりとめのないことをふわふわと喋(しゃべ)っていた。もしかしたら、気を使わせてしまっていたのかもしれない。

　春名(はるな)は実家から学校に通ってるため、先に帰宅したそうだ。駅へと向かうバスは意外と遅くまで出ているが、春名も休日出勤なので、早く帰りたかったのかもしれない。本来ならもう冬休み……俺たち教員も、年末年始休暇をとっているはずだ。用事があったのかも。そう思いたい。

　結局聞けなかったが、小此鬼はあの時、春名に何を言っていたのだろう。かなり動揺した様子だったが……。

今年ももうあと数日で終わる。

次に生徒たちに会うのは年明けだ。

考えたいことがいろいろとあるが、どれもぼんやりしていて、どうしたらいいいのかわからない。

小此鬼のことも。

春名のことも。

俺たちは来年どうなるのだろう。

＊＊＊

そんなこと、あるはずがなかった。

俺が春名に体罰だなんて、事実無根だ。捏造(ねつぞう)にも程がある。

その話が教頭の耳に入った時から、俺は謹慎。

春名も何故か退学処分となるらしく、それから春名との接触禁止が言い渡された。

事実なら当然の対応だ。

だが、納得できなかった。

聞いた話だと、体罰の話は春名(はるな)から直接声が上がったらしい。

俺は信じられなかった。

職員会議や教育委員会での査問の結果、俺は自主退職という形で処分されることとなった。

免職も覚悟したが、なんでも『証拠不十分』だったため、この結果だそうだ。

あの苦手だった学年主任が、そう言って俺をかばってくれていたらしい。

ありがたかったが、同情されたことで何故(なぜ)だか余計にみじめな気持ちになった。

春名の退学前日、俺は私物を整理するため、学校に来ていた。

職員室と社会科準備室。

誰も俺に話しかける人はいなかった。

俺は淡々と私物を段ボールに詰めて実家へと送る手続きをする。

最後に、教室を見ておこうと思った。

今日は日曜日だから、部活がある生徒と教師以外は学校にいない。

——そのはずだった。

人間嫌いと安寧の帳（とばり）

MISANTHROPIC TEACHER IN DEMI-HUMAN CLASSROOM.

アタシは眠らない。
そもそも睡眠なんて必要ない存在だから。

夢を、見てみたかった。

嬉(うれ)しいこと。
悲しいこと。
楽しいこと。
苦しいこと。
なんでもよかった。

睡眠の真似事(まねごと)ならできる。
目を閉じて、じっとするだけ。
夢は、まだ知らない。

今日もまた帳(とばり)が下りる。

アタシの世界はいつだって
明けない夜の中だ。

＊＊＊

不知火(しらぬい)高校では毎年、年越しにパーティーをしている。

1年目は実家暮らしのため辞退、2年目は職員寮へ越してきたが、実家に帰省したため辞退。だが今年は、両親が海外で年を越すそうなので、こうして初めて参加することになった。

職員と中級クラス以上の生徒が任意で参加できるこのパーティーはちょっとしたイベントで、貴重な交流の機会でもあるらしい。

「――センセ、お蕎麦(そば)食べた？」

会場に到着して、最初に声をかけてくれたのは生徒の羽根田(はねだ)トバリだった。

「ああ、さっき貰(もら)ったよ。ずっと楽しみだったんだよな。寮母の寮子(りょうこ)さん特製蕎麦」

「あーね？　みんな美味(おい)しいって言うもんね。ちょっと羨ましかったんだ？」

「まあな」

なんなら到着してすぐ、一番最初に手を付けた。

蕎麦つゆは出汁の香りがしっかりと立っていて、肝心の麺も、おそらく二八蕎麦だと思われる歯ごたえがあり、蕎麦つゆとの相性も抜群で大変美味しかった。

思い出しただけでよだれが出てしまう。

「センセ、よだれ拭きなよ」

「はっ！」

まずいまずい、だらしない姿を見せてしまったな……。だが羽根田はそんな俺の様子なんて全く気にせずに会場を見回している。

「もう他のセンセとか上級クラスの子とも話した？　今日はね、万智とマキ以外は来てるみたいだよ」

「ああ……そうなのか、こういうイベント好きそうな2人が来ていないのは以外だな」

「万智は千結ちゃんと年越しするって。ほら千結ちゃんまだ初級だからパーティー来れないでしょ？　マキは眠いって言ってた」

「はは、2人らしいな」

ふと会場を見てみると龍崎は烏丸先生と話していた。結構盛り上がっているようだ。

右左美は星野先生と国語担当の国立先生に囲まれていた。受験も近いし、2人と話すことで右左美のモチベーションアップに繋がる機会になったらいいなと思った。

若葉は体育の須藤先生と美術の絵本先生と話しているようだった。何やらいろいろなポーズをしているが、どんな話をしているのだろうか……。

「春名センセは実家帰ってんの？」

「らしいな。毎年家族で過ごすって言っていたよ」

冬休みに入ったので、あの遠足の日から春名とは会えていない。

小此鬼とは今日話ができたらと思っていたが、不参加だったこともあり、なんとなく心の中にしこりが残っている。

「零先生！　……トバリちゃんと何を話していたのかしら？」

「おー、龍崎」

気づいたら、龍崎が目の前にいた。烏丸先生とは一通り話せたのだろうか。

思えば今年は龍崎ともいろいろあった。

体育祭の前に改めて告白をされて、でも応えられないことを告げて――。

「羽根田と話してたのは、蕎麦食べた？とか、上級クラスの生徒は誰が参加している？とかそんな世間話だよ」

「あらそうだったのね！　……あの、零先生。今年も一緒に過ごすことができて嬉しかったわ！　来年もまたたくさん思い出を作りましょうね」

「そうだな」

龍崎の自然な笑顔とパーティーの雰囲気のおかげか、ほんの少しぎこちなかった龍崎との会話もいい意味で気が抜けて話せる。

こういったパーティーはこういう時間のためにあるのかもな……。

「今年は卒業できるのかしら……」

「龍崎は私立大学へ進学希望だっけ」

「そうよ。ニンゲン視点での歴史を学んでみたいの。そして、そこで生まれるロマンスも気になるわ！」

「はは、龍崎は向いてると思うよ」

社会科担当の立場でもこれはかなり嬉しい。

実際、歴史の面白いところは、受験や試験で必要な年号や大きな出来事より、それに至るまでの人間ドラマだったりする。大きな出来事の発端がほんの小さなすれ違いだったりするのだ。だから、ロマンスだとか、そういったことを楽しめる龍崎は、本当に歴史を学ぶことに向いていると思った。

「うん、ヒトマくん。久しぶりだね」

「若葉、終業式ぶりだな」

若葉はただ首をかしげて微笑んだだけなのに、キラキラの絹糸のような髪が初夏の空気を感じさせた。冬ど真ん中なのに。

「須藤先生と絵本先生と何を話していたんだ？」

「うん、スカウトだよ。須藤くんからはスポーツの誘いで、絵本くんからはモデルの誘いさ」

「ひっぱりだこじゃないか……」

「うん、まあね。どちらも試しに行ってみることにしたよ。もう年末だし……思い出作りにもいいだろう？」

「ああ、若葉の経験になると思うよ」

やはりこの時期だと、どの生徒も卒業を意識するものだ。

右左美はと見てみると……相変わらず星野先生たちと話をしている。

みんな一生懸命だ。


「――みんなもうご飯は食べられたのねん？　そろそろくじ引き抽選の時間なのね～～～ん！」

校長の声で一斉にプロジェクターの方へ視線を向ける。いつの間にか烏丸先生は、校長の手伝いなのか校長の隣でパソコンを触っていた。

「センセ、今年の目玉は高級お肉セットらしいよ」

「マジかよ、それは根津も参加したかっただろうな」

「うん、あとはちょっと高級なヘッドホンもあるらしいね」

「あら、零先生にぴったりじゃない！　アタクシが当てたらプレゼントにするわね！」

「ほう……プレゼントはともかく、ヘッドホンは興味あるな……」

景品が飾られてる棚の中にあるだろうか。

……あ。

「あー……、あのヘッドホンなら同じ物を持ってるから遠慮するよ」

「じゃあ、アタクシが当てたら零先生とお揃いということかしら！」

「あはは、カリン、これは当てなきゃねー」

「頑張るわっ！」

そうやって意気込んだものの、俺たちは高級な肉にもヘッドホンにも縁はなく、くじの成果は龍崎が当てたちょっとしたお菓子と、若葉が当てた図書券だけだった。

＊＊＊

「――センセ、まだ残ってたんだ」

「羽根田（はねだ）、どうしたんだ」

　年越しパーティーが終わり、もう年は明けてしまった。正直、年が明けたことに対して、昔ほどの実感はない。子供の頃なんかは年越しも一大イベントで、ただ時間が経（た）っただけでも達成感を味わっていたのに。

「んー、ちょっとね。センセは？」

「俺は片づけの手伝いだよ。もう全部終わって、後はこの鍵を職員室に返すだけ。春名（はるな）先生がいないと俺が一番後輩だし、こういうことはやっておいた方がいいだろ」

「へー、律儀だねー」

　あまり興味無さそうに羽根田は視聴覚室の施錠をする俺を眺めている。

「……他の教師や生徒ならもう帰ったぞ」

「ん？　アタシはセンセに用事があるんだけど」

「俺に？」

　鍵を返却したら帰って寝ようと思っていたが……。

「今から会いたい子がいるからさ、一緒に行こ？」

「今から!?　もうだいぶ遅くないか？」

　腕時計は深夜3時30分を指していた。普段ならかなり非常識な時間だ。

「まあまあ、センセはいつもこの時間起きてんじゃん。それに、休みの日はだいたい次の日の昼までゲームしてんでしょ？　元気だねー」

　俺の睡眠時間じゃなくて、訪問先の相手の都合が心配だったんだが……。

　……いや、それより。

「どうして俺の生活リズムを知ってるんだ？」

「あー……、なんとなく？」

　気まずそうに目をそらす羽根田は中途半端な笑みを浮かべていた。

　はっ、まさか……透視的な力で覗（のぞ）いて……!?　羽根田は俺のプライベートをどこまで知っているんだ……!?

　深堀りして問い詰めようかと思ったが、そんなことをしたら自分にダメージをくらいそうと本能的に察知したので、これ以上この話を広げるのはやめた。

　そのかわりに、俺は羽根田に抗議の視線だけ送ることにした。

＊＊＊

「キャー！　シラヌイ様！　ハッピーニューイヤー！……あら？　今日はちんちくりんの姿なのね」

「まーね、センセもいるし」

「あ、あけましておめでとうございます」

　羽根田に連れられた来たのは、学校敷地内にある森の、さらに結界で覆われた神社だった。

　ここには去年、個人の事情で退学した黒澤と、その保護者代わりのアリスさんという魔女が住んでいる。

「ねー、ニンゲン。『アケマシテ』ってどういう意味？　へんなのー」

「新しい年を迎えることを『年が明ける』と言うので、おそらく『新年を迎えて』という意味じゃないですかね？」

「ふーん、へんなのー。じゃあそう言えばいいのに。めんどくさいのね」

「まーまー、それも文化だよ」

「シラヌイ様、よく迎合してるわよ。――てか！　聞いてよシラヌイ様！　私なんてこの間さー」

　わーわー始まったアリスさんの愚痴交じりの近況報告を、羽根田は嬉しそうに聞いていた。

　なんだかんだ、この２人は仲がいいみたいだ。

「…………ひさし、ぶり？」

　俺の服の裾が軽く引かれて、脇の下からひょっこりと黒猫少女が現れた。夏に会った時と同じ小さい姿だ。

「黒澤、久しぶり」

「寧々子、アタシだよー。今日はこっちの姿で来たんだ」

「ちょっとシラヌイ様！　私の話がまだ終わってないんだけど！」

「みゃ……っ」

　いきなり近づいた羽根田に驚いたのか、もしくはアリスさんに驚いたのか、黒澤（くろさわ）は俺の後ろに隠れてしまった。

「あー、驚かせちゃったかな？　ごめんね、アタシ怖くないよー」

「……………トバリ、の……すがた。……慣れ、ない」

「そういやいつ黒澤の前でその姿解禁したんだ？　ずっと理事長の姿だっただろ」

「夏だよ。あれ、聞いてない？　センセもその時２人に会ったって教えてもらったんだけど」

「あの時はこのニンゲンに会ってからシラヌイ様のところへ行ったのよ」

「あーね？　ん、まあ、そゆこと」

なるほど、それはまだ慣れないか。

黒澤はまだ俺の背中に隠れながら俺たちの様子を窺（うかが）っていた。

「……にゃ、くんくん……たべもの、の、におい」

「え、服に残ってるか？」

それはそれとして、なんとなく服の香りをかがれるのは少し抵抗がある。

「実はさっきまで学校の年越しパーティーでさ、その時のご飯の香りかな？　そこでちゃんとみんなの顔を見たらアリスと寧々子（ねねこ）にも会いたくなったんだよね」

「えーっ！　シラヌイ様、嬉（うれ）しいこと言ってくれるじゃなーい！　さてはデレ期ね！　……あ、そこのニンゲンは別にいらなかったけど」

「一言余計では!?」

「センセ、まあまあ、ほら寧々子が喜ぶかなって」

「俺は手土産だったのか……」

「うん……うれし、い…………」

黒澤は俺の後ろに隠れたまま、ぬいぐるみを抱くようにギュッと抱きついてきた。

俺にロリ趣味は全くないが、なんというか……この感情は……庇護（ひご）欲、だろうか……。

「はあ……ネコが喜ぶならまあ、仕方ないか」

ぽりぽりと雑に頭を掻（か）きながらアリスさんが少し疲れたように溜息（ためいき）をつく。

「ん？　どしたの、いつもよりやさしーじゃん」

「あー、ちょっとねー」

アリスさんは、なんとなく言いづらそうに黒澤を見ていた。その視線を受けた黒澤はしょんぼりと俯いてしまう。

「…………特訓、最近……うまく、いってない」

「ありゃ、それは大変だね」

「少し前までは順調だったのに……どうしてかねー」

黒澤の姿が夏と変わりないのも関係しているのだろうか。

本当はもっと扱える魔力が増えて大きくなる予定だった、とか？

「センセはどう思う？」

黒澤のペタンとした耳はいつもより下を向いていた。

「そういう時もある」

「はっ、だめだわコイツ適当に投げやがった」

「そうじゃなくて」

適当に流されたくなくて、すこし語気を強めてしまった。勢いで一気に喋りすぎないように、俺は小さく息を吸う。

「成長は指数関数みたいな形をしてるんだよ」

「は？　ニンゲンの学校で勉強するやつとかわかんないんだけど」

「えーっと……」

ぱっと形を出せたらいいのだが、適当な物が見当たらない。

「はい、こんな形でしょ」

困っていたら、羽根田が空中に光で指数関数の形を簡単に描いてくれた。そういうこともできるのか。

「何この変なカタチ」

「……」

黒澤はじっと羽根田が描いた図を見ていた。

やいやい言ってはいるがアリスさんも真面目に話を聞いてくれる。

「ありがとうな羽根田」

「どーいたしまして。お礼にあとでもう一件付き合ってね」

「う、わかったよ」

どさくさに紛れて、この後の予定も押さえられてしまった。腕時計の時間は4時を少し回ったくらい。

もしや今日は朝までか？

「そう、それでさ、この図の横軸が時間で縦軸が成長度なんだよな。たぶん黒澤は1回目の急成長が終わって、今は次の急成長に備えている時期なんだと俺は思うよ」

「……わたし、だめネコ……じゃ、ない？」

「だめネコ？」

なんだそのワードは。

「だめネコ……かすネコ……くそネコ……でき、そこないネコ……やくたたず…………ってアリスが、言ってもがが」

「アリスー？」

黒澤の口はアリスさんに無理やりふさがれて、黒澤はもがもがしていた。そんなアリスさんを羽根田が──あ！　こういう笑顔知ってる！　暗黒微笑だ！

「シラヌイ様、何よその目！　ちんちくりんの姿でそんな目をされても怖くなんてないんだから！」

「ふーん……あっそう」

子供のように抗議するアリスさんにとびきりのにっこり笑顔をかました羽根田はそのまま立ち上がって俺の手を引く。

「じゃーセンセ、帰ろっか！」

「えっ」

いきなり手を掴まれたことにも、この状況で帰る宣言されたことにも驚いてしまった俺はその場で固まってしまう。

「ええっ！　ちょっとお！　待って、待ってよシラヌイ様！　ここはいつもの姿に変身して怒ってくれるところじゃないの!?」

「そんな見え見えの欲しがりに乗りたくなーい」

さらに駄々をこねるアリスさんに羽根田は悪女の笑みだ。圧倒的余裕。あのアリスさんが弄ばれている。

「アリス……あさま、しい……」

「あんたは黙りなさいよ」

「アリスー？」

黒澤に強く出るアリスさん──に、厳しい羽根田。

傍から見るとちょっと面白い。

黒澤は少し元気になったのかしっぽがぱたぱたとご

機嫌だった。

「だってぇ……」

しょぼしょぼといじけるアリスさんを哀れに思ったのか、羽根田が呆れたように肩を落として溜息をつく。

「もー……一応さー、退学はしたけどアタシらにとっても寧々子は生徒なわけ。だから、あんまスパルタしすぎるのも良くないんじゃない？　優秀な魔女のアリスならわかるよね？」

「ぐぬぬ……」

羽根田の言葉にアリスさんは歯を食いしばって葛藤している。きっと、アリスさんの中では納得と意地がバトルしているんだろうな。

「寧々子もちゃんと言う時は言いなよ？」

「あ……それ……は、だいじょう、ぶ。……わたし、も、結構……言う」

「そうなのか!?」

先ほどの自信のなさそうな様子から、あまりそうは思えなかったが……いや、あれもはっきり言ってるに入るのか？　もしかしたら黒澤は意外と強かったりする？

「へー、やるじゃん」

黒澤の返事に、羽根田は満足したようだった。

「せん、せい」

俺と羽根田が退出する雰囲気を察したのか、黒澤が俺たちのところへ寄ってきた。

「努力、って……どこまで、報わ、れる？」

とてとてと、まだ覚束ない足取りで。

黒澤の満月のような金色の瞳がじっと俺を見ていた。

不安と期待と、――焦燥感。

「わからない。報われない時もたくさんあるよ」

俺もまっすぐ、黒澤と目を合わせる。

「たぶん、いつもの俺なら『努力は報われるものじゃなくて、努力した時間を手に入れるもの』とか言うんだろうな。経験が価値、とか。でもそんな綺麗事で実際は努力が報われることなんてほとんどない」

黒澤は静かに俺の話を聞いている。

「でも――、俺は、今の黒澤の努力は報われてほしいって思ってるよ。綺麗事を現実にしてほしい。そのために俺もできることは全部協力するから」

「……そう……あり、がと」

「アンタ、馬鹿正直って言われない？　そういう言い方してるとなーんかいらん敵作りそうね」

「アリス……わた、しは……せんせい、の……そういう、とこ、すき」

「そだね、アタシもセンセのそういうとこ、不器用で生きづらそうだなーって思うけど、嫌いじゃないよ」

「生きづらそうは余計じゃないか？」

若干当たっているだけに複雑だ。

「ふふ、ニンゲンらしくていいね」

楽しそうに微笑む羽根田は、とても満足げだった。

羽根田の思う『ニンゲンらしい』の基準はいまいち把握できかねるが、その幸せそうな笑顔を見ると、だいたいのことは許せてしまうのであった。

＊＊＊

「ふー、久しぶりにアリスと寧々子と話せて良かったー。センセ、付き合ってくれてありがと！」

「どういたしまして。俺も話せて嬉しかったよ」

あの後、アリスさんの魔法で出したお菓子と飲み物も出てきたこともあって、結構長く話し込んでしまった。まるで2次会だ。

2人が暮らす神社を出て、俺と羽根田は静かな森の中を歩く。深夜なので空気がピリッと冷たい。

「ふわ～あ……」

「あはは、でっかいあくび」

「仕方ないだろ、もうほぼ朝だし」

時計は6時30分を少し回ったくらいだった。

ほんのりと空が明るい。

「いい時間だね」

「ほんとだよ」

こんな時間まで付き合わされて、はじめは何事かと思ったけど、案外悪い気はしなかった。

もうはるか昔のことだが、なんだか学生のころに戻った気分だ。

「じゃ、最後の場所に行こっか」

宙に浮いていた。

気づけば俺は、羽根田(はねだ)にひょいと抱きかかえられて

「うわあああああ！　は、は、羽根田！　羽根田サン!?　いきなり飛ばれると驚くんですけど!?」

「あはは！　ウケるー、2回目なんだから慣れなよ」

「怖いって！」

生徒と密着だとかそういうことを考えている余裕は無かった。

いつぶりだろうか。確か1年目の秋にも似たようなことがあった。あの時は屋上で――。

「ちょっと移動するからしっかりつかまっててねー」

「ひいいいいいいいいいい!!」

どこに向かうのだろう。

空の上は想像よりも風が強く、耳元でごうごうと風の音が鳴っている。というか素直に怖い！

「こっちの方、センセ、まだ来たことないでしょ」

こっちってどっちだ！

羽根田はぶわっと風を切って飛んでいく。

「え、――わ！」

俺はしがみつくので精一杯だ。

そして少しの時間が経(た)って、風は少しずつおさまっていった。

「――ふう、このへんでいいかな」

「つ、ついたのか？」

全然周りが見えていなかったが、そんなに遠くに来た気はしない。

俺は羽根田にゆっくりと地上へ降ろされる。

ああ、この地面の安心感……。

そのまま地面にハグでもしようかと思ったが、そうするとしばらく起きられなそうなので、どうにか思いとどまって辺りを見回す。

「で、ここは一体……」

「学校の近くの山。頂上だよ」

いつも校舎から見えていたあの山か。

言われてみれば、遠くに学校が見える。

ここから見るとあんなに小さいのか。

「センセ、もうすぐだよ」

羽根田が空を指差す。

もうすぐ、とはなんだろうか。

羽根田が指差した方向を見て、俺も気が付いた。

もう空はだいぶ白み始めている。トワイライトだ。

冷たく澄み切った空気がほんの少し柔らかくなった気がした。

地平線から差す光が空へと伸びてゆく。

今日は1月1日。元旦だ。

「初日の出か」

「そー、綺麗でしょ」

太陽の光は全てを新しく変えていくように、地上を照らしていた。

——朝が来る。

ただそれだけのことなのに、この光は普段より神聖なもののように思えた。

いつもは朝の光なんて、暴力的で、まともな生活リズムを送ることができない俺を責めているように感じていたのに。

初日の出という特別感だろうか。

それとも、この場所で羽根田と見ているからだろうか。

いつも恨めしく見ていた光が、まるで全てを包む祝福のように美しかった。

「よくここでね、四郎と話してたんだよ。学校を作り始めたばかりの頃なんだけどね」

その頃を思っているのだろうか。

羽根田の横顔はどこか遠くを見ている。

「センセ、これからどうするの？」

「これからってどういう意味だ」

「この学校に来て、もうすぐ3年でしょ」

3年？　ああ、教師の契約期間の話か。

契約期間は3年。その時に契約を更新してまたここで教師を続けるか。もしくは契約を解除して、学校の記憶を全て忘れ、別の学校に再就職するか。

「…………離れがたいなぁ」

それは思わず零れた言葉だった。

そうか、俺は離れがたいのか。今年度の始めは、春名のこともあって、続けるか正直迷っていたのに。

そして俺は自覚する。

客観的に見て、今の上級クラスの生徒が今年全員卒業するとは思えない。

だから、来年もこの生徒たちと一緒に、この学校のこのクラスで、一緒に卒業に向けて過ごしてゆきたいのだ。

右左美も、根津も、龍崎も、若葉も、小此鬼も。

みんなの門出を見届けたい。

そして。

「羽根田は卒業する気はあるのか？」

「アタシ？　うーん……」

羽根田は驚いたように目を見開いて、考え込むように少しまつげを伏せた。

朝日が少し透けて、まつげが薄く光っている。

「……したいね、卒業。でもまだまだ未来の話だよ」

当面は諦めているような口ぶりで羽根田はへらっと悲しく笑った。

その姿は悲しいのにとても綺麗に思えて。

「そっか。……じゃあ羽根田が卒業するまでこの学校にいるよ」

それがずっと先の未来になったとしても。

俺は、その未来を見たい。

諦めたくない。

「そ？　なら、ずっと一緒だね」

そうして羽根田は柔らかく微笑む。

きらきらと長い髪を朝日に靡かせながら。

人外教室の人間嫌い教師 ③

ヒトマ先生、私たちと未来に進んでくれますか……？

人間嫌いと献身の祈り

MISANTHROPIC TEACHER IN DEMI-HUMAN CLASSROOM.

「——卒業課題、ですか」

年も明け、今日から3学期が始まる。

もうすぐ卒業課題の時期なので、俺は春名にその課題について話そうと思っていた。

「ああ、この課題の結果で卒業者の最終決定となる。もしかして春名はもう、他の先生から説明は聞いているのか？」

「はい、早乙女先生から——なんだか大学の卒業論文や卒業制作のような扱いなんですよね。それで、内容が生徒ごとにバラバラだとか……」

「そうそう。内容は結構なんでもアリだ」

早乙女先生が説明してくれていたなら、基本的な課題内容は理解しているだろう。

春名は考えるポーズをしながら「ふむ……」と小さく声を漏らす。

「つまり……この学校の生徒たちはより高度なニンゲンらしさを求められるということですよね。その生徒にとって最後に学んでほしいことが課題であらわになる……」

「お、おう……」

なんだか俺が思っている以上に課題を理解しているようだ。

「どんな課題が出るか、私、楽しみですっ！　サポートできるように頑張りますねっ！」

春名は両手でガッツポーズを決めてやる気満々だ。

意気込み十分でだいぶ心強い。

課題の告知は本日だ。

来週、どんな課題が出されるのだろう。

＊＊＊

そして、課題の告知から1週間後の1限目。

今日が課題面談の日だ。

生徒たちは順番に校長室へと向かい、順次課題を渡されていた。

中には妙なものを手に持っている生徒もいるようで……。

「うちゃみ、それ何ちゅか？」

「…………藁、なの」

――藁。

右左美がそれを手に持って教室に戻ってきた時、正直……ゴミでも拾って帰ってきたのかと思った。

右左美も困ったように目をパチクリさせている。

「右左美の課題はこれを交換していくらしいの」

「んえ？　わらしべ長者ってことぉ？」

「そうなの。最終的に校長と交換するらしいの」

小此鬼は右左美の藁に興味津々で、ちょんちょん触って遊んでいた。

「なるほどねー、交換するものが評価になる感じかな？」

「こんなもの交換できるなの？」

藁はひょろっとした1本、それだけだ。

「はぁい、マキ交換するぅ。右左美の藁でミサンガ作っちゃおかなぁ」

「マキ！　いいの？　ありがとうなの！」

おお、思っていたより早く決まったようだ。

「交換だよねぇ～。ん～……んあ、これどぉ？」

小此鬼がカバンから取り出したのは何の変哲もないボールペンだった。

「こんなに良いものと交換していいなの？」

確かに、ただの藁がボールペンは破格の交換だ。

「いいよぉ。だってこのボールペンかわちくなぁいしぃ」

「助かるの！　マキ、ありがとうなの！」

「ふひひ、どういたましてぇ」

交渉成立。

右左美の課題の滑り出しは好調だ。

「ところでマキの課題はなんだったの？」

「んえ～？　マキはねぇ『本当のことを100個見つける』だよぉ。このちっちゃちっちゃノートに書くんだぁ」

小此鬼が見せたそれは……ノートというか単語帳では？　右左美は小此鬼から手渡された単語帳をぺらぺらとめくっていた。

「じゃあ最初にこう書いとけなの」

右左美は単語帳の1ページ目を見せながら、ニッといたずらっぽく微笑む。

「『小此鬼マキはお人よし』なの」

その言葉に小此鬼は照れくさそうに「んえ〰〰？」と鳴き声みたいな声を上げながら、ふにゃふにゃとよくわからない表情をしていた。

そんな様子を見守っていると、龍崎が駆け寄ってくる。

「零先生！　零先生ってＳＮＳに詳しいかしら？」

「ＳＮＳ？　まあ……人並みには」

毎日空き時間にチェックしたり、おはようからおやすみまで見てはいるけど、人並みだと思う。……たぶん。

「実は、アタクシの課題が『ＳＮＳのフォロワー５０００人』で、そういうのってどうしたら増やせるのか相談したいわ！」

課題用の端末を見せながら龍崎はさらにぐっと近づいてきた。

「この学校ではＳＮＳの発信はＮＧだったよな？　その辺って龍崎の課題ではどうなっているんだ？」

「もちろん学校についての内容や、写真や画像の投稿は厳禁よ。課題は不合格、かつ何らかの処分が下されるわ」

「リスクでかいな……」

「ただ、今回に限り、そういった内容に触れなければ投稿オッケーよ。だから、使用するＳＮＳは文字投稿型ＳＮＳね。どうしたらいろんな人に興味を持ってもらえるのかしら……」

むむむ……と龍崎が考えこんでいると、春名が俺たちの方へとやってきた。

「共感性を意識することは大事だと思いますよ」

「未来先生！　もしかしてＳＮＳに詳しいのかしら……！」

「ふふん！　私のＳＮＳのフォロワーは12万４千人ですっ！」

「多くね!?」

俺なんてゲーム友達くらいしかいないのに！

「学生時代に写真投稿ＳＮＳにハマってまして……」

少し照れくさそうに春名が言うが、その数はだいぶすごい。これは強力なアドバイザーだ。

「未来先生すごいわ！　ぜひコツを教えてくださるかしら」

「わかりましたっ！」

この様子なら龍崎は大丈夫そうか。他の生徒はどうだろう。

「若葉はどんな課題だったんだ？」

「うん、ぼくは『日記』だよ。1日に最低3つの出来事を書かないといけないらしいんだ」

「へぇー。3つって絶妙だな」

「ちなみに万智は『寮の夕食当番』っちゅよ！」

「根津って料理できたっけ」

「……作れはするっちゅよ」

「うん？　なんだか含みのある言い方だね？」

「食材って、そのままでも美味しっちゅじゃないっちゅかぁ……だからぁ……」

視線を泳がせながら、もにゃもにゃと話す根津に、俺と若葉はなんとなく課題の目的を察した。

「ああ……なるほどな……」

「ちゅ……だから、寮のご飯が食べられない時は、千結が料理当番なんちゅよね」

つまみ食いをしてしまうからか……。

「トバリくんはどんな課題だったんだい？」

「アタシはねー『触ったことのない楽器を3つ以上用いての楽曲制作』だよ」

「クリエイティブだな」

触ったことのない楽器か……。どんな音かもわからないのにそれで作曲だなんて……。

「まあね」

羽根田は余裕の笑みだ。

さあ、今年も上級クラスの卒業課題が始まる。

＊＊＊

課題が与えられた3日後。

最初に課題を終わらせたのは、例年通り羽根田トバリだった。

「触ったことのない楽器って何を使ったんだ？」

「カズーって笛とダクソフォンとホイールハープ」

なんとなくイメージはつく楽器はあるが、ひとつもわからない。

「結構面白い音が出るよ、聞く?」

「いいのか?」

羽根田は自分の持っているスマホにイヤホンを差して、片方を俺に差し出した。

「……Bluetoothじゃないんだ?」

「だって充電すんのダルいじゃん」

ごもっともだが近くないか。

肝心の曲は、特徴的な音が多く結構癖があったが、ちゃんとまとまりがあって面白い楽曲だった。タイミング次第ではネットミームとしてバズりそうな印象。

「楽しい曲だな」

「へへ、ありがと」

その笑顔を見て、初日の出を見た時のことを思い出す。

羽根田は卒業課題を達成しても、卒業できないのだ。

そう思うと、この楽曲も少し寂しく聞こえてきた。

「ト、ト、トバリちゃんずるいわ! 零先生と何を聞いているのかしら!?」

「あ、龍崎——うわっ」

龍崎は俺と羽根田の間に割り込むようにして突っ込んできた。恨めしそうに繋がれたイヤホンを見ている。

「アタシの卒業課題が完成したから、センセに聞いてもらってるだけだよ」

「卒業課題……。トバリちゃんの課題は作曲だったわよね? そうだったの……それなら……まあ……」

不服そうだが一応は納得したみたいだ。

龍崎の言いたいことは分からなくはない。

羽根田の課題は、わざわざ俺に聞かせなくてもいいし、イヤホンを半分こしなくてもいい。

「えーと、龍崎はどうだ? 卒業課題の進捗は」

この状況をさらに深堀りされる前に話題を変えてしまおう。それに、龍崎の課題も気になっていた。SNSの様子はどんな感じだろうか。

「未来先生に軽くノウハウを教わったのよ。『なるべく自分と近いインフルエンサーに絡むこと』とか『発信内容は共感性が高く、それなりに有益であること』とか『あまりネガティブイメージや自我を出しすぎないこと』とか……。けれど、いまいちなのよね……零先生はどう思うかしら？」

そうして龍崎は課題用の端末を俺に差し出した。

この画面に映っているアカウントが龍崎のアカウントだろうか。どれどれ……。

「…………龍崎」

「零先生、改善点は見つかったかしら？」

隣にいる羽根田も苦い顔をしていた。

どうやら、龍崎のアカウントに対して俺と同じ感想を抱いたようだ。

「うーん……、なんて言ったらいいか難しいんだけど、龍崎のアカウントは……スパムっぽい、かも」

「それは……美味しそうね？」

「そうじゃなくて」

龍崎のアカウントは、きっちり春名のアドバイスに沿って作成されていた。ただ、その内容が――。

「インフルエンサーに対して『プロフ見て』って直球で絡みにいくのはあまり得策ではないな……」

「分かりやすくしてみたのだけれど……」

「あと、投稿の内容が便利グッズ動画のリンクばかりだな……」

「有益かと思って……」

それに、アイコンも何もかも初期状態で、ちょっと怖い。その上、見てと言っていたプロフには『フォローして』とだけ記載されていた。

ただ、すでにしょんぼりとしている龍崎にこれ以上言えなくて、それはひとまず心の中にしまっておく。

「龍崎は……他人に見てもらうことと同じくらい、他人から見られていることを意識したら変わるんじゃないかな？」

「他人から見られていること？」

「あーね？　カリンの課題ってフォロワー獲得なわけじゃん？　それってさ、それだけのニンゲンに気に入ってもらうってことだと思うのね」

羽根田の言葉に龍崎は少し嫌そうな顔をする。

「零先生以外のニンゲンに気に入ってもらわなくてい

いのだけれど」

「それじゃ課題達成できないんじゃない？」

「あ、えっと、龍崎の長所って、自分でどんなところだと思ってる？」

ド正論に面食らって何も言えなくなっている龍崎に、俺は慌ててフォローを入れた。

「零先生のことが好きなところね！」

「あははっ、いーじゃん！　春名センセは春名センセのノウハウがあると思うけどさ、次はそれでやってみたら？」

「どういうことかしら？」

羽根田の提案に、龍崎は訝しげだ。

「そのままのカリンを見せる気持ちで、ＳＮＳを使ってみたらってこと」

そして、少し考えた後、龍崎はひらめいた。

「つまり……零先生との妄想日記を載せたらいいのね！」

「サイコーじゃんそれ」

まじかよ……。だが、一応、真面目な課題のアイデアだ。

「……まあ、学校のことや教師と生徒の立場ということは伏せた方がいいかもな。変な炎上しそうだし。あと、今のアカウントを引き継ぐんじゃなくて、できるならアカウントを作り直した方がいいかも」

「あら、どうして？」

「過去の発言って、意外と掘り返されたりするから……まあ、一応だ」

「よくわからないけど、零先生がそう言うならわかったわ！」

そして龍崎はＳＮＳのアカウントを作り直した。

しっかりアイコンもいい感じの雰囲気のフリーアイコンを使って、プロフ欄もいかにも女子っぽい内容にして。

これで期限までにどこまでフォロワーは増えるのだろうか……。妄想日記か……。妄想日記ってなんだ……。

内容が内容なので一抹の不安は残るが、これで龍崎の課題も少しはやりやすくなるのではないだろうか。

他の生徒の課題は、今どんな感じなのだろう。

＊＊＊

課題が始まって1週間ほど経ったある日、右左美が

「今のわらしべはこれなの」

取り出したのは手のひらサイズの綺麗な石だった。

右左美の『わらしべ長者』は、小此鬼のボールペンから、若葉の本人ブロマイド、若葉ファンクラブに入っている紺野の高級和菓子、根津の中級クラス時代の勉強ノート（理科）、早乙女先生の未使用化粧品、龍崎の魔法石と交換してきたらしい。

「魔法石って何だ？」

「カリンは魔力の貯金箱って言ってたの。なんでも、いざという時のために一応保管していたらしいの。でも、右左美もどんな石かよく知らないの。まあ、強そうではあるの」

魔法石はぼんやりと不思議な光を放っていた。

見た感じは発光するルビーが混ざった無骨な石だ。

「探したけれど、これと交換してくれるやつも特にいなそうなの。だから右左美はたぶん、このままこの石を校長に渡すことになりそうなの」

「まだ渡さないのか？」

「万が一、もっといいものが見つかったらそれと交換するの。より評価を上げられる可能性があるなら、右左美は待つの」

ふふん、と右左美はしたたかに微笑む。

魔法石はいつでも交換できるよう、肩掛けの小さなカバンに入れて持ち歩いているそうだ。

「しっかりしてるなぁ」

「ふん！　当然なの！」

自信満々に言い放った右左美は、今年で卒業するためにいつだって最高の結果を追い求めている。

だから、右左美にとってはそれは当然のことなのだろう。

「そういや、根津の様子はどうだ？」

課題が始まってからは、忙しいのか、放課後すぐに寮へと帰宅しているようで、あまり様子が把握できて

いない。

「万智は……。ぬぬぬ……危ういけど頑張ってはいるの」

「危ういのか……」

「うん？　万智くんの話かい？」

「若葉」

俺の背後からひょっこりと現れた若葉は、そのまま俺と右左美の輪に加わる。

「万智、規定量の味見だけは許されてるっぽいの」

「うん、小さじ一杯だね」

「それで我慢してるのか、偉いじゃないか」

「ヒトマは万智へのハードルが低すぎるの」

ぐ……薄々自覚はしていたから、刺さるな……。

「うん、でも万智くんも頑張りを積極的に評価されることは嬉しいんじゃあないかな？」

「ふん、まあそんなことはどうでもいいの。万智はギリギリ我慢はしているみたいなの。でも、見ている方はヒヤヒヤするの」

「そんなにか」


そう聞くと、俺も不安になる。

「うん、けれど万智くんなら大丈夫だよ」

「なんでそう言いきれるなの？」

根津を信じきっている若葉に、右左美は怪訝な表情で問い返した。

「万智くんは、サービス精神旺盛で期待に応えようとするタイプだろう？　だから大丈夫さ。それに、きっと僕たちの応援が、より万智くんの力になると思うよ」

「……若葉は万智のことよく知ってるなの？」

「ははっ、万智くんとは、まだ友達になって1年しか経っていないけれど、それでもわかることはあるさ」

「ふーん、なの」

なんだか少し険悪な雰囲気……？　この2人はそんなに仲良くないのだろうか……。

「わ、若葉の課題はどんな感じだ？」

「うん、僕は順調さ。日記だけだからね。ただ勉強にはなるかな。『1日に3つの出来事を書く』というルールがあるからね」

「それがどんな勉強になるなの？」

「うん。今の時間のように、より他者と関わってみようと思ったからさ」

そう言って若葉は小粋にパチンとウインクをした。

今回の課題は若葉には簡単過ぎなんじゃないかなぁなんて、俺は少しだけ思った。

＊＊＊

「せんせぇ、できたぁ～」

課題が始まってから10日後。

職員室へと向かうために廊下を歩いていていたら、小此鬼が単語帳を俺に提出しに来た。

単語帳の提出物なんてあったっけ？と思ったが……ああ、これは卒業課題の単語帳か。

「小此鬼、その課題は俺じゃなくて校長に――いや、念のため確認していいか？」

「いいよぉ～」

なんとなく確認した方がいいような気がして、俺は小此鬼から単語帳を受け取った。

小此鬼の課題は『本当のことを100個見つける』だ。何故か単語帳の表紙がシールで装飾されている。

俺はそれをパラパラとめくってみた。

最初のページは右左美と書いていた『小此鬼マキはお人よし』だ。

それから『そらがあおい』『くもが白い』『つくえがかたい』『いすもかたい』『あいすはつめたい』と、続いている。

これは教室でぼんやりしながら書いたんだろうなぁ。最後のアイスは椅子からの連想だろうか。

俺はそのままページをめくる。

すると途中からずっと似たような文言が単語帳に書いてあった。

『これはかだいの32こめ』『これはかだいの33こめ』『これは34こめ』『35こめ』『36こめ』……。

「小此鬼……」

「んえ？」

課題内容としては確かに合っている。間違ったことをしたわけではない……。けれど、おそらく、きっと、この内容で提出しても良い評価はもらえないだろう。

「ちょっと待ってくれ……一旦、言いたいことまとめるから……」

「わかったぁ」

小此鬼はいつもと変わらないほわほわの笑顔だ。

本人もふざけているわけではない。この内容も「効率の良い方法見つけた！」と思って書いたのだろう。

実際、柔軟な発想で面白い回答ではある。

ただ……大喜利としては高得点だが、これは卒業課題だ。

さて、どうしたものか……。

「ヒトマ先生、こんなところで何してるんですか？」

「あ、未来せんせぇだぁ」

「……お、小此鬼さん」

春名の笑顔が若干凍る。なんだか微妙な空気だ。

きっと春名には、俺の陰になっていて小此鬼の姿が見えずに声をかけたのだろう。

一応、教室では顔を合わせていたが、春名と小此鬼が話すのは、俺が知っている限りだと、年末の校外学習以来じゃないだろうか。

あの時、小此鬼が春名に何か言って、春名が何か慌てた様子だった。いったい何を――。

「あのねぇ、マキねぇ、ヒトマせんせぇにノート見てもらってたのぉ」

「ノート？　……あ、これですか？」

小此鬼はそんな空気なんて気にしない様子で春名に声をかけた。

春名は俺が手に持っている単語帳に視線を落とす。

開いているページは『42こめ』と書かれていた。

「……まさかとは思いますが、これ……小此鬼さんの卒業課題じゃないですよね？」

「卒業課題だよぉ～」

春名は絶句していた。

というか、よくこのページを見て卒業課題とわかったな。個数が書かれていたからピンときたのか？

「小此鬼さん……。小此鬼さんの課題は『本当のことを100個見つける』ですよね？」

「そうだよぉ」

「私、思うんですけど『見つける』ということは『新しく発見する』ということだと思うんです」

「はっけんするぅ？」

小此鬼は両手でメガネを作ってみせる。

「そうです。この中に１００個の発見ってありましたか？」

「あったよぉ」

想定していた返答ではなかったからか、春名は言葉を探しているような顔で固まってしまった。

春名の言いたいこともわかるが、小此鬼にはいまいち伝わっていないようだ。

１００個の発見か……。

「発見……」

「せんせぇ？」

下から小此鬼が俺の顔を覗き込む。

……うん、少し強引だけどこれで話を進めてみよう。

「なあ、小此鬼は可愛いものが好きだよな？」

「んっ！　マキ、おきゃわなものすちぃ」

頬でハートと作りながら小此鬼はにこにこ笑顔だ。

「それは『本当のこと』か？」

「んう？　むん」

小此鬼はハートを作ったまま頷いた。

そう、小此鬼は可愛いものが好き。であれば——。

「ここに書いてある内容って、可愛い……か？」

その瞬間、ピシャーンと雷が落ちたような顔。

小此鬼は俺の言いたいことを理解してくれたのだろうか。

「かぁ……かわちっちじゃぁ……なぁいっ」

「じゃあ、この課題はー？」

「『本当のこと』じゃぁ……なぁいっ!?」

よし、ひとまず良い感じだ。

「もちろん、小此鬼は見せてくれた課題の内容は、ちゃんと事実が書いてある。だが、それはあくまで『事実』なだけで、小此鬼の視点と感性で見つける『本当のこと』とは少しだけ違うかもしれない」

「んあ、だから未来せんせぇはぁ……」

そう、春名が言いたかった『発見』は、ただ見つけるという意味ではない。

小此鬼（おこのぎ）の言う『かわちい』。

それこそが、心が動くような『発見』だ。

「小此鬼は可愛（かわい）いものを見つけるのが得意だよな」

「んむ」

俺たちの言いたいことが伝わってきたのか、小此鬼は真剣な顔で頷（うなず）く。

「だから、せっかくたくさん書いてくれたのに申し訳ないんだけど、もう一度『本当のことを１００個』見つけてもらえるか？」

「う……でもせんせぇ、ノートもうないよぉ」

「それなら、備品の単語帳あげますよ。リングの部分外せば中身を入れ替えられるでしょう」

「わぁい、未来（みらい）せんせぇありがとぉ」

「そんな備品あったのか？」

「はい。……頂き物ですかね？　熨斗（のし）付きで、国語科準備室の自由に使っていい物置き場にありました」

熨斗付き……？

あ、年越しパーティーのビンゴの景品か。

そういえば国立（くにたち）先生が当てたはいいものの、使い道に迷ってちょっと困っていたな。

「じゃあ、小此鬼さん。新しい紙を取りに行きましょうか」

「はぁい」

そうして、春名（はるな）と小此鬼は国語科準備室へと向かった。

心配な部分もあったが、春名のサポートもあって、今年は例年より順調に課題が進んでいる気がした。

それから小此鬼は順調に、心から本当だと思えることを単語帳に集めていった。

若葉（わかば）も、普段より積極的に他者と関わろうとして、日記に書くことを作っていた。

根津（ねづ）は、課題をこなしているところを俺が直接見たわけじゃないが、寮での食事がさらに美味（おい）しくなったと評判のようだ。

聞いた話だと、アレンジレシピを寮母の寮子（りょうこ）さんに提案することもあるのだとか。

龍崎の妄想日記は……おそらくそれらしきアカウントの投稿が、俺のプライベートアカウントのタイムラインまで届いていていた。

そう、バズっていたのだ。

叶わぬ恋をする女子の日常を切り取った、切なくもいじらしい投稿が、同じ想いを抱く者の共感を呼んでいるらしい。

ちらっと、そのアカウントのフォロワー数を見たら5000人まであと数十人くらいだった。

きっと龍崎も課題達成できるだろう。

そして俺はそのまま、そのアカウントをそっとミュートした。流石に……なんせ恥ずかしいので……。

右左美はずっと魔法石の入った鞄を持ち歩いている。きっと最終日にそのままそれを校長に提出するんだろうな。

課題終了まで残り1週間を切った。

さあ、あともうひと踏ん張りだ。

＊＊＊

「んあ、せんせぇ～、みてみてぇ。全部書けたよぉ」

卒業課題の締め切り当日。職員室を出た俺のところに、単語帳を持った小此鬼がぽてぽてと廊下の向こうからやってきた。

「おー、やるじゃん」

俺は小此鬼が差し出した単語帳を開いて、ぱらぱらと読んでいく。

『小此鬼マキはお人よし』『そらがあおい』『くもが白い』『つくえがかたい』『いすもかたい』『あいすはつめたい』このあたりは前回と同じだ。

『まっちーのごはんおいしい』『りょこっさんのごはんもおいしい』『ハンバーグおいしい』『とばりんちゃのおめめきれい』『あさのそらもきれい』『若しゃまはわらうとかわいい』『まんがおもしろかった』『カリンちゃそはせんせぇのことがすき』『マキはママがすき』『うしゃみぃはがんばりやさん』『うしゃみぃがもってた石もきれい』……。

小此鬼の単語帳は身の回りのことと、関わった生徒たちのことがほとんどだった。

「ねぇ～、せんせぇもこれぇ、かわぴ？」

にへへとした笑顔で小此鬼は俺を見上げる。

「うん。小此鬼が本当だと思ったこと、ちゃんと伝わってきたよ」

「そぉじゃなくてぇ……かわぴ？」

小此鬼の目に無邪気さ特有の圧を感じる。

至って純粋に小此鬼はその言葉が欲しいようだった。

なんとなく気恥ずかしくてふんわりと避けた言葉を、こうやって期待されて言わされるのは、なんだかもっと恥ずかしい。こんなことならさっき、さらっと言えばよかった。

「か……」

「かぁ～？」

「かわいい、と思います」

『かわぴ』とは言えなかったが、俺の言葉に小此鬼は嬉しそうだった。

「ふひひ、ありあとぉ～」


そして、俺は小此鬼に単語帳を返す。

小此鬼は、このまま校長へ単語帳を提出しに行くらしい。

あの内容なら、良い評価をもらえるのではないだろうか。


「――だって！　おまえがわるいんじゃ！」

「――はあ!?　アンタたちに言われたくないもん！」

職員室へ戻る途中、突然どこからか言い争う声が聞こえた。

なんだ？

どこかで誰かがケンカでもしているのだろうか。

誰だろう。あまり覚えのない声なので、上級クラスの生徒の声ではないことは確かだ。

どこだ？　上か？

俺は階段を上って、声のする方へと近づいてゆく。

どうやら2階の方から聞こえるようだ。

――いた！

言い争いをしていたのは初級クラスの生徒たちだっ

た。

校舎の別館へと続く渡り廊下で、３人の生徒が１人の生徒を囲んでいる。

おいおい……まずい雰囲気じゃないか……。

「おまえたち！　何してるなの！」

初級クラスの生徒の方へ向かおうとしたら、突然、俺の背後から知っている声がした。

「——げっ！　右左美じゃ!?」

「ふん、月乃……お前初級クラスのくせに、右左美のこと呼び捨てにするとは良い度胸なの」

振り返ると、そこには腕を組んで鋭い目つきの右左美がいた。

俺のことなんか目もくれず、右左美は初級クラスの生徒——和久間月乃の方へと歩いていく。

「右左美！　ウチらは悪くないんじゃ！　コイツが——」

「御託はいいの。多対一は卑怯だと思わないなの？」

和久間たちに詰め寄られていた初級クラスの生徒をかばうように、右左美は和久間とその生徒の間に入る。

右左美は一昨年の卒業課題で、当時の全教職員と全生徒の署名を集めていた。この生徒たちは、その時からずっと初級クラスにいる生徒だ。当時、右左美はかなり頑張って初級クラスの生徒の文字指導をしていた為、当時から在籍している初級クラスの生徒たちからかなり慕われていた。

「……なあ、何があったか教えてくれるか？」

「んな？　ヒトマ。いたの」

実は右左美とほぼ同じタイミングから見ていたんだが、どうやら右左美には気づかれていなかったらしい。

右左美は良くも悪くも、自分の見ているものに一直線だ。

＊＊＊

「で？　何があったなの？」

渡り廊下では何だから、別室に移動しようかと提案したが、こういうことは手短に済ませた方がいいという右左美の意見で、俺たちはそのまま渡り廊下で事情を聞くことになった。

詰め寄っていた和久間が、チラッと右左美を見て、少しふてくされながら、話し始める。

「進級課題で……初級はグループ課題の子もいるじゃろ？　ウチらは4人1組で『ありがとうって言ってもらえることを10個する』なんじゃ。じゃが、コイツがグループを抜けるって言いよって……」

「ちがうもん！　アンタたちのやり方についていけないって言ったんだもん！」

「そんなもん一緒じゃ！」

「ああ、こら！　落ち着いて」

つかみ合いのケンカになりそうなところを、俺はなんとか仲裁する。

初級クラスは、生徒によってはすぐに手を出す気性の荒い者もいる。和久間の生徒の手に、鋭い爪が光った気がして、俺は一瞬ヒヤッとした。

「えっと、なんでついていけないって思ったんだ？」

右左美は俺の隣で腕を組みながら生徒たちの話を聞いていた。

詰め寄られていた方の生徒はキョロキョロと視線を動かしていて、俺たちの様子を窺うような態度だ。

「……わざと困らせて助けるのは良くないもん」

「んな？」

右左美が怪訝な声を出して、眉を顰めた。

「課題の内容には合っとるじゃろ！」

「他人のモノ隠して、自分のモノを貸すのは違うもん！　だから……あたし、正直に言おうと思って……」

つまりはマッチポンプということか。

「そうだな、それはあまり良くないよな」

「右左美もそう思うの」

俺と右左美の意見に、和久間は納得していない顔で睨んでいる。

「なんなの。言いたいことがあるなら言えなの」

「右左美、あまりきつい言い方は……」

俺は、負けじとにらみ返している右左美を宥める。

きっと和久間も、本当は自分が良くないことをしていると薄々気づいていたのだろう。

その瞳にはじわりと涙が浮かんでいた。

「なんじゃあ……ウチがせっかく……課題達成しちゃろうと思って……あんたらのために……」

わなわなと震えている和久間の後ろで、ずっと黙って様子を見ていた２人の生徒が困ったように顔を見合わせていた。

「……でも、月乃。隠すのは良くなかったかもね」

「うん……」

２人は小声で反省しているようだ。

そして２人はちょこちょこと俺たちの方へと近づいて、詰め寄られていた生徒に頭を下げた。

「あの……ごめんね」

「やっぱり、わたしたちが良くないことしたと思う」

頭を下げられた生徒は、この状況でどう対応したらいいかわからないのか、おろおろしながら右左美に助けを求めるような視線を送っていた。

「なんなの？　謝られたなら返事をしろなの」

「で、でも……」

その生徒は困ったように和久間を見ていた。


もしかして、ここでその謝罪を受け入れたら、この和久間の立場がなくなってしまうことを心配しているのか？

聞いている感じだと、和久間は課題達成のために手段を選ばなかった結果、他の生徒と衝突してしまったようだ。

方法は良くなかったけど、一生懸命だったことはなんとなく伝わってきた。

だからこの生徒は、必要以上に和久間を責めるようなことはしたくないのだろう。

「……っ！」

「んな！　月乃！　どこ行くなの！」

突然、和久間は校舎の方へと走り出した。

「ヒトマ！　追いかけるの！」

「お、おうっ！」

俺と右左美は校舎の中へと入って追いかけて行った。

反応が早かった右左美は俺の前を走っている。

廊下を走ってはいけないなんて、この状況じゃ言ってられない。

和久間は、そんな俺たちから逃げるために、階段の方へと走ってゆく。

そして、俺たちの方を振り返った瞬間だった。

「――危ないの！」

よそ見をした和久間は階段で足を滑らせ、そのまま身体が宙に浮いた。

階段の下まで結構な高さだ。このまま落ちたら絶対に怪我はしてしまう。最悪の場合――。

俺はどんなに走っても、この距離じゃあその場所まで届かない。

「だめなの……っ!!」

右左美がなんとか手を届けようと伸ばしていた。

だが、それじゃ右左美も一緒に落ちるんじゃ――！

その時、最近はいつも持ち歩いている右左美の小さい鞄から、赤い石が放り出された。

石は赤く光って、熱風が巻き起こる。

――この風、知ってる。龍崎の風だ。

風は右左美たちを支えるように包んで、ふわりと踊り場へ下ろしたようだった。


その風が止むと、赤い石はドライアイスのようにふわりとした煙を残して消えてしまった。

魔法石は使ったら消えるのか。

２人は、何が起こったのかまだ理解できないようで、呆然としている。

「右左美……ウチ……」

「大丈夫なの!?」

和久間の声に我を取り戻した右左美から出たのは、心配の言葉だった。

「えっ……」

「どこか怪我してたりするの!?　んな！　足！　足は大丈夫なの!?」

「う、うん……大丈夫じゃ……。でも……」

「……どうしたなの？　他のところが痛むなの？」

「そうじゃないんじゃ……！　右左美の……右左美の卒業課題が……！」

右左美の卒業課題は、ほとんどの生徒たちが知っていた。

中級クラスの紺野が、右左美と交換した若葉のブロマイドを大層喜んで、事あるごとに自慢していたからだ。

だから、右左美が今何を持っているか、ある程度注目されていたのだ。

今の右左美が持っていたのは、龍崎の魔法石――。

「右左美の卒業課題が……ウチのせいで……」

「あーもう！　そんなの気にすんななの！」

右左美は、青ざめた顔で俯く和久間の顔を、両手で掴んで無理矢理自分の方を向かせる。

「ふん、月乃、よく聞けなの。右左美はそんなことで落ち込むほど小さくないの。絶対に、何があっても、何回でもやり直してみせるの。そんな甘い覚悟でここにいるわけじゃないの。舐めるな、なの。だから――」

俺の背後に気配を感じる。

先ほどの初級クラスの生徒たちが、俺の背中越しに、右左美たちの様子を見ていた。

右左美がゆっくりと息を吸う。

「だからお前も、今からやり直してみせろなの！」

右左美と向き合っている和久間はぼろぼろと大粒の涙を流していた。

「ご、ごめんなさ……っ、ウィ、みんな……っ、がんばっちょったからっ、絶対にっ……うわあああああん!!」

「……ふん。それは、右左美じゃなくてあいつらに言えなの」

こつん、と。

右左美は、おでこを和久間にくっつけて優しく笑った。

「……わたしたちもごめんね」

「うん、月乃にたくさん任せすぎてたと思う」

「なかなおり、してくれる……？」

和久間はぐしぐしと自分の顔を乱暴に拭って初級クラスの仲間を見上げる。

「ごめん……ウチこそ、ごめんなさい……っ」

右左美はそれを聞いて、やれやれと言いたそうな、嬉しそうな顔をしていた。

＊＊＊

それから和久間(わくま)たち初級クラスの生徒は、もう一度4人で話し合いをするらしい。4人は右左美にお礼を言って、今から教室に戻るとのことで、俺と右左美は階段の踊り場に残された。

右左美(うさみ)は「あーあ、わらしべ無くなっちゃったの」と、何事もなかったかのように言っていたが、右左美の耳はぺたんと悲しく下がっている。

校長と交換できるものは風になって消えた。

右左美の課題は、これ以上何もできない。

課題は終了扱いとなる。

だが、卒業課題は、提出できなければ達成とならない。そして――卒業には課題の提出が必須だ。

「右左美……その……」

つまり、右左美の卒業は絶望的になったのだ。

声をかけた方がいいとは思うが、今かけるべき言葉が何も見つからない。

「ヒトマ。あの石……勝手に使われてしまったっぽいの。この場合も人間逸脱行為に該当するなの？」

「え、あ、どうだろうな？」

大事だけれど、思いがけない問いに俺はわかりやすく狼狽(うろた)えてしまう。

「うーん、俺の個人的主観では、本人の意思や能力が関係ないところで起こった不可抗力だから、不問かとは思うが……念のため確認してみるよ」

「よろしくなの。じゃ、右左美は帰るの。ヒトマ、また明日なの」

「お、おう……」

気丈に振る舞っているのか、右左美は淡々と確認事項だけ告げて去っていった。

今日は卒業課題最終日だった。

他の生徒はどうだろう。

羽根田(はねだ)と小此鬼(おこのぎ)は課題達成済。

若葉(わかば)と根津(ねづ)は期間中継続する課題だから、今日が終わればそれで達成となるだろう。

龍崎(りゅうざき)もあの調子なら、おそらく達成できているに違いない。

　右左美は――。

　本音を言えば、右左美は今年こそ卒業できると思っていた。

　あんなにも努力して、自分を見つめて、できることは何でもやって――。

　またそんな1年が続くと思うと、なんだか悲しくなってくる。だが、右左美の方がもっとやるせないだろう。

　努力は全て報われるわけではない。

　そんなこと、ずっと前からわかっているのに。

「――あ、よかった、まだおった！　なあ、ヒトマ先生！　教えてほしいことがあるんじゃが！」

「え？」

　声をかけてきたのは、先ほどの初級クラスの生徒、和久間だった。表情が明るい。話し合いは上手くいったのだろうか。

「ウチには難しいから、教えてほしいんじゃ！」

　いったい何だろう……。授業のことか？

「ああ、わかった」

　そして俺は、和久間に連れられて、教室の方へと向かった。

＊＊＊

「上級クラスのみんな～!!　こんぐらっちゅれ～～～～～～～～～～っしょんっなのね～～～～～～～ん!!」

「きゃっ！　な、なんですかっ!?　校長先生!?」

　卒業者が決まる時に校長が派手な登場をすること、春名に伝え忘れていたな……。

　今年は、卒業課題期間が明けた翌日朝のホームルーム時間中に、校長は現れた。

　俺はもう3年目だし、生徒たちもある程度慣れてはいるが、突然の登場はやはりちょっと驚いてしまう。

　春名は今回が初めてだからなおさらだ。

「みんな、卒業課題お疲れ様なのねんっ！　さて！

早速本題といくのねん！　厳正なる審査の結果、今年卒業する生徒が決定したのねん！」

　卒業という言葉に教室の空気がピンと張り詰める。課題は全員真面目に取り組んでいた。誰が卒業してもおかしくはない。

　ただひとり――右左美(うさみ)だけは少し上の空で、校長の話は聞いているがいつもよりぼんやりとしていた。

「本年度の卒業生は1人。――誰よりも自分に厳しく、ひたすらに目標を見つめ、弛(たゆ)まぬ研鑽(けんさん)と努力を続けてまっすぐに進んできた。同じくらい他者に厳しい面もあったけれど、それを越えるほどの〝思いやり〟を育て、他者をも大切にできる生徒――」

　全員の視線が一点に集まってゆく。――そう、その評価から連想できる生徒はひとりだ。

「――以上の評価を以(もっ)て、右左美彗(すい)さん。君が本年度の――」

「そんなのおかしいのっ!!」

　バン！　と、右左美が大きな音を立てて立ち上がった。

　大きな音と、悲鳴にも似た右左美の声に、校長は驚いて言葉を止める。

　右左美は口上が述べられている時から、ずっと困惑の表情を浮かべていた。

　今は――とても苦しそうな表情をしている。

「右左美は……卒業課題を提出していないの。だからこれは何かの間違いなの」

「間違いじゃないのねん。昨日もらったのねん」

「……魔法石は昨日消えたの。だから校長と交換できるものは無いの。なんなの……？　変な特例ならいらないの。みんな真面目に課題やってたの。右左美は……そんなの嬉(うれ)しくないの」

　我慢しているのは怒りか、悲しみか、それとも両方なのだろうか。

　こみ上げてくる大きな感情を抑えようとして、右左美の声は震えていた。

　昔の右左美なら、卒業できるなら何でも受け入れただろうけど、今の右左美はそれを絶対に許さない。

　自分と同じくらい周りの生徒たちも努力しているこ

とを知っているからだ。

「右左美は何もできなかったの。だから――」

「提出されているのねん」

校長の言葉に、右左美は怪訝な顔をする。

魔法石は消えた。

なら、提出されたものは何だ？

それに、右左美が提出していないなら誰が？

きっと右左美はそう思っているだろう。

校長がそっと1枚の紙を取り出した。薄いA4サイズの紙だ。

俺は――その紙を知っている。

「嘆願書、なのねん」

その嘆願書には、右左美の卒業課題達成を求める内容と、昨日やりとりをした和久間月乃の署名がされていた。

右左美も嘆願書にその名前を見つけ、唇をギュッと嚙んで、睨みつけるように見ている。

「なんなの……。あれは右左美が勝手にやっただけなの……。あいつ……責任でも感じてるなの……？」

「いや、それは少し違う」

俺は、その嘆願書が作成された経緯を知っている。

右左美と別れた後、和久間に呼び出された俺は、彼女に嘆願書の書き方を教えてほしいとお願いされたのだ。

「『恩返し』したいって、言ってたんだ」

初級クラスの生徒は文字を書くことさえ、あまり得意ではない。ましてや、こういった書類なんて、自分の力で作ることはかなり困難だろう。

それでも、恩返しのために右左美に何かしたかったのだ。

『恩返し』。――それは右左美が、この学校に来てからずっと言っていたことだった。

「『右左美に貰ったものを返すんだ』って、『だからこの紙は、わらしべの交換品だ』って言ってたよ」

確かに魔法石はあの瞬間、和久間を助けるために使われた。

だから、この嘆願書はその交換品として、しっかりと成り立っている。

右左美(うさみ)は大切なものを噛みしめるように、その嘆願書を見つめていた。

「さあ！　というわけで、これが最後の交換品なのねん。ボクはしかと受け取ったのねんっ！」

はた、と校長が何かを思い出した顔をした。

「——あ、うっかりなのねん。ボクからの交換の品を渡すのを忘れていたのねん」

右左美の『わらしべ課題』は最終的に校長と交換するものだ。校長はそっと、自分のポケットから小さい箱を取り出してみせる。

それは、もう何度か見ている箱。

右左美もその箱が何なのか、ちゃんと理解しているようだった。

「はい、右左美さん。ボクとの交換なのねん」

校長から右左美へと小さな箱が手渡される。

右左美はそのままゆっくりと箱を開けた。

「指輪……なの」

それは毎年、卒業生へと渡される理事長宝玉指輪。

「コホンっ、右左美さん、ボクは話を続けても大丈夫なのねん？」

校長がパチンと軽快なウインクを決めた。

右左美は真剣なまなざしでゆっくりと頷(うなず)く。

それを見て校長は、安心したようにニッコリと微笑(ほほえ)んだ。

本当にこれで最後だ。

「——さて、以上の評価を以(もっ)て、右左美彗(すい)さん。君が本年度の卒業生なのねん」

長い学生生活が、終わりを迎えようとしている。

右左美の持っている指輪に嵌(は)められている赤い石が、祝福するようにキラリと光った。

人間嫌いと此方（こなた）の未来

MISANTHROPIC TEACHER IN DEMI-HUMAN CLASSROOM.

2月の教室。

俺の目の前には春名がいた。

「……先生」

目が合って、春名がふわりと振り返る。

春名は教室の真ん中で、ひとり窓の外を見ていた。

「……久しぶり、だな」

「……」

春名は無言で目を伏せる。

俺もどんな顔をしたら良いかわからなかった。

「えっと……元気、か？」

一番無難な言葉をかけてみたが、春名は無反応だ。

元気なわけない。お互いに。

春名は前よりも痩せて、目の下には薄く隈があった。

「あー……春名、ちゃんと飯は食えてるか？　それに、睡眠もとれているか？　なーんて、ははっ、俺もよく夜更かしすることがあって、そのへん下手でさ」

「………………るさい」

やってしまったと思った。

空気が凍り付く。

せめて笑ってほしくて戯けてみせたが、完全に逆効果だったようだ。

「……先生は、私の言うこと……嘘でも信じてくれるんだよね？」

苦しそうな笑顔を浮かべながら、春名は俺に近づいてくる。

確かに、俺はそう言った。

「……全部、先生のせいだ」

何もかもを諦めたようなその声に、素手で心臓を鷲づかみされるような痛みが走った。

机2個分向こうにいる春名の瞳からは、ぼろぼろと涙が落ちてゆく。

春名はそれを気にもとめずに、俺と向き合っていた。

「先生はさ、もしかしたら信じてないかもしれないけど、体罰をでっち上げたのは私なんだよ。先生が本当に迷惑だったから、道連れにしてやろうと思ったんだ。……でも、先生はそんな私の嘘も信じてくれるんだよね」

考えられる限り、最悪の嘘だった。

大粒の涙を流しながら淡々と語る春名に、悪意のようなものは見えない。

どうして……。

何を考えてそんなことを言っているのかわからなかったが、俺はただひたすらに悲しかった。

どうして春名はそんな嘘をついたのだろう。

どうしてそこまで追い詰めてしまったんだ。

俺が頑張ってしまったから？

春名を救えると思ってしまったから？

「……俺が、余計なことをしたから？」

「そうだよ。全部……ただの愚痴を真に受けて、できもしないことをやろうとしたヒトマ先生のせいだ……！」

俺は傲慢だったのだろうか。

春名が目の前で泣き叫んでいる。

俺のせいで――。

目の前が真っ暗になって、俺はその場に座り込んでしまう。

けれど、俺は悲しむ資格さえない。

「俺の、せい……。俺のせいで春名は……」

もう春名の顔を見ることができない。

視界がぼやけてゆく。

「そうだよ。だから先生、これは自業自得なんだよ」

最悪だ。

立場を全部捨ててでも、何よりも守りたかった。

でもそんな春名の学生生活を奪ってしまったのは、他でもない俺自身だったのか。

春名がまた少し俺に近づいてくる。

「嘘つきでごめんね」

顔を上げると、春名もまた傷ついた顔をしていた。

「じゃあ、私、もう行くね。じゃあね、ヒトマ先生」

そう告げながら春名は教室を出ていった。

ひとり残された教室は、凍てつくような寒さだった。

肺に取り込む空気が痛い。

俺はそのまま教室にうずくまってしまう。

「……全部、俺のせいだ」

救いなんてなかった。

俺が誰かを救うことも、救われることも。

それが、学生時代の春名に会った最後だ。

＊＊＊

「ふう……やっぱり星野先生のコーヒーは美味しいなあ……」

授業のない午前中はこうして星野先生のコーヒーに癒されながら事務作業をするに限る。

もう今年度もほぼ終わり、上級クラスも自由登校になった。

右左美は受験も無事志望校に合格し、新生活の準備を少しずつ進めているようだ。

他の生徒は学校に来たり来なかったり。

龍崎と羽根田は皆勤賞だが、根津と若葉はときどきしか学校に来ていないようだった。

小此鬼は――ほぼ毎日遅刻だが、学校には顔を出している。

俺は去年の校外学習での春名とのやり取りがいまだに引っかかっていた。

小此鬼は春名に何を言ったのだろう。

春名といえば、そろそろ今年度を締める軽い面談をしたいんだった。春名から見た上級クラスでの1年はどうだったのだろうか。

今日の放課後あたりに話をしてみよう。

「ヒトマくん、今ちょっと時間大丈夫なのねん?」

「え、あ、はい」

こんな時間にどうしたのだろう。

校長室からひょっこりと現れて手招きをする校長につられて、そのまま校長の方へと近づいてゆく。

「今日は小此鬼さんは登校しているのねん?」

「はい、2時間目からいるみたいですが……何かあったんですか?」

校長は神妙な面持ちだ。

この流れは嫌な予感がする。

「うーん……おそらく年末に行った校外学習の時に、ちょーっと困ったことをしていたみたいなのねん。急ぎじゃないのねん。放課後、小此鬼さんと――あ、一応、校外学習に同伴した春名くんも校長室に呼び出しなのねん」

それだけ言い残して校長は校長室へと戻っていってしまった。

小此鬼があの時何をしたのか、今教えてもらえはしないのか。

あの時、小此鬼は迷子になっていたこともあり、ひとりになる時間が多かった。その時に何かあったのか？　森の中でできることってなんだ？　というか森の中にいた時は校長の千里眼で見えていたんじゃ……まさか、その前？

いろいろと考えてみたが、はっきりとした心当たりが思いつかないまま俺は自分の席へと戻る。

春名は——今の時間は授業か。

放課後、俺たちは校長室で何を話されるんだろう。

＊＊＊

「んわぁ〜、マキねぇ、こーちょーひつに入るの初めてぇ〜。すごいぎらぎらなんだねぇ。これ動くぅ？」

「……校長が本気出したら動く」

「動くんですか!?」

蝋人形ときらびやかな調度品に囲まれた校長室が異質だと思うことを忘れかけている自分に気が付く。

俺もだんだんとこの学校に染まっていってしまっていることを実感して、嬉しいような……困るような……複雑な気持ちだ。

それにしてもこんなところに呼び出されているのに小此鬼は緊張感のかけらも無く、あたりをきょろきょろ見回している。

気持ちはわからなくはないが、この様子だと何も心当たりはないのだろうか？

校長から、どういった内容での呼び出しか聞いていないし、何かの勘違い……だったらいいな、などと期待してみるが……。

「おまたせしたのねん」

校長は俺たちを校長室に通して、ソファに座らせた後、机の中から一通の手紙を取り出していた。

ピンクと水色で雲のような形が描かれた、かなりファンシーでかわいらしい封筒だ。

「ああ～、それぇマキのお手紙ぃ。なんでこーちょーが持ってるのぉ？」

その言葉に、校長の表情が固まった。

「………確認の必要がなくなったのねん」

何故か気まずそうな校長と、頭の上にはてなマークが浮かんでいる小此鬼が顔を合わせている。

「ママはぁ？」

「ママ……？　校長、何があったのか教えてもらっていいですか」

小此鬼の「ママ」という発言と小此鬼の封筒を校長が持っているという事実から、事の顛末はある程度推測できてしまうが、そうじゃなかったらいいのにとも思う。頼む……違っていてくれ……。

「わ、私もまだよくわかっていないですっ！」

春名も小さく挙手をして、ソファの上でぴょこんと小さく跳ねた。

校長はそんな俺たちの様子を見て、軽く溜息をつく。

「……この学校は許可なく外部と接触することは厳禁なのねん。――それは、たとえ相手が親兄弟だとしても、なのねん」

「じゃあ、この手紙は――」

「ヒトマくんの想像通り、小此鬼さんから小此鬼さんのお母さんに宛てた手紙なのねん」

校長が持っていた手紙を机の上に置く。

手紙には消印までしっかり押されていた。

「お、小此鬼は連絡を取ってはいけないことを知ってたのか？」

知らなかったのなら、まだ温情措置はあるかもしれない！　だが小此鬼は俺と目を合わせないまま、ぽやぽやと手遊びをしていた。

「んー、マキそーゆうのわかんなぁい」

この反応は……。

「小此鬼さん、嘘つかないでください。本当はダメだって知ってたでしょ」

俺が対応を迷っている間に、春名がぴしゃりと言い放つ。

　小此鬼は遊んでいた手を止めて、春名へと近づき、じっと春名の目を見る。

「……未来（みらい）せんせぇにはそーゆーことぉ、ゆわれたくなぁい」

　それは、まるで憐（あわ）れむような目で。

「ふひ、未来せんせぇだってぇ、マキと同類のくせにい」

　春名は何か言いたそうだったが、ただ静かに小此鬼を睨（にら）んでいた。同類じゃない。そう言っている目だ。

「ごほんっ」

　校長がわざとらしく咳払（せきばら）いをする。

「もう今年度も終わりなのねん。だからこの件の小此鬼さんの処分は春休み中に行うのねん。小此鬼さんは春休み中寮内謹慎、ポイント半分没収、反省文、それとは別に『学校について』の作文最低10ページ、そして、謹慎中の態度によっては来年度は準正規昇級扱いにするのねん」

「んえぇ〜〜〜〜〜〜っ」

　小此鬼は思い切り嫌そうな顔をしていたが、こればかりは仕方がない。

　準正規昇級の可能性があることも、かなり厳しい話だと思うが、反省文と謹慎をしっかり守ってもらうための一種の脅しだろう。

　手紙を出しただけでかなり厳しい処分だ。

　2年前、右左美（うさみ）と無断で学外に出た時より厳しい。

　今回の件は情報漏洩（ろうえい）の可能性があるし、右左美の時は緊急性があったから、条件が違うんだとは思うが――。

「小此鬼、お母さんに何を伝えたかったんだ」

　小此鬼はのらりくらりとしているが、決して頭が悪いわけではない。それに、手紙を出せば処分を受けることもわかっていたはずだ。

　そんなリスクを冒してまで出したかった手紙は、一体どんな内容だったのだろう。

「……なんだと思うぅ？」

　へらっと笑ってはいるが……俺は試されているのだろうか。

　今までの会話から、小此鬼はお母さんのことが本当に好きで大切に思っていることは確かだ。

「……小此鬼が元気でいることの報告？」

「んえっ？」

意外だったのか、小此鬼は怪訝な表情だ。

「ん〰〰、せんせぇ、そのボケびみょーかもぉ」

「いや、ボケたつもりはないんだが」

「ヒトマ先生ってたまに天然ですよね」

「ええ……嘘だろ……」

真面目に答えたのに……。

まあでも、そんなことはいい。

「で、結局手紙はなんて書いたんだ？」

「んんー？」

小此鬼は少し困ったように笑う。

そして人差し指を口の前に立てた。

「――内緒」

そう言って軽く俯く小此鬼は、なんだかいつもより大人びて見えた。

＊＊＊

＊＊＊

校長に呼び出された後、俺と春名と小此鬼で話し合って、小此鬼の反省文と作文はこの自由登校の期間に作成してしまおうという計画になった。

自由登校期間でも、授業の課題は一応出されるが、その課題は10分もあればできる簡単な内容だ。そのため、小此鬼には残りの40分で反省文と作文に取り組んでもらった。

反省文は学期末までに提出予定なので、学校ではなく寮で作成でも問題はない。というか、他の生徒の目もあるだろうから寮での作成が推奨されていた。だが小此鬼はそんなことなど気にしていない様子で、普通に宿題をするように教室で反省文を書いていた。

他の生徒も最初に何の書き物か聞いたようで、最初は小此鬼の罰則課題に驚いたようだったが、それ以降は特に触れず、普段通りに学校生活を過ごしていた。

「せんせぇ」

3学期が終わるまで残り3週間を切った放課後。

俺は小此鬼に呼び止められた。

「これぇ、できたぁ」

そう言って、小此鬼は紙の束を俺へと差し出す。

「ああ、ありがとう。確認するよ」

反省文と作文だ。

想像よりずっと早いな。授業時間も使って頑張っていたからだろうか。

俺はそのままパラパラと小此鬼から提出されたばかりの紙の束に軽く目を通す。

「……小此鬼」

「んえ?」

「途中から適当になってるだろ」

「そんなことないよぉ」

「これ、同じ文章の繰り返しが続きすぎじゃないか」

作文では途中の3ページあたりから『学校はいいところです。なぜならニンゲンになれるからです。』という文章でみっちりと埋め尽くされていた。

それが改行もなく最後のページまで続くのだ。

似たようなものを小此鬼の卒業課題でも見た。

「正直ちょっと呪いみたいで怖いんだが」

「だってぇ、10ページは多いと思うよぉ?」

多いかもしれないが――と、うっかり小言を言いそうになるが、小此鬼には逆効果だ。ここは気持ちをぐっとこらえて、小此鬼に同調してみる。

「確かにそれは俺も思ったわ。そんなに何を書けって話だよな」

「でしょぉ?　せんせぇなんとかしてよぉ」

とはいえどうしたものか……。

反省文はともかく、この途中から怪文書になっている作文をこのまま校長へ提出できるわけがないし……。

「ヒトマ先生?　廊下で何をしているんですか?」

「春名先生!　いいところに!」

「未来(みらい)せんせぇたすけてぇ～」

気づけば小此鬼は春名の方へ、ふわっとジャンプして、どっと抱きついていた。

「うわっ小此鬼さん!　いきなり飛び込んでこないで

ください！」

「だってぇ、このままだとマキ、大変になっちゃうよぉ。ぴえぴえだよぉ」

「ええ……？　ヒトマ先生、どういうことですか？」

「実は――」

俺はそのまま持っていた作文を春名へと手渡す。

小此鬼が抱きついたままだったから、内容の確認がしづらそうだった。もしかしたら、手渡さずにぺらぺらめくって見せた方が良かったかもなんて、手渡した後にちょっと後悔した。

「あー……なるほど……」

ぱらぱらと小此鬼の作文を確認した春名も、この内容はマズいと思ったのか、ひくひくと苦笑いをしている。

小此鬼は春名にべったり張り付いて「もうやだぁ～」とか「未来せんせぇ～」とか甘えるような声を出していた。

「これは……ちょっと……提出できないですね」

「だよな」

春名も俺と同意見のようだ。

「んえ～～、なんでぇ～、いーじゃんかぁ、だって埋めたもぉん」

小此鬼はいつまで春名に張り付いているんだろう。春名もずっと抱きつかれて苦しくないのかな。

「小此鬼さん、ちょっとお話しましょうか」

「んえ？」

「それで、作文、お話するみたいに書いちゃいましょう。ヒトマ先生も付き合ってくれますよね？」

「ああ、今の時間は上級クラスの教室は誰も使ってないはずだしそこにしようか」

「うわぁ居残りみたぁいでやだぁ」

実際そうなんだよな。

そうして俺たちは上級クラスの教室へ移動することになった。

＊＊＊

誰もいない教室は少し寂しい。

このいつもと違う感じが苦手だと思う気持ちは、まあわからなくはない。

教室に入ると、小此鬼は大人しく自分の席へと着席した。

「ねぇ～、なんのお話するのぉ？」

「学校についで、ですよ。作文のテーマってそれでしたよね？」

「ふぅん」

言いながら春名は作文を机に置いた。

「あ、作文の原稿用紙無いか」

「大丈夫ですよ、下書きってことでこのノート使いましょうか」

春名が持っていた自分のノートを後ろのページから開く。

「未来せんせぇのノートかわちっちだねぇ」

「そうですか？　ありがとうございます」

あまり気にしていなかったが、春名の持っていたノートはくすんだピンク色の表紙にシンプルなデザインが入っていた。学生時代はどうだったっけ。特に思い出せないということは無難なノートだったのだろうか。

俺はいつの間にか小此鬼の向かいに座っている春名の隣の席に座る。

「ではまず、小此鬼さんはなんでこの課題が出されたと思いますか？」

「マキがぁ悪いことしたからぁ？」

「そうですね。ではなんで『学校について』の作文が課題になったのでしょうか」

春名はノートに〝課題の理由〟と書いている。

「んえ～？　なんでだろぉ？　ヒトマせんせぇ～わかるぅ？」

小此鬼は、頬杖をつきながら甘えたように困り顔をしていた。

せめてもう少し考えてほしいと思ったが、ここはぐっとこらえて……。

「小此鬼は学校のルールはめんどくさいと思うか？」

「そんなことないよぉ」

「本当か？」

「嘘だよぉ」

「……まあ、どっちでもいいか。小此鬼が、学校のルールについてどう思うかとか、それを守ること、守らないことでどういう結果になるかとか、そういうことを小此鬼がどう考えているか教えてほしいから、この課題になったんじゃないかな。今後、小此鬼が学校とどう向き合っていきたいと思ってるのか知りたいから」

あ、やべ。喋りすぎたかも。本当はこのあたりも小此鬼に考えてほしかったのに。

小此鬼は「おぉ〜、せんせぇすごぉい。なるほどぉ」と言いながらぺちぺち拍手をしていた。

「はい、そうですね。来年度の学校生活に対する、小此鬼さんの熱量を知りたいと校長は思っている気がします。だから、この課題で小此鬼さんが学校に思っていることを教えてもらいつつ、小此鬼さんには学校生活について改めて考えてもらおうとしているんでしょうね」

春名が上手にまとめてくれて助かる。

小此鬼は相変わらずぽやんとした表情でふらふら揺れていた。

「じゃあこれぇ、なんて書いたらいいのぉ？」

ぺしぺしと春名のノートを軽く叩いたかと思えば、小此鬼はそのままノートに何かを書き始めた。

なんだろう……何かのキャラクター？

「それ、なんですか？」

「マキだよぉ。あのねぇ、マキのまわりにぃ、学校のこと書いてこうと思ってぇ」

小此鬼は自分の自画像からにょきにょきと矢印を生やして、その先にも色々と書き込んだ。

『ママ』『好き、会いたい』『元気かなぁ』『学校』『普通』『優しい』『ヒトマ先生』『青色、たまに赤』『パパがいたらこんなかんじ？』『未来先生』『赤色』『似てる』『嘘』『悪いこと』『卒業』『ニンゲン』。

小此鬼の筆が止まる。

「……マキは本当にニンゲンじゃないんだねぇ」

それは何かに失望しているような、落ち着いた声色で。

小此鬼はニンゲンの中で育った鬼の末裔だ。

周りのニンゲンと自分が違うと気が付いた時、小此鬼はどう思ったのだろう。

そもそも俺たちニンゲンと生徒たちの違いって何なのだろうか。

この学校に来た頃は、ファンタジーのような世界に浮かれて、生徒たちの異質さに救われた部分もあったが、学校も生徒たちも、知れば知るほど彼女たちはニンゲンと大差ない存在に思えて――。

「確かに小此鬼さんはニンゲンじゃなくて鬼です。ニンゲンは他人の嘘もわからないし、角も生えていません。だからもし……ニンゲンに……ならないでいいなら、その方がきっと楽ですよね」

じっと静かな目で小此鬼は春名を見ていたが、ふっと何かを探すように窓の外へと目を向ける。

「マキはニンゲンになりたいのかなぁ……。でもねぇ、ニンゲンになりたくないわけじゃあないんだよぉ。だってぇ、ママと一緒にいたいもん。また一緒にあんまん半分こしたいなぁ」

独り言のように小此鬼が空に投げた言葉はなんだか切なかった。

日常の空はいつも通り流れてゆく。

「……ねぇ、マキはどうしたらいいのかなぁ」

俺には他人の嘘なんて見抜けやしない。

けれど、小此鬼が本当に迷って、答えを求めていることはなんとなく伝わってきたように思えた。

いつも通りへらへらと笑って、ふわふわとした喋り方をしているが、なんとなく。

これは嘘じゃない。

「俺は、小此鬼がやりたいことがあるなら全力で応援するよ。だからゆっくり悩んで大丈夫。小此鬼が自分の望む未来が見つかるまで待ってるから」

これからの未来なんて、他人に何を言われたって自分で信じるものじゃなかったら、ただの押し付けだ。

未来を創るのは教師の言葉なんかじゃなくて、生徒自身の意思。

俺は去年退学した黒澤(くろさわ)のことを思い出していた。

黒澤は在学中に自分の中にある本当の望みを見つけて、悩んで、自分の手で未来を選んだ生徒だ。

「小此鬼の未来は、小此鬼が自分で決めるんだ。後悔のない選択なら、その先に失敗なんてない。だから小此鬼が思うように決めていいんだよ」

「……せんせぇもそうだったぁ？」

「え？」

思いがけない問いに、一瞬困惑してしまう。

「せんせぇはぁ、自分の人生でぇ、なんかぁ選ぶときい……ちゃんと自分が思うように決めてきたのぉ？」

俺の人生はどうだっただろう。

真面目に義務教育を受けて、高校もそれなりのところへ行って、大学でゲームやネットを始めて、でも、親父に倣って教師になって……この頃は結構何も考えていなかったな。

そして、春名との件があって、2年間実家に引きこもって――。

思うように決めた結果。大失敗だ。

今だって棘としてずっと残っている。

「……うん、俺の人生は自分で思うように決めてきたと思う。けど……、あー……ごめん。正直たくさんあるよ、後悔も。でも、それも一生忘れたくない」

「……なんでぇ？　嫌なこと忘れたくないのぉ？」

俺は無意識に春名を見ていた。

春名は硬い表情でじっと小此鬼の書いたノートを見ている。

全部忘れたかった。

それは春名も同じだろう。

お互いに何もなかったように過ごそうとしていた、この1年間。

俺も最初はどうしたらいいか分からなかった。

俺が春名と再会する日まで、引きこもっていた2年間と、ここで過ごした2年間。

その間、俺はずっと春名のことを考えていたのだ。

あの時どうしたらよかったのか、なんて。

考えたって、過去は変わることはない。

春名の言う通り、そんなの『終わった話』だけど。

「――全部、大事だから」

後悔をずっと忘れないこと。

それが俺の贖罪で責任だ。

どんなに思い出したくないことでも決して忘れない。この4年間と、春名の存在を簡単に片づけたくない。

全てを糧にするなんて偉そうなことは言えないけれど、ただ、ずっと抱えて生きていく。

きっと、それで見えてくるものや、得られる未来もあると、俺は信じたい。

「……ふぅん、わかったぁ」

小此鬼は柔らかく微笑む。

春名はずっと固まったままだった。

「マキ、ヒトマせんせぇすきだよぉ」

「えっ、あ、ありがとう……？」

なんだかよくわからないが小此鬼はすっきりした顔をしていた。

小此鬼は感情表現がストレートでたまに面食らってしまう。

「あのねぇ、マキねぇ、寂しかったんだぁ。だからママにお手紙出したのぉ」

顔の前で手遊びをしながら小此鬼は話す。

「……『会いたい』ってねぇ、書いたぁ」

それは小此鬼にとって一番の願いだ。

小此鬼はゆっくりと目を閉じる。

「でも、そぉゆぅの良くなかったんだよねぇ。ふへへ、届かなくて良かったぁ。……ねぇせんせぇ。マキ、ここで頑張れるかなぁ。ニンゲンになってぇ、ママに会えるかなぁ」

何かを期待するような視線。

そういう質問をしてくるということは——小此鬼の意思はだいたい察した。

「小此鬼が頑張れるように、俺も努力するよ」

小此鬼は満面の笑みを見せて、俺の頭をぽんぽんと撫でるように触る。

「ふひひ、せんせぇならそぉゆうと思ったぁ」

そしてそのまま、小此鬼は俺をギュッと抱きしめた。

普段なら、触られる前に避けるのだが、小此鬼の動きがあまりにも自然だったから、されるがままだ。

どうしよう……。今、引きはがすのも違うし……。

「ありがとうねぇ、せんせぇ」

小此鬼は俺の背中をぽんぽんと撫でて、俺が困惑の中で硬直している間に、ふんわりと俺から離れる。

「……小此鬼。これは止めるタイミングを失ってた俺も悪いが、むやみやたらに異性に触るのはあまり良くないぞ」

「んえ？」

おそらく何の他意もないのだろう。

なんの注意かわからないといった様子で小此鬼は首を傾げていた。

「え、えっと！　その！　わ、私も協力しますからねっ！　……というか、作文課題の相談だったのに、だいぶ話がそれてませんか⁉」

「あぁ〜、そういえばそぉだったぁ」

春名のノートは小此鬼の自画像と断片的な言葉しか書かれていない。

「未来せんせぇ、ノート貸してくれてありがとぉ」

「えっ、もういいんですか？　気にしないでください」

「あのねぇ、マキ、もーちょっと自分でやりたいかもぉ。だからねぇ、また明日見てぇ？」

「わかりました！　待ってますね！」

「ヒトマせんせぇもぉ」

「はいはい、わかった。楽しみにしてるな」

「ふひひ、じゃあマキ寮に帰るよぉ」

小此鬼は筆箱を鞄に入れると、ふにゃりと立ち上がり教室のドアの方へと歩いていった。

そのまま帰るのかと思ったら、小此鬼はふわりと振り返る。

「せんせぇ。マキ、卒業がんばるねぇ」

両手の指で四角を作るポーズ。

千年に一度のポーズかと思ったが、それよりは大きいサイズの四角……もしや卒業証書か？

俺は小此鬼にサムズアップを返す。

小此鬼はそんな俺の姿を見ると、満足そうに微笑んで教室から寮へと向かったようだった。

どの生徒もみんな早く卒業させてあげたい。

だが、この学校は知識を得るだけでは卒業させてはくれないのだ。

それはきっと、知識だけでなく、精神面でもニンゲンの社会で生きていける力をつけてほしいという理事長の願いだろう。

　この学校の生徒たちはニンゲンではない。そのため、卒業したとしても小此鬼のような家族というコミュニティが存在することは極めて稀だ。

　そういった支えが得られない分、たまに他者を頼りながら自分の力で生きていく力を在学中に養ってもらいたいんだろうな。

　俺ももう3年目だから、理事長の考えはだいたいわかってきたぞ……！


「――ヒトマ先生」

「ん？　なんだ？」

　春名に呼び止められたのは、教室を出て職員室に戻ろうとドアに手をかけたところだった。

「大事なんですか？」

　抑揚のない声だった。

　春名は俯いていて、どんな表情をしているかわからない。

「……何がだ？」

　小此鬼がいた時と雰囲気が違う。

「ご自身の後悔が、です」

　――後悔。

　淡々とした春名の声で聴くその言葉に、高校生だった春名との出来事がフラッシュバックする。

　社会科準備室で春名と話していたこと。

　春名は友人とどんどん関係が悪化して。

　俺が首を突っ込んでもっとこじれて。

　そして――。

　あの、冬の教室。


『『――のせいだったのに』』


　一瞬、俺の記憶の中にいる春名の言葉が聞こえたような気がして、ハッと視線を上げる。

　今のは、目の前の春名の声だった。

「……私もありますよ、後悔」

「春名……」

　あの日と同じ表情――声が震えている。

「今更だけど、聞いてもらえますか」

春名がじっと俺を見つめている。

そうだ、あの時も今くらいの時間だった。

「――私ね、高校生の時、ヒトマ先生に会わなかったらよかったのにって今でも思うんだ」

窓は閉まっていて暖房が切ってある教室。

春名とふたりきりの教室は、澄み切った寒さに包まれていて。

春名は教室の中心で俯きながら喋って、俺は教室のドアの近くで春名を見ている。

「先生に出会ってしまったことが、私の後悔」

俺はなんとなく、今見ている景色に現実感が無くなってきた。

「さっき小此鬼さんに『後悔を忘れない』って言いましたよね。……最悪。そんなの悲しすぎる」

そっか。やっぱり春名はまだあの時のことを許せていないんだ。

そして、俺のことも――。

「……っ、私は忘れてほしかったよ！　あの時のこと！」

そうだよな。

自分が謂れのない内容で退学になるなんて、最悪の出来事だ。

それなのに、その出来事を忘れたくないだなんて。

引き起こした張本人が何を言ってるんだと思うだろう。でも――。

「忘れないよ」

今の春名も、全部。

「どうして……っ！」

顔を上げた春名は瞳いっぱいに涙を溜めていた。

ぐっと堪えているが、いまにも零れそうだ。

その表情に胸の奥がギュッと締まる感じがした。

忘れない、この瞬間も。

「だって……っ、だって……っ！」

春名が瞬きをすると、その瞳からぽろぽろと雫が落ちていく。落ちた雫は、点々と教室の床にかすかな水玉模様を作っていった。

俺は今、どんな表情をしているのだろう。

何故か心は凪いでいる。

いざ春名に現実を突きつけられると、ほんの少し安心した。そう、俺はきっと春名の敵で、こうして非難されることが正しいんだ。

大丈夫、傷つく覚悟はできている。

春名は口を噤んで、ゆっくりと浅い呼吸をしていた。

「やだ……」

苦しそうに漏れ出た言葉に、春名の表情がどんどん崩れてゆく。

「ごめん……」

「やめて！　謝らないで！　そんなの……私が私を許せなくなる……」

……春名が春名を？　俺じゃなくて？

春名は誰からも責められる謂れはないのに。

むしろ責められるべきは俺で、春名は純然たる被害者だ。

凪いでいた心が揺れ始める。

どうして——。

「先生が私に関わらなかったら、先生は学校を辞めなくてよかったのに……っ！」

……………え？

「春名……？」

その言い方だとまるで、春名が俺の辞職を後悔しているみたいじゃないか。

春名はぼろぼろと落ちる涙を気にも留めずに、俺の目の前へと近づいてきた。

心の波がどんどん高くなってゆく。

春名は……春名が本当に言いたかったことは——。

「私だってねぇ！　先生のこと巻き込みたくなかったよ……っ！　だって先生、自分の仕事好きじゃん！　わかるよ……それくらい……っ」

春名はこぶしを高く振り上げてそして——。

とん、と、俺の胸の上に優しく置いた。

「私、覚えてるよ。私のために他の先生に働きかけてくれたこととか。学校で誰の目も届かなくなるタイミングをなくそうとしていたこととか。……私が相談するまで、先生はずっと社会科準備室でお昼ご飯食べてたくせに、その日から教室で食べるようになってたじゃん」

「あれは男子生徒とゲームの話がしたかっただけで……」

「『生徒が萎縮するから毎日教室で食べない方がいい』って、隣のクラスの先生に言われてたでしょ。……それでまた自分の立場悪くしてさ」

そういえばあったな、そんなこと。

そんな注意なんて、何気ない雑談の中で言われる程度のさほど重い注意でもない。言われるまで忘れていたけれど、春名は今でも覚えているのか。

それに、前の学校で俺の立場が悪くなったのは、その注意が直接の理由でもない。

決定打はたぶん、学年主任との会食だ。

おそらくあの時に、敵だと認識された。

「でも……、まだ先生の心の中には後悔があるんだよね？　ねえ、私……先生に、もう忘れてくださいって、気にしないでいいですよって言ったじゃないですか……っ！　どうして……やだよ……。もう私は、私のせいで先生に辛い思いさせたくない！　私は、先生の後悔になんてなりたくない……っ！」

俺の胸の上に置かれたこぶしにぎゅっと力が入ってゆく。

俺はずっと勘違いしていたのか？

つまり春名は——春名が俺に抱いていた感情は、憎しみなんかじゃなくて。

「ごめんなさい……ヒトマ先生……っ！」

——罪悪感だ。

＊＊＊

それから春名は堰を切ったように泣いた。

まるで子供みたいに泣いている春名を、落ち着くまで適当な椅子に座らせて、俺は今までのことを考えていた。

今まで俺たちはお互いに罪悪感を抱いて過ごしていたのだろうか。

けれどあの時、春名の最後の言葉は——。

「……すみません。お見苦しいところをお見せしましたね」

取り乱してしまった引け目なのか、春名はバツの悪そうな顔で謝っている。

しっかり普段からハンカチを持ち歩いているところは春名らしかった。くすんだピンク色の可愛らしいハンカチだ。

「いや……うん、大丈夫だ」

頭の中はまだ混乱しているけれど、とりあえず春名が落ち着いたみたいで安心した。

「……俺はてっきり春名に恨まれているかと思っていたんだけど」

「は……？　そんなわけないじゃないですか。だったら私はこの学校に来ないですよ」

それもそうだ。だが――。

「最後の……教室での会話、覚えているか」

体罰のでっち上げと、『ただの愚痴を真に受けて、できもしないことをやろうとしたヒトマ先生のせいだ』という言葉。

あんなことは、相当な恨みがないとできない。

そう思っていたのだが……。

「あっ……それは……」

春名はぎゅっと身体を強張らせて俺から目をそらす。

かなり言葉に迷っているようだった。

しばらく沈黙が続き、ゆっくりと春名が口を開く。

「……変なこと言っていいですか？」

おずおずと俺の様子を窺うように、春名は小さく首を傾ける。

「変なこと？」

「えっと、まずは……本当にごめんなさい。あの時の私はちょっとおかしくて……」

何だろう。春名はまるで怒られる前の子供のような様子だ。

「――傷つきたかったの」

また泣いてしまいそうな表情で春名はぽつりと呟いた。

「本当にごめん。あれはわざとついた嘘なの。わざと先生に酷いことを言った。本当は体罰のでっち上げも私じゃない……。そんなこと絶対にできないよ……」

「……赤沢、か」

春名はじっと黙って頷いた。

春名と対立していた生徒の赤沢は、目的のためなら手段を選ばない。潰そうと思った相手は、徹底的に潰すタイプだった。

「じゃあなんで……まさか赤沢に脅されて……？」

「それは違う！　確かに、りおちゃんのやったことは最悪だけど……最後は違う。全部私の意思だった。ずっとあの時のことを後悔してる。私は……先生を傷つけて私も傷つきたかった。そうしたら、先生は私を嫌いになる。先生に嫌われたら私は――」

春名はくしゃっと悲しく笑った。痛々しい笑顔だ。

「――楽になれる気がしたんだ」

ひどいロジックだ。

俺が悩んだ4年間は何だったんだ。

けれど、春名の言っていることもわかる気がした。

さっきの俺だってそうだ。

悪いのは自分。なら、嫌われて然るべきだ、と。

加害者として、被害者に恨まれることで生まれる――言ってしまえばそれは、生ぬるい自己憐憫。

恨まれてしまっている可哀想な自分。

そうやって自分を守らないと、抱いている罪悪感に耐えきれないから。

その傷は、深ければ深いほど安心できる。

俺もずっとそうだった。

この4年間、ずっと。

だから――俺には春名を責める資格なんてない。

「でも、全然そんなことないの。最初はね、ちょっと楽になれたんだよ。ちゃんと嫌われてよかったって。でも、私は先生を傷つけてしまった。自分がたった一瞬楽になるために……。そう思ったらね、罪悪感でいっぱいになっちゃった。……本当に、ごめんなさい」

春名もずっと苦しんでいた。

俺と同じかそれ以上に。

「……俺たち、少し似てるのかもな」

「え？」

お互いに傷つけあって。

けれど、嫌いにはなれなくて。

春名は、きょとんとしているが、不安そうに俺の反応を窺っている。

「春名」

伝えたいことはたくさんある。

聞きたいことも同じくらい。

その中で、一番伝えたいこと。

そして、春名にわかってもらいたいこと。

「春名は何も悪くない」

きっと、それは少しボタンを掛け違えただけなんだ。

過去の出来事は消えない。

けれど、その意味は、今の俺たちが決めるんだ。

「やっぱり春名のこと、ずっと忘れないでいてよかった」

ずっと、春名への後悔が心の中にあったから、俺はこの学校に来ることができた。

そして、春名に再会したことも、こうして話ができたことも、全部——俺たちの後悔のおかげだ。

「なんで忘れてくれないの？」

「忘れないよ。やっぱり大事だから」

春名は一瞬、戸惑った表情を見せていたが、ふにゃりと困ったように微笑んだ。

そういえば、いつのまにか口調が高校生の頃に戻っている。

「……後悔してるくせに？」

「うん。後悔してるし、今でももっと良い方法はなかったか考えたりするけど、今の春名に会えたから。俺はそれで十分かもなあ」

「ふふ、何それ」

茶化すような言い方だが、どこか嬉しそうだった。

「でも、ありがとうございます」

春名はふんわりと安心したように微笑む。

「私も、先生が先生でいてくれてよかったです」

そして、あの頃と同じ満面の笑みで。

「私、ヒトマ先生みたいな先生になりますっ！」

まだ肌寒いけど、柔らかい光が教室を照らしていた。

まだ予感だけど、確かな春がそこにあった。

俺たちの未来はこれからも続いてゆく。

長い冬は終わり、今年もまた春は来るのだ。

＊＊＊

それは意外な再会だった。

「私立不知火高校……？」

就活で疲れていた私は、学校教師専用の求人サイトをぼんやりと眺めていた。

教員免許は取得したが、教師になる気は無かった。

だから就活も、大手企業や伸びしろのある中堅企業を中心に行っていたのだ。

けれど、この写真――。

教員インタビューのコーナーでは「星野悟」という先生が質問に答えていた。

その写真の奥の方に少し見切れている人がいる。

「……ヒトマ先生」

椅子に座って何か飲んでいる様子だ。

あれから4年近い月日が経っていたが、ヒトマ先生はあまり変わっていない。

ほとんどあの頃のままだった。

この学校に行けば会えるのだろうか。

もう一度、あの社会科準備室の空気に触れられるのだろうか。

教師になる気はなかった。

でも、どうしてももう一度会いたかったのだ。

あの頃の後悔と向き合うために。

今度こそ、ちゃんと謝れるかな。

今度こそ、ちゃんとありがとうって言えるかな。

あの頃よりも大人になった私は、ちゃんとヒトマ先生の隣に立てるのかな。

もし、もう一度会えたなら。

そう思うだけで胸がいっぱいになった。

そして、私はその学校のエントリーボタンを押した。

＊＊＊

「せんせぇ、これぇ、書けたぁ」

「お、早いじゃないか！　ありがとう、確認するな」

春名と長い昔話をした翌日、小此鬼は早速作文を提出してくれた。

……よし、ちゃんと10枚あるな。

そのまま俺は軽く内容を確認してゆく。

「ん？　これは……」

作文には俺のことも書かれていた。


――ヒトマせんせぇは、正直なニンゲンです。ママと似てます。でも、後悔も忘れたくなくて大事っぽいです。嘘かとおもったけど本当でした。マキは、ちょっとだけ、いいなってなりました。マキはうそつきだけど、悪いやつになりたくないです。なんでかわかんないけど、後悔を大事にできたら、うそつきでも、ちょっとはいいやつになれるとおもいました。なんでかはまた考えます。


最後、投げてるなぁ……。

でもこれは、ちょっと……いや、だいぶ嬉しい。

緩みそうになる頬をこらえながら、小此鬼の作文にざっと目を通したが、明らかにおかしいと思えるところは見当たらなかった。

作文は、学校のこと、小此鬼自身のこと、それぞれが小此鬼の等身大の言葉で綴られている良い作文だったと思う。

「よし、大丈夫そうだから、このまま校長に提出しておくな」

「やったぁ～」

これで、小此鬼の受けるペナルティは春休み中の寮内謹慎のみだ。

「……そういえば、小此鬼」

「んえ？　なにぃ？　作文へん？」

「ああいや、作文は問題なさそうだったよ。それじゃなくて、あの時、春名先生に何を話したんだ？」

「あのときぃ？」

「去年の校外学習の日だよ」

小此鬼はポケーッと何も考えてなさそうな顔で思い出そうとしている。

「んあ、思いだしたぁ。でもヒトマせんせぇにはゆわなぁい」

ぐ……。やはり教えてもらえない……。

「あ、小此鬼さんの作文、書けたんですか？」

「未来せんせぇ～、できたよぉ、みるぅ？」

小此鬼から原稿用紙を手渡された春名は、そのままふんふんと目を通している。

「ねぇ～、未来せんせぇ、マキ、あのことぉ、ヒトマせんせぇにゆってないよぉ。えらいぃ？」

「そっ、それは！　小此鬼さんの勘違いですからっ！」

「ふうん？」

あのこと、というのは先ほど俺が聞いた校外学習の件だろうか。

春名にとって、大事なことなら、念のため教えてもらおうかと思っていたのだが、この感じなら別に俺が知らなくてもいいようなことか……？

まあ、あまり深掘りするのも良くないか。

「じゃあ、俺はそろそろ職員室に戻るわ」

「はぁ～い」

小此鬼がのんびり返事をして、春名は小さく会釈をした。春名はもう少し小此鬼の作文を確認するようだ。

一生懸命な春名はきっと良い教師になるだろう。

「俺も頑張んなきゃなー……」

これからもここで。

俺は昨日より軽い足取りで職員室へと向かった。

＊＊＊

「はい、素敵な作文ですね。私からも特に指摘はないですよ」

小此鬼さんの作文は独特だが、そこが面白い。

好き嫌いは分かれると思うが、妙に読ませる文章で私は好きだった。

「未来せんせぇ～」

へらへらと間延びした喋り方で呼ばれて、服の裾を掴まれた。

「何ですか？」

小此鬼さんはいつもふにゃふにゃとしていて、正直何を考えているのかよくわからない。

そのままぎゅっと身体を寄せられて、耳元に手が置かれる。また何かヒミツの話だろうか、と身構えた。

「……あのねぇ、ヒトマせんせぇは人気だからぁ、未来せんせぇも頑張ってねぇ」

「……っ！」

小声で何かと思えば、あの時の続きだ……！

「小此鬼さん……それは勘違いってさっきも言いましたよね!?」

小此鬼さんはにこにこと笑いながら、その赤と青の瞳で見透かすように私を見ていた。

あの時、私が小此鬼さんに言われた言葉。


——未来せんせぇってぇ、ヒトマせんせぇの前では嘘つきだよねぇ。それってさぁ——。

全然自覚はなかったのに、私はその小此鬼さんの言葉で気づいてしまったのだ。

こんなにもヒトマ先生に執着していた、その理由を。

そんなの、ヒトマ先生にとっては迷惑なだけだろう。

だから絶対にバレないようにしなきゃ。

私はそんなこと気づきたくなかったのに。

でも、もしかしたら最初から手遅れだったのかもしれない。

あの時、社会科準備室で初めて話した時から、私はその温かい空気に憧れていた。

きっと私は——。
ずっと前からヒトマ先生が好きだった。

人間嫌いと約束の卒業式

MISANTHROPIC TEACHER IN DEMI-HUMAN CLASSROOM.

今年もこの日がやってきた。

昨日は少し天気が怪しかったが、今日はさわやかに晴れている。

毎年この日が晴れになるのは、理事長や校長の力が関係あるのだろうか。

――いや、ただの偶然か。

これは、生徒の大切な門出の日が、心地のいい空気であればいいという思いが、同じであってほしいという勝手な願いだ。

少しでも多くの存在に祝福されますように。

旅立ちは今日も晴れだ。

＊＊＊

職員寮から学校へ続く道。

アスファルトで舗装されていない道なんて歩く機会があまりなかったが随分慣れてきた。

「ヒトマ先生、おはようございます」

「わ、春名、おはよう」

いきなり背中を軽く叩かれたから何かと思ったが、春名の通勤時間と被ったのか。

そういえば、春名は寮住まいではなく、自宅から通っている。

バスの時間が絶妙なので、俺が自宅通勤だった時はギリギリかすっごく余裕か極端な時間に学校に着いていた。春名はもちろんいつも誰よりも早く職員室にいるタイプだ。

「珍しいなこんな時間に。バスのダイヤ変わったのか？」

今はその中間の時間、一番ちょうどいい時間だ。

「休日ダイヤですよ」

「ああ、そっか。今日は土曜か」

他愛ない平和な会話に安心感を覚える。

「春名は寮に越してこないのか？　通勤時間減らせるし、家賃安いし、そこそこ広いし、それにちょっと歩けば温泉もあるぞ。デメリットがあるとしたら、築年数がちょっと経ってるくらいかな？　あまり気にしていないけど」

「え、ヒトマ先生とひとつ屋根の下はちょっと嫌かも」

「言い方」

「はは、それに私、来年もここで働くか迷ってるんですよね」

「そうなのか？」

「……私がいない方が先生は、『先生』やりやすいでしょ」

春名は俺の少し先を歩いていて、今どんな表情をしているか見えない。

「変に昔のこと思い出しちゃうとやりづらくないですか？　それに……私の目的は果たせたし」

「春名の目的？」

「『ヒトマ先生が幸せに過ごしてくれること』と『ヒトマ先生に謝ること』」

「俺のことばっかじゃん」

「そうだよ」

ふわりと春名は振り返る。

「ずっと、巻き込んだことを後悔してたからね」

そう言う春名は泣きそうな笑顔で俺を見ていた。

きっと春名はこのまま学校を辞めるつもりなのだと、その表情から伝わってくる。

もうある程度の決心は固まっているのだろう。

だけど、それは――。

「春名」

春名の肩がピクリと軽く動く。

まるで怒られる前の生徒のようだ。

頭のいい春名のことだ。もしかしたら、今から何を言われるか察しているのかもしれない。

「この1年、どうだった？　春名はどうしたい？」

ギュッと結んだ唇。春名の目に力が入っていく。

「俺のことは一旦置いといてさ」

怯えた様子の春名に怒っていないことをアピールしようと、できるだけ優しく問いかけてみたがどうだろうか。

「わ、私は……」

風が桜の花びらを運んでくる。

春名が振り返るとふわりと甘い香りがした。桜ではなさそうな香り。何の香りだろう。なぜか少し懐かしい。

「――楽しかった」

ふっと緊張がほどけるように零れた声だった。

「あ、いや、えっと、こんな小学生みたいな感想を言いたいわけじゃなかったのですが！　……そうですね、生徒と関わっていくうちに新しい一面が見えて、それが成長に繋がっていく様子を見ていると、とてもやりがいを覚えられましたね！」

春名も予想外だったのか途端に慌ててわたわたと動き出したかと思えば、キリっと体裁を整えるようにキメ顔をしていた。

いろいろ言いたいことはあったが、そんな春名を見ていたら細かいことはどうでもよくなってきた。

なんだか自然に顔がほころんでしまう。

「じゃあ、それでいいんじゃないか」

「でも……！」

「俺は来年も春名がいたら嬉しいよ」

「えっ、そそ、それはどうして……っ！」

「春名の感性は若いから生徒に人気あるし、それに生徒たちと年齢が近い先生って親しみやすい印象あるじゃん」

「そう……ですかー……」

ん？　春名は腑に落ちない様子でもにゃもにゃとした顔をしている……。

はっ！　春名は元生徒だからか、ナチュラルに年齢を話題にしてしまったが、もう大人だ。やはりそういうことも気にしてしまうのだろうか。そもそも女の子に年齢のことを言うのはマナー違反だ……！　やってしまった……。でもこれをフォローするのも、さらに話を広げてしまうことになるから、あまり得策とは言えないし……。

「俺も、春名みたいな同僚がいたらすごく助かるんだよなっ！　ほらっ、春名は明るい空気を作るの上手だろ？　だから――なっ！」

苦しい〰〰っ！

頑張ったがギリギリ取り繕えていないんじゃないか？

春名はもにゃもにゃ顔のままだがさっきより――と

いうか、もしかして笑いをこらえているのか？

「ふっ……あははっ！」

笑われてしまった……。

そんなに下手だったのか、俺のフォローは……。

「先生の言いたいことはだいたいわかりました。ありがとうございます。それじゃあ――来年もよろしくお願いしますね」

「ああ、もちろん！」

――去年の今頃。

春名がこの学校に教師としてやってくることを知った時は、まさか春名とこんな風に話せるなんて思ってもみなかった。

あの頃は話すことができなかった、俺の知らない春名の思いがあって。

俺が春名に抱いていた後悔は、こうやってもう一度出会えなかったら、ぐじぐじと膿んでより深い傷になっていたかもしれない。

春名にまた出会えて良かった。

わざわざ本人に言うことでもないけれど、心からそう思った。

＊＊＊

今年も式典の司会進行は、早乙女先生だった。

去年と一昨年はストーブが焚いてあったが、今年は例年より暖かいのでストーブの出番はない。

初級クラス生徒たちも散り散りにならず、きちんと整列していた。中級クラス、上級クラスは言わずもがなだ。

そして、卒業生の右左美は、いつも通りのすました顔で校長の横に立っていた。

＊＊＊

「卒業証書授与」

早乙女先生の声が体育館に響く。

「卒業生、右左美彗」

「はい、なの」

小さい体で堂々とした立ち振る舞いを見せる右左美は、この場の誰よりも主役で、見ている者たちを圧倒するような存在感があった。

すらりと背筋を伸ばして、顎を引き、校長の待つ壇上へと進んでゆく。

「右左美彗さん、こんぐらっちゅれ～しょんなのねん」

「当然なの」

堂々と言い放つ右左美に、校長から卒業証書が手渡される。

右左美は受け取った卒業証書をじっと見ていた。

「……？　右左美さん？　どうしたのねん？」

卒業証書を受け取ったのに、右左美は壇上から下りない。

どうしたのだろう。卒業証書に不備でもあったのだろうか。

――ぽた、と、紙に雫が落ちる音を校長のマイクが拾った。

校長は目の前の右左美に向かって優しく微笑んでいる。

右左美の背中は震えていた。

「……ちょっとだけ、訂正するの。卒業できたのは、右左美の努力と、それを支えてくれた人たちのおかげなの。卒業証書は、その証なの。だからっ」

右左美は震える声で一生懸命に言葉を紡いでゆく。

「この、卒業証書は、右左美の誇りなのっ！　今までありがとうなの……っ！」

体育館ではどこからか洟をすする音が聞こえてきた。

右左美はいつだって誇り高かった。

他人にも自分にも妥協を許さず、ひたむき一直線。

そのせいでよく衝突もあったが、右左美はその中で許しを覚えた。

妥協や諦めではなく、許しだ。

それは誰かを認めて受け入れること。

傷ついても受け入れる覚悟だ。

――おめでとう、右左美。

その誇りはいつだって、その胸に輝いている。

＊＊＊

「うちゃみ～！　卒業おめでとっちゅ～！」

「彗ちゃん、零先生のことはアタクシにまかせてね！」

「カリンはヒトマのなんなの……」

　式典も終わり、教室に帰ってきた右左美は、早速上級クラスの生徒たちに囲まれていた。

「うさみぃがいなくなったらぁ、ちょっとぉ寂しいねぇ」

「うん、そうだね。けれど、君のこれからの旅路が素敵なものであるよう、ぼくは心から願っているよ。この空に誓って、ね」

「ありがとうなの」

　全員が右左美を祝福していた。

　正直俺も、もう右左美のツッコミが聞けなくなると思うとだいぶ寂しい。

「ちゅーか、うちゃみ泣いてたっちゅよね」

　ニヤニヤといじわるな顔をしながら根津が右左美を突いている。

「んな⁉　わざわざそれに触れるなの⁉」

「うちゃみ～～～～、きゃわゆいとこあるじゃないっちゅかぁ～～～～」

　茶化された右左美はわなわなと震え、バッと俺の方へと振り返った。

「ヒトマ！　こいつ減点しろなの！　人間性がカスなの！」

「えー……、どうしようかな」

　確かに根津はちょっと言い過ぎかもしれないが、こんな良い日にわざわざ減点なんてしたくない。それにたぶん根津は――。

「ちゅわ――！　やめてっちゅ！　だって仕方ないじゃないっちゅか！　こうやって茶化さないと万智、万智ぃー……っ」

　みるみるうちに根津の瞳に涙が溜まってゆく。

　そう、根津は右左美がいなくなって寂しいのだ。

「泣いちゃうっちゅよぉーっ！　ちゅわあああ

ん！！！」

「ふひひ、あんねぇーうさみぃ、まっちーねぇ、卒業式のときもめちゃぴえんぴえんしてたんだよぉ」

「んなっ」

「だって！　だってぇー！　うちゃみがいなくなったら万智（まち）は誰とケンカしたらいいんちゅか！　寂しいっちゅよ！　なんで先に卒業してんちゅか！　おめでとうっちゅ！　元気でやってくんちゅよ!!　ちゅわあああああん！！！」

「ま、万智、そんなに泣くななの。あんまり泣かれたら、右左美（うさみ）、右左美も、つられ……っ」

「あらあら、２人とも……お顔が大変になっちゃったわ」

根津（ねづ）はともかく、右左美がこんな手放しにわんわん泣くなんて。

「うん、特に仲が良い２人だったからね。別れは寂しいんだろうね」

「右左美、万智。はい、ハンカチ」

羽根田（はねだ）は２人を見て、なんだか嬉（うれ）しそうだった。

「トバリちゅん、ありがとっちゅ」

「ありがとなの」

「ね、右左美」

羽根田は右左美の頭にポンと優しく手を置いて、そのままふわふわと撫（な）でる。

「卒業おめでとー」

屈託のない羽根田の笑顔はさわやかで、どこか寂しそうにも見えた。そんな羽根田を右左美はじっと見つめている。

「トバリ」

「ん？」

名前を呼ばれた羽根田は右左美を撫でていた手を止めた。なんとなく、何かを期待しているような顔で。

「……右左美はトバリの方が先に卒業すると思ってたの」

「あはは、ホント？　でもアタシはまだまだ難しいんじゃないかなあ」

「それでもやっぱり、トバリはずっと右左美の目標なの」

「そうなの？　初めて聞いた」

　羽根田は母親のような顔で右左美の話を聞いている。

「負けたみたいで癪(しゃく)だから、今まで言えなかったの。でも、トバリは憧れでいつもかっこよかったの。右左美は卒業する前にそれだけはトバリに伝えたかったの」

「うん」

　右左美が努力してこられたのは羽根田の存在も大きかったのかもしれない。

　ずっと自分の前を走り続ける羽根田は、右左美にとって越えるべき目標だった。

「トバリ、ニンゲンになったら右左美に会いに来てほしいの。えっと、おいしいお店とかも調べておくの！」

「あはは、ありがとー。楽しみにしてるね」

「あーーっ！　ずるいっちゅ！　万智もおいしいお店いきたいっちゅー！」

「万智はもっとしっかりしろなの」

「ひどっちゅ！」

「そうだねー、万智はうっかりミスも多いしなぁ」

「トバリちゅんまでー！」

　わいわいとした上級クラスの雰囲気も、右左美がいたからだ。本当に、今までよく頑張っていた。

「右左美」

「ヒトマ」

　右左美は泣いた後だからか、いつもより目が赤い。

「卒業おめでとう」

「ふん、ヒトマとの3年間は、まあ悪くなかったの」

「そりゃどーも」

「ヒトマも、最初は頼りなかったなの。信用してなかったの」

　右左美は、はーやれやれと、頭を抱えてみせる。

「今時ヒトマみたいな教師は流行(はや)んないなの。無駄におせっかいで首突っ込みがちで、絶対変なトラブルに巻き込まれるの」

　確かにな。春名(はるな)の時から今日まで、まるで成長していない。

「でも、ヒトマみたいな先生がいなかったら右左美は卒業できなかったと思うの」

　ふっと右左美が顔を上げる。

「ダサい熱血も悪くないなの」

　いつもの自信に満ちた笑顔だった。

「だからヒトマ――ありがとうなの！」

　ふふん！と偉そうに腕を組む右左美は、とてもかっこよく見えた。

　努力の上で成り立っている、根拠のある自信。

　この自信が右左美の何よりの長所だ。

「こちらこそ。右左美のおかげで気づけたこと、たくさんあったよ」

　お節介も悪くないいなって。

　時間は有限なんだって。

「あ、そうだ――はい、これ」

「なんなの？」

「連絡先」

「ヒトマの？　ぬ……そういうのは困るなの……でもまあ、貰ったらたまには連絡してやらんことも？　ない、なの」

何か勘違いしているな……？

　これはこれでちょっと面白かったが、俺は正直に右左美の勘違いを正す。

「いや、紗彗さんの」

「サエの……!?　そ、それをもっと早く言えなの！」

「卒業まで校長が預かるって約束だっただろ」

　俺は右左美に11桁の電話番号とメールアドレスが書かれたメモを渡す。

　右左美はそれを卒業証書と同じくらい大切そうに、そして少しの懐かしさを込めて眺めていた。

「あのクソガキがどんな大人になってるか楽しみなの」

「右左美にわざわざ念を押さなくてもいいかもしれないが、この学校のことは他言無用な。じゃないと右左美の記憶が――」

「わかってるの。右左美は『せいこちゃんの近所に住んでいた子供』で『紗彗が家を出た後にせいこちゃんと知り合った』の」

　この学校の記憶を持ったまま外のニンゲンと関わる

ならば、嘘をつかなければいけない。

嘘をつきたくないのなら、この学校のことを全て忘れなければならない。

学校を守るためのルールだ。

守るため——何から？

人ならざるものを知ってしまったニンゲンの混乱から？

小此鬼のような鬼の存在を知って利用しようとするニンゲンから？

それとも——。

「右左美！　この後、寮の食堂でビュッフェ風パーティーやろうって話になってるから早く行こ！」

「わかったの！　——ヒトマ！　またいつか！　右左美はヒトマにも恩返しするの！　だからその日まで元気にすごせなの！」

飛びきりの笑顔でそれだけ言うと、右左美は羽根田たちのところへ駆けていった。

——恩返し。

それは右左美がニンゲンになる理由だったものだ。

右左美はきっと、これからニンゲンになっても誰かのために生きていこうとするのだろう。

「……はは、右左美らしいや」

恩返しだなんて。

俺の方こそ貰ってばかりなのに。

これで、羽根田という例外を除けば、俺が1年目から担当した生徒が全員卒業していった。

毎年この時期は寂しいような達成感がある。

桜の花びらが、風に乗ってふわりとやってきた。

旅立ちはいつも晴れだ。

＊＊＊

「これが本当の学校で飲み会……！」

「あはは、春名サンは今年が初参加っすもんねー」

「春名って酒強いのか？」

「……人並みって感じですっ！」

ほんとかなぁ……。

答えるまでの間が気になったが、まあ春名のことだ。きっと自分である程度は調節するだろう。

「よっ、ニンゲン。元気してる～？」

「……」

肩に手を置かれたので振り返ったら、置かれた手の人差し指で頬(ほお)を差された……。

「何よアンタ反応うっすーい。はー、つまんないニンゲンね」

「アリスさん……今年も来たんですか」

「悪い？　だって美味(おい)しいもの食べられるんだもの」

校長に怒られないのだろうか。

ああ……今は校長離席中か……だからか……。

アリスさんはもぐもぐと寿司(すし)を食べながらぽいぽいと保存容器にも詰めている。

「もしかして普段って、かなり食料不足だったりするんですか？」

「そんなことないわよ。私がそんな雑魚なわけないでしょう。アンタじゃあるまいし」

心配したら罵倒されてしまった。

「言わなかったかしら？　私の魔法じゃあお菓子しか出せないのよね。だからこういうのは貴重なの」

そういえば聞いた気がする。

ある程度詰まった保存容器をアリスさんは慣れた様子で閉じた。

西洋風の魔女がこういう保存容器使う姿って、なんだか庶民的でちょっと面白いな……。

「アンタなんか失礼なこと考えてない？」

やばい、顔に出てしまっていただろうか。

突然ドアップで見るアリスさんは迫力があってどきどきしてしまう。

「いや、そんなことは！」

「ふーん？　ならいいけど」

アリスさんは保存容器を帽子の中へ入れる。

そしてそのまま帽子を被(かぶ)りなおした。

……帽子の中がいわゆる四次元ポケットみたいになっているのだろうか。

「アリス、なんでこんなところにいるんすか？」

「ひっ！」

「烏丸先生」

アリスさんの背後から烏丸先生の細い手がするり伸びでそのままギュッと……抱きついている、というか、逃げられないように捕まえているようだ。

「ガキ！　あんたいつの間に！」

「チッ、うるさいっすね魔女風情が。だーれがガキっすか」

うわー、珍しい。烏丸先生がちょっと怒ってる。

「アンタなんかいっつも私についてくるガキだったじゃない」

「ああ、年寄りはいつまでも昔の話してくるんすよね」

「はあ？　誰が年寄りよ！　こんなに若くて美しいじゃない！」

「自分で言うのダサくないすか？」

どうしようレスバが始まってしまった。

というか烏丸先生強いな……。

混沌のインターネットでも生きていけそうなレスバ力がある。

「あれ？　ヒトマくん、その人って去年もいた方かな？　確か校長のお知り合いだっけ」

「星野先生」

烏丸先生のレスバ力に感心していたら、いつの間にか星野先生が近くに来ていた。

「アリス、ハウスっす」

「は!?　なんでガキの言うこと聞かないといけないのよ！」

「早く帰らないとパッパのこと呼ぶっすよ」

「腹立つ～～～～～っ！　いいわよ！　もう収穫はあったもの！　……あ」

「ん？」

アリスさんと星野先生が見つめあっている。

アリスさんは何かに気が付いたようだが、星野先生は困惑のまなざしだ。

「ふう～～～～ん？」

「きっしょ～」

やや下品な笑顔を浮かべるアリスさんを、烏丸先生は心底嫌そうに避けている。

「まあいいわ、四郎を呼ばれても困るし帰るわね」

「――誰を呼ばれたら困るのねん？」

ヒュッと小さな呼吸音がしたかと思えば、次の瞬間にはアリスさんは消えていた。

だが、校長はすぐさま空中を掴み、何かを引きずるようにしながら会議室から出ていった。

「よくわからないけど賑やかな人だったね」

アリスさん……今頃校長に怒られてるのかな……。

ほわほわと呑気な星野先生とは裏腹に、俺は少し心配になってしまう。

アリスさんは傍若無人でかなり好き勝手しているところがあるが、それでも黒澤の大事な存在だ。

アリスさんがへこむと黒澤もへこんでしまうんじゃないかなんて、いらない心配をしてしまう。

「烏丸先生もさっきの人と知り合いなんだね？」

「あえっ」

自分に話が振られると思ってなかったのか、烏丸先生から変な声が聞こえた。

「あー、そっ、そっすね。校長の関係者っす。でも厄介なヤツなので悟サンはあまり関わらない方がいっすよ」

すっごく目が泳いでいる……。

関わらないでと言ってはいるが、アリスさんは星野先生のことを知っている様子だったし……。

けれど、星野先生はそうでもなさそうだ。

アリスさんが星野先生のことを誰かと勘違いしているのだろうか。

「うーん、そっかー。わかったよ。ありがとう」

星野先生がこれ以上追及しない姿勢を見せたので、烏丸先生は安心しているようだった。

正直俺は気になるが……完全に部外者だ。

「――あ、星野先生」

「んー？」

完全に別の話だが、星野先生には言わないといけないことがある。

「右左美の受験、ご協力くださりありがとうございました。星野先生がいなかったら、右左美の能力が正しく引き出せるような指導はできなかったと思います。でも本当に、ご指導ありがとうございました」

「わ、そんなそんな。僕は自分ができることをしただけだよ。それに、右左美さんのことは右左美さんが頑張った結果だしね」

それでも、星野先生の力はかなり大きいと思う。

専門の科目が違うと言えども、星野先生の指導は見ているだけでもかなり勉強になった。

俺もこれから、もっと頑張ろうと思えるくらい。

「――未来先生大丈夫ですか?」

星野先生にお礼を言っていたら、早乙女先生の気になる声が聞こえた。

「らいじょうぶれしゅ!」

大丈夫じゃなさそうな返事をしているのは……春名か?

声のする方を見てみると、くたくたになった春名が机に突っ伏していた。

「ちょ、春名、水飲め」

イレギュラーな事態が起こっていることを理解した俺は、星野先生に一言断り、そのまま春名の隣に座ってペットボトルの水を紙コップに入れて春名に手渡した。

「わーん、ヒトマ先生! 未来先生、めちゃめちゃお酒弱いんですね!? 日本酒を少し舐めただけで、ふにゃふにゃになってしまって……!」

「わたし、のめましゅよぉ! 缶のやちゅなら半分くらいのめましゅし!」

きっとこの場の誰もが同じことを思っている。

その缶はきっと、ジュースみたいな酎ハイなんだろうなぁ……。

強くはないと思っていたが、まさかここまで弱いなんて……。

「春名、日本酒は飲んだことあったのか?」

「えへへっ、はじめましてでーすっ」

なるほど。だから、どんなものか分からず自分の許容量がわからなかったんだろうな。

普段の春名なら、あまりない状態だ。

気の抜けた春名はいつもより元気で明るい。

それだけ普段気を張っているということだろうか。

なら、たまにはこんな時があってもいいような……無理ない程度に気を抜ける時間があれば春名も――。

「わっ！」

「んー……ふふっ」

いきなり春名が俺の方に倒れこんできた。

「わあ、膝枕ですね」

「んひひ、せんせぇー、ちょっと膝貸してね～？」

俺の太ももの上の春名はそのまますぐ、気持ちよさそうにすぅすぅと寝息を立てていた。

もっと水を飲ませておきたかったが、日本酒は舐めただけだそうだし、先ほど春名に渡した紙コップいっぱいの水は飲み切ってくれていたみたいだ。

養護教諭の烏丸(からすま)先生もチラチラとこちらを気にしてくれているようだし、とりあえずは大丈夫そうか。

気づけば早乙女先生は美術の絵本(えもと)先生と日本酒で乾杯していた。早乙女先生はザルすぎてもはや尊敬の域だ。

「ふふ、せーんせっ」

「春名、起きたのか？」

「ふふっ」

仰向け(あおむ)でこちらを見ているが、これはまだ半分夢の中か？

こうして見ると、春名はまだまだ子供だと思う。

元々童顔だし。まあ俺が言えた話でもないが……。

春名はまた寝息を立てていた。

やっぱまだ寝てたんじゃん。

眠る春名を見ていると、親戚の家で子供に遊ばれてる時を思い出す。

もしくは犬猫に寝床にされている時。

春名の静かな寝息を聞いていたら、俺も少し眠くなってきた。

未来っていい名前だよな。

常に存在する可能性の名前だ。

来年度も春名とこの学校で、生徒たちの未来を一緒に見届けよう。

人外教室の
人間嫌い教師③

ヒトマ先生、私たちと未来に進んでくれますか……？

エピローグ

MISANTHROPIC TEACHER IN DEMI-HUMAN CLASSROOM.

あれから春名は小一時間ほどすやすやと眠り、起きた瞬間全てを察したのか、すごい勢いで謝ってきた。

一度眠ると、ある程度酔いが落ち着くタイプなんだろう。とりあえず、あの場は無礼講で膝枕はなかったことにしたが、これから日本酒はあまり飲まないように注意した。

早乙女先生も春名に「わーん！　ごめんなさい未来先生！」と抱きつきながら謝っていたが、春名も「いえいえっ、加減がわからなかった私の責任ですっ」と、反省しているようだった。

＊＊＊

「センセ、今年もお疲れさまー」

3月下旬の理事長室。

卒業式の翌日は、理事長と校長と俺の三者面談だ。

羽根田の姿はよく見ていたが、理事長の姿は久しぶりに見たな……。

相変わらず露出が多くて目のやり場に困る。


「ヒトマくん、最初に説明した雇用期間は覚えているのねん？」

「あ、はい」

理事長の姿が気になって、一瞬話を聞いていなかった。雇用期間？　……あ、あれか。

――3年間。

それが俺の雇用期間だった。

今年度が終わって、その契約期間が満了になったため、ここから契約を更新するか打ち切るか、どちらか選択することができる。

「ボクたちとしては、これからもヒトマくんにここで頑張ってもらいたいのねん！」

「そーそー、なかなか適性あるニンゲンいないし」

けらけらと笑いながら理事長も頷いている。

「――けれど、外の世界と違うこの環境でやっていくことも大変って知っているのねん」

確かにこの学校は、いわゆる普通の学校より業務内容もイレギュラー対応が多い。

「ヒトマくん、雇用契約の更新はするのねん？」

校長がほんの少しだけ不安そうに問いかけたが、俺の気持ちはすでに決まっている。

「これからもここで続けていきたいと思っています」

この3年間で色々なことがあった。

1年目はまだ俺も不慣れで、上手く生徒をサポートできずに空回りも多かった。右左美と学校から出て減給処分もくらってしまったっけ。

2年目はこの学校のことも少しずつわかってきて、校長の術を生で見たのも初めてだったな。根津と千結ちゃんを探した時だ。

そして今年、3年目。

最初は春名のこともあって不安だったが、春名と再会し、この1年を通してまた話せるようになった。

羽根田という例外を除いて、1年目に担当した水月、尾々守、右左美はもう全員卒業だ。

寂しいが、そうやって生徒たちはどんどん学校を卒業し、未来へと進んでゆく。

希望を持って、望む未来へ。

俺はこれからも、今の上級クラスの生徒たちの卒業を見届けたい。

校長は嬉しそうに、ふふんと鼻を鳴らした。

「そう言ってくれると思ってたのねん！」

そして校長は、にこにこしながら来年度の資料を用意してゆく。

「まだまだセンセにはやってもらいたい仕事がたくさんあるからさ。続けるって言ってくれて嬉しかったよ」

そんな校長を眺めながら理事長もご機嫌な様子だ。

その理事長——羽根田を見ながら、俺はゆっくりと口を開く。

「……俺さ、目標ができたんだ」

「ん？　なにー？」

あの日、朝の光を浴びながら、学校から見える山の頂上で羽根田トバリと過ごした時に生まれた目標。

「羽根田トバリを卒業させること」

理事長は少し驚いた顔をしたが、すぐに優しく微笑む。

「……そっか、達成できるといいね」

今のところ、羽根田(はねだ)トバリに卒業の意志はない。

けれど、いつか見てみたいんだ。

羽根田トバリが卒業する日を。

理事長は目を閉じて、何かを諦めるように小さく溜(ため)息(いき)をつく。

「ねえセンセ、ニンゲンは好き？」

毎年聞かれる質問。

このタイミングで聞かれると、話題を変えるための質問にも思えるが……。

「ニンゲンは――」

理事長はニンゲンが好きだと言っていた。

俺が嫌いなところも全部好きだって。

「ニンゲンは、面倒くさくて、素直じゃなくて、すぐ嘘(うそ)もつくし、主張だってまるで一貫していないことがほとんどで、気分屋で、困ったことも多いけど……」

こうして考えると本当に碌(ろく)でもないな、ニンゲンって。

「でも、そうやってずっと振り回されて生きていきたいって思うよ」

「それはつまり？」

「ニンゲンは嫌いだ。ただ生きていく以外の部分で面倒くさいことが多すぎる。でも、ニンゲンのそういうところを尊重して、これからも大切にしていきたいと思うよ」

「そっか」

理事長は幸せそうに微笑(ほほえ)んでいた。

きっと俺も理事長と同じなんだ。

ニンゲンはめんどくさい。

そこが面白くて、愛すべき存在なんだろうな。

＊＊＊

「――今日の面談はヒトマセンセだけだったっけ」

「そうなのねん」

四郎(しろう)と2人きりの理事長室は、昔を思い出して懐かしくなってくる。

「春名(はるな)センセは明日か。……ふふ、四郎も律儀だよね」

「何がなのねん？」

「その口調」

アタシの指摘に四郎は目を伏せ、ひげを触る。

「ああ……もう癖になっているのねん」

「アタシといる時くらい崩してもいいのに」

「今さらすぎるのねん。それに結構可愛くて気に入ってるのねん」

「気に入ってたんだ」

あの時はノリで言ってみただけだったのに。

「生徒だけでなくハルカにも好評なのねん」

「相変わらず親子仲がよさそうでよかったよ」

ハルカもずっとこの学校を手伝ってくれている。まあ、未だに何を考えているかよくわからないけど。

「それにしても、ヒトマくんが『羽根田トバリ』を卒業させる日はくるのねん?」

「どうだろうねー」

正直、来ないんじゃないかと思ってはいるが、適当にはぐらかしてみる。

「アタシは卒業できると思う?」

「シラヌイ様は卒業する気ないのねん」

「そんなことないと思うんだけどなぁ」

やはりバレバレか。

「まあ、校長の立場で言えば、今卒業されても困っちゃうのねん。在籍している生徒たちの今後もあるのねん」

「わかってるって」

そう、アタシは卒業しない。

卒業できない、いないのだ。

「そういえば、星野くんのことはアリスに話すのねん?」

「あー、そうだね。変にヒトマセンセたちにばらされても困るし。何より星野センセが一番困るだろうから、星野センセが先生としてこの学校にいる経緯をアリスにも話しといてよ」

「う……わかったのねん。でもアリスは信用ないのねん」

「こーら、あんまりそういうこと言わないの。仲良くしなよって言ってんじゃん。魔女だけど、アリスは異端だからそこまで悪い奴じゃないし」

「しゅん、なのねん……。じゃあ、神社に行ってくるのねん」

「ほーい、いってらー」

＊＊＊

アタシが自分のために作ったこの学校は、いつのまにかこんなにもたくさんの生徒たちに恵まれた。

アタシ自身も、卒業しようかなと思ったことは何度かある。

でもそのたびに、他の生徒や先生たちのことを考えて、卒業を見送ってきた。

——俺さ、目標ができたんだ。

——羽根田(はねだ)トバリを卒業させること。

ふふ、センセってちょっとかっこつけなところあるよね。

本人は至ってまじめだから、あんまり茶化(ちゃか)すのも悪いなって思って言えなかったけど。

でもさ。

「……アタシが卒業したら、この学校は無くなっちゃうんだよ」

まだアタシはここでやりたいことがある。

自分に寿命を与えるよりやりたいこと。

生徒たちの望みを叶(かな)えること。

生徒たちが自分の力で生きていける手伝いをすること。

でもね、センセといたら、アタシ卒業してもいいかなって気持ちになるんだ。

なんでだろ。

無駄に一生懸命な感じにあてられてるのかな。

「……困るなぁ」

ひとりきりの理事長室で、誰にも聞かれることのない独り言。

センセ、ちょっと昔の清算ができたからって調子乗ってんじゃないの。

あんなにまっすぐアタシのこと見なくていいじゃん

ね。

困るのに、自然に顔がほころぶ。

アタシ、嬉（うれ）しいのかな。

やっぱりセンセは面白い。

「ふふ、来年はどんな年になるのかな」

ニンゲンは周りの影響を受けてどんどん変わっていく。

この学校で、センセはどう変わっていくんだろう。

変わらないところはどんなところなんだろう。

もっとアタシにニンゲンを教えてよ。

あとがき

こーんにーちはー！　著者の来栖夏芽です。大変長らくお待たせしてしまって本当にすみません！

2巻から1年半ぶりに刊行された3巻ですが、楽しんでいただけましたでしょうか……！

3巻では、ヒトマさんとトラウマの元凶であった未来ちゃんが再び出会って、過去を廻ったり、廻らなかったりしております。そして、1年目からお馴染みの右左美とトバリの2人も少しずつ変化していて、2年目に上級クラスへ上がってきた万智とカリンちゃんも、また新しい一面を見せてくれました。3年目にやってきた2人はいかがでしたでしょうか。私は、若葉の折れそうなほどにまっすぐで妄信しがちなところ、マキちゃんの掴みどころがないちょっとミステリアスなところが特に好きです。

人外教室の物語は、基本的に短編オムニバスのような作りをしているので、この中で気に入ってもらえるお話があれば幸いです。ぜひまた、好きなキャラクターや、好きなお話を教えてください。


ここからは謝辞でございます！

今回も最高のイラストを届けてくださった泉彩先生！　お忙しい中本当にありがとうございます！

1冊につきワンシーンはサービスカットを入れるぞ！という意気込みで執筆しているので、今回、チアのシーンを口絵としていただけて本当に嬉しかったです！　みんな！　見て！　かわいい！　おなかは好きですか？　私は大好きです。というかチアって見ているだけで元気が出てきますよね。そして、新規にデザインいただいた4人のビジュアル！　まず、若葉の中世的な美形オーラ半端なくないですか!?　半端ないですね。羽のキラキラ感もご自身の美しさの一助となっていて最高です。マキちゃんは、ぽやぽや感とゆるい雰囲気がめちゃかわいい！　このパーカー欲しい！　元々好きなのですが、たれ目っていいなって改めて思いました。挿絵の髪下ろしマキちゃんもイメージがグッと変わってどきどきしますよね！　未来ちゃんは、ちょっと近くにいそうな清楚優等生な雰囲気が美少女感あって好きです！　髪のシルエットのふんわり感が最高です！　たぶん、彼女は朝頑張ってます。そして、烏丸（からすま）ハルカ先生！　実は1巻からずっといたのですが、やっとカラーでのビジュアル解禁となりました！　ずっと会いたかった！　クールだけどわりと適当で、それでもいいと言ってくれるような優しい雰囲気が大好きです。改めまして、今回もキャラクターたちの最高のシーンをたくさん描いてくださり、ありがとうございました！

また今回、店舗特典にてお世話になったイラストレーター様方。

窓辺に佇む、まるで宝石のように美しい若葉を描いてくださった遠坂（とおさか）あさぎ先生。ポップでキュートなクレープを食べているマキちゃんを描いてくださった甘城（あましろ）なつき先生。この度は本当にありがとうございました！

そして今回も、めちゃくちゃ多大なるご迷惑をかけながらも、いろいろなご相談に乗ってくださった担当編集氏。さらに、担当編集氏とのお話の際に、立ち会ってくださったマネージャー氏とマネージャー氏（2人います）。本当にありがとうございました。

それでは最後に。こうして3巻が刊行できたことは、他ならぬ、今この本を手に取り応援してくださっている読者様のおかげでございます。本当にありがとうございます。この御恩がいつか返せるよう、自分も長生きするので、これからもどうぞよろしくお願いいたします！　ここまで読んでくださりありがとうございました！

またお会いしましょう！　では！

２０２４年3月吉日　来栖夏芽

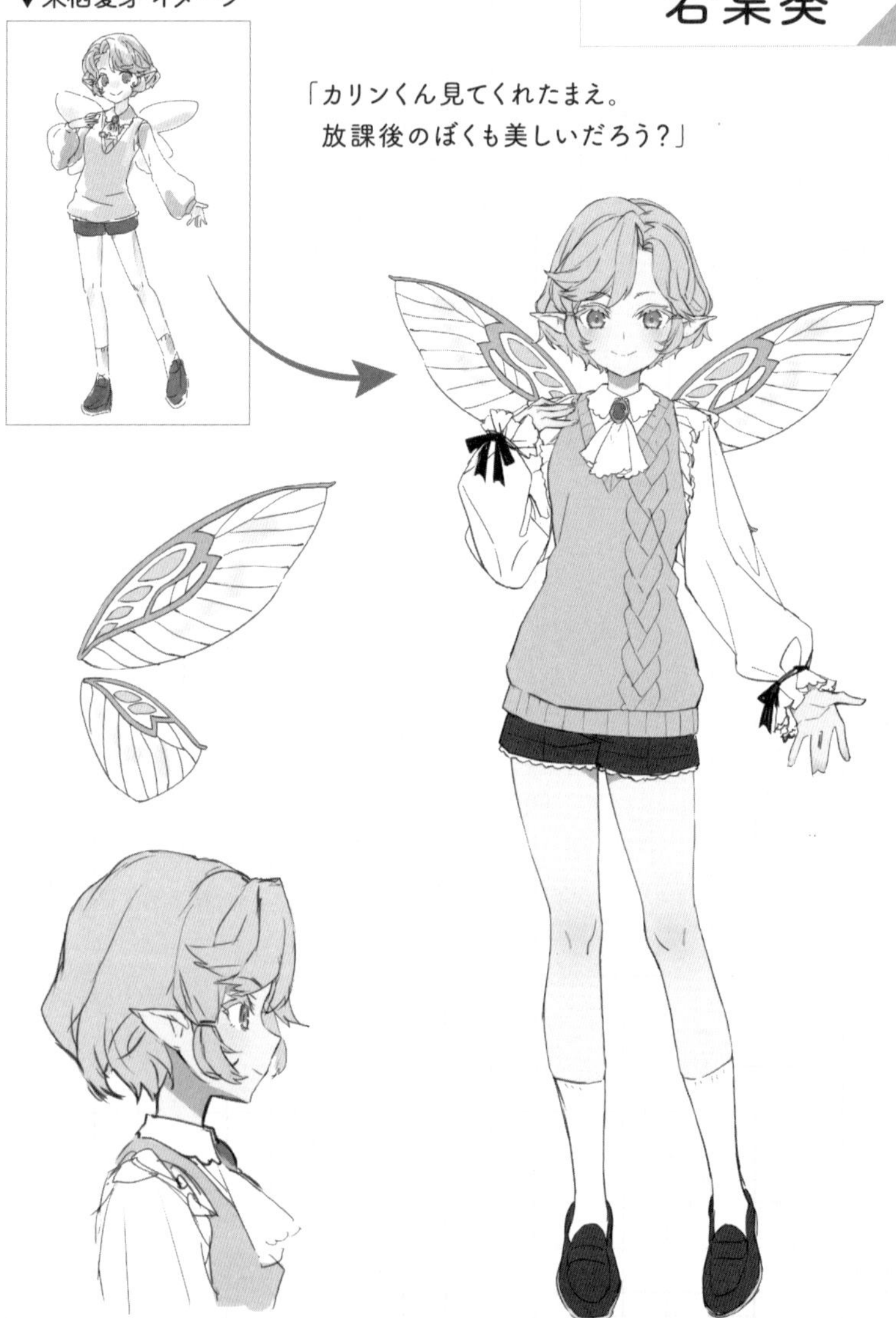
わかばあおい
若葉葵
▼来栖夏芽 イメージ
「カリンくん見てくれたまえ。
放課後のぼくも美しいだろう？」
泉彩 キャラクターデザイン案

小此鬼（おこのぎ）マキ

▼来栖夏芽 イメージ

「んえぇー？
キュンが存在したらかわちぃだよぉ」

泉彩 キャラクターデザイン案

春名未来（はるなみらい）

▼来栖夏芽 イメージ

「高校生の時にヒトマ先生に
お世話になっていました。
ね、先生？」

泉彩 キャラクターデザイン案

烏丸（からすま）ハルカ

▼来栖夏芽 イメージ

「ふーん、まあ
そんな時もあるっすよ」

泉彩 キャラクターデザイン案

敷地案内図

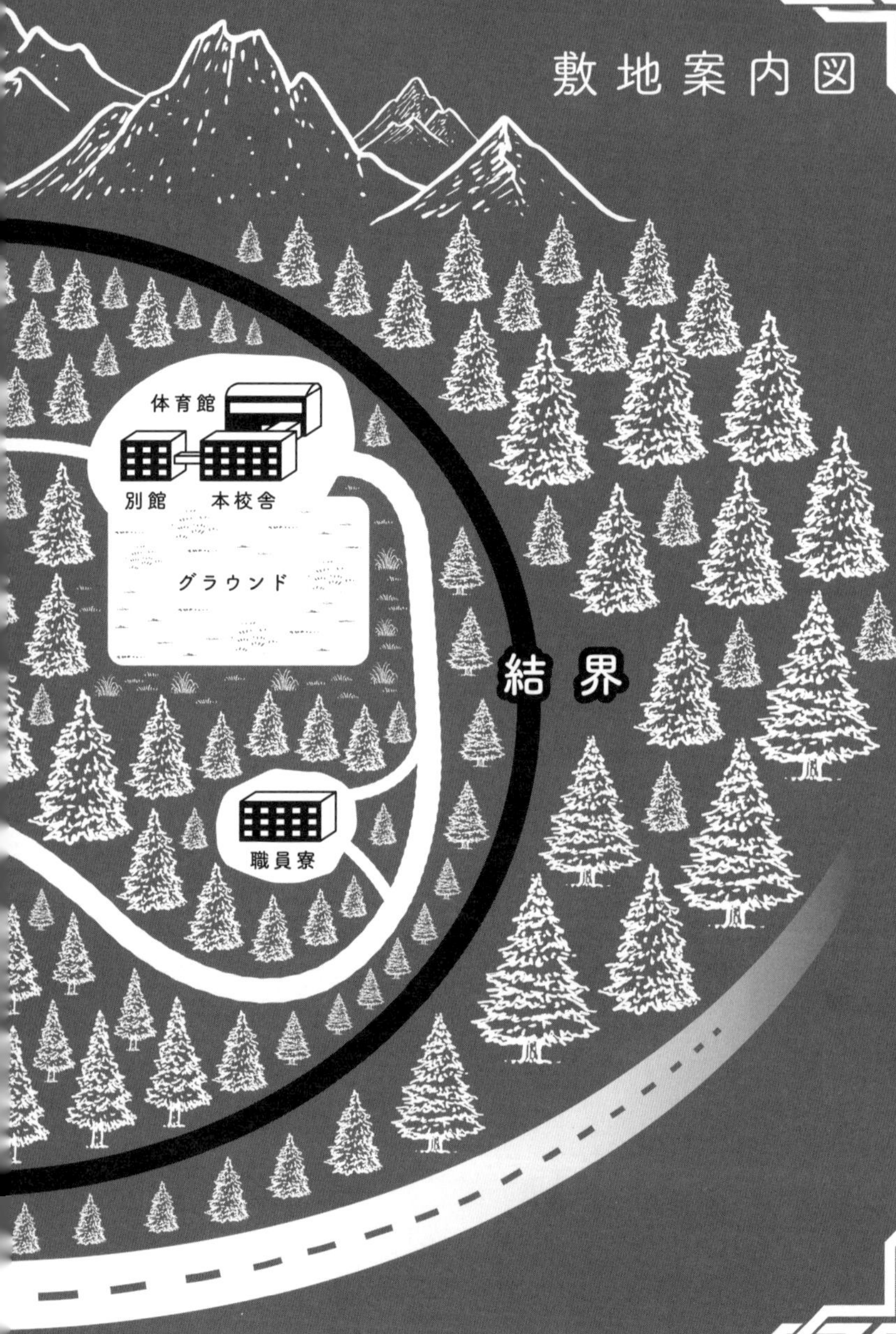

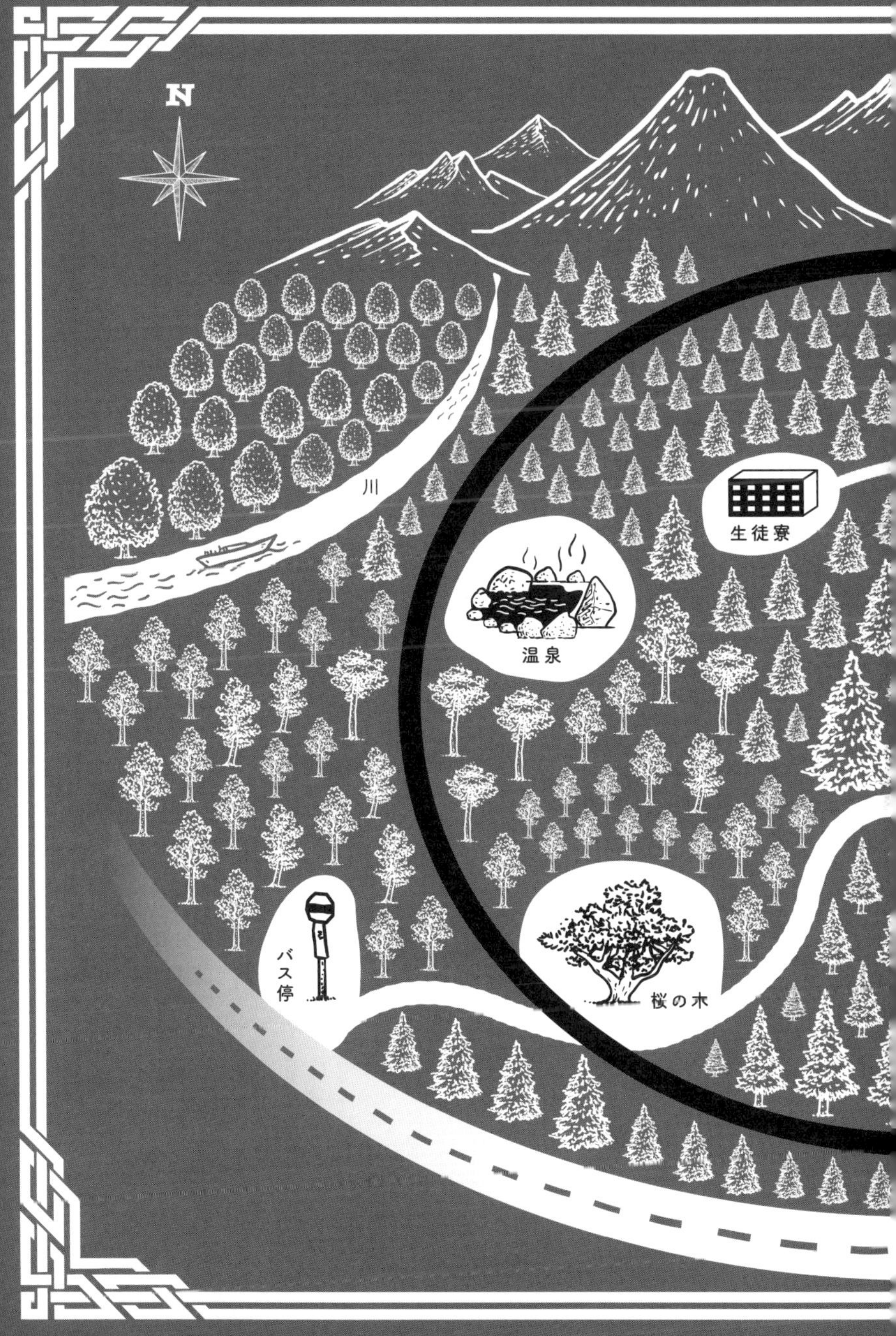
N
川
生徒寮
温泉
バス停
桜の木

本校舎案内図

別館	音楽室・美術室・売店・PC室 視聴覚室・家庭科室・理科室

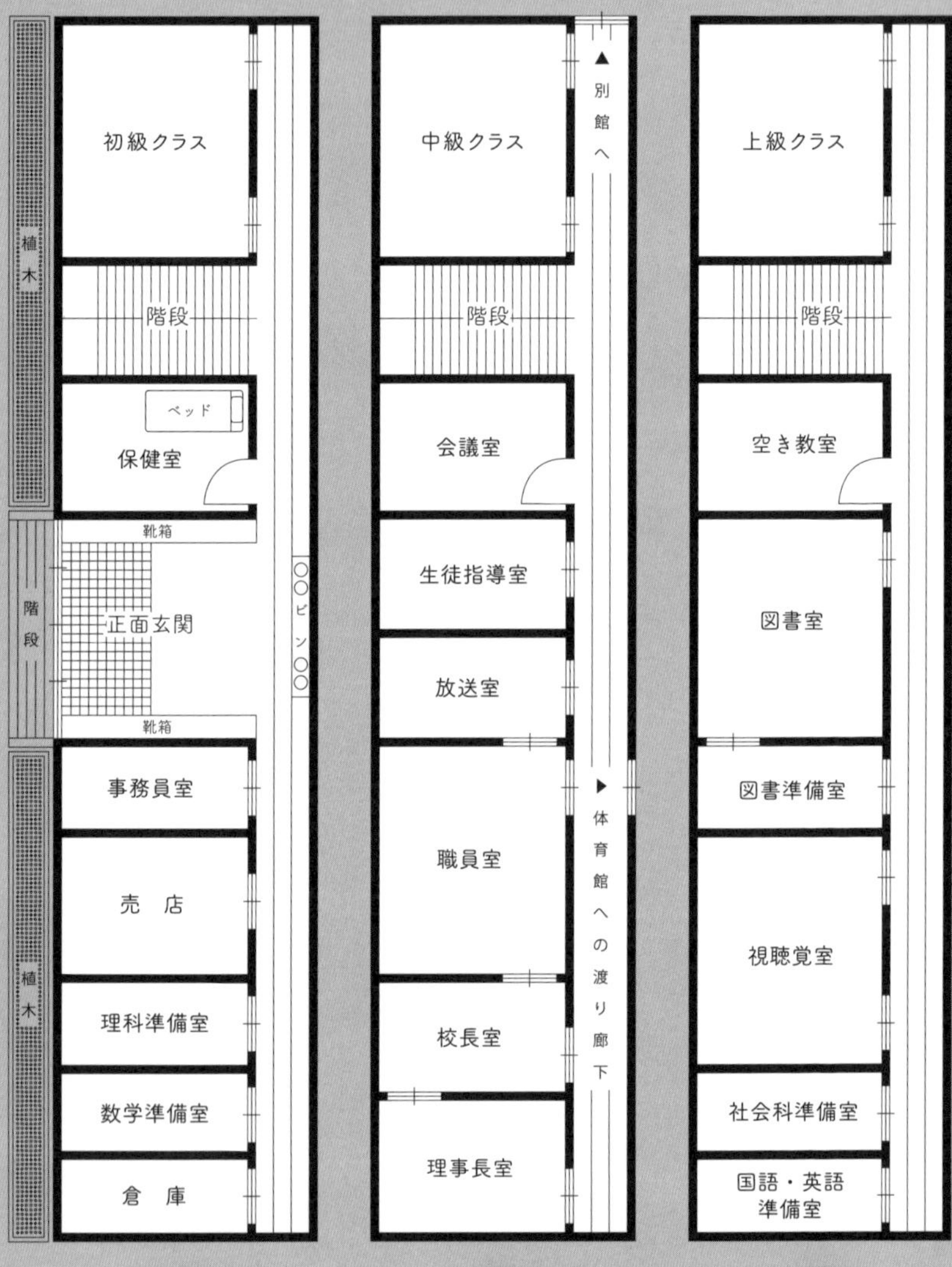

人外教室の人間嫌い教師

ヒトマ先生、私たちと未来に進んでくれますか……？

③

CREDITS

著者

来栖夏芽

イラスト

泉彩

編集

大竹 卓

MISANTHROPIC TEACHER IN DEMI HUMAN CLASSROOM.

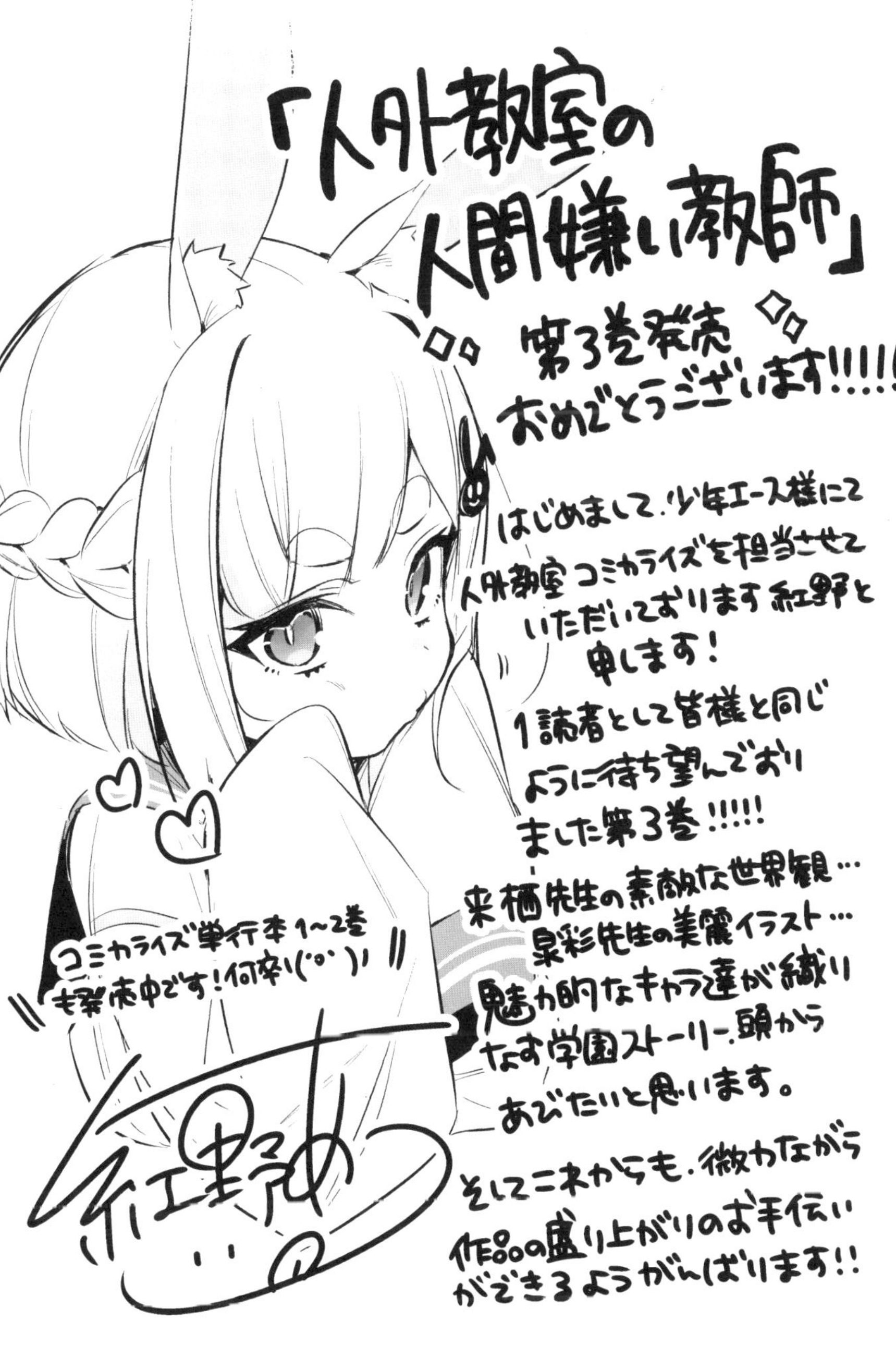
「人外教室の
人間嫌い教師」
第3巻発売
おめでとうございます!!!!!!!
はじめまして。少年エース様にて
人外教室コミカライズを担当させて
いただいております紅野と
申します!
1読者として皆様と同じ
ように待ち望んでおり
ました第3巻!!!!!
来栖先生の素敵な世界観…
泉彩先生の美麗イラスト…
魅力的なキャラ達が織り
なす学園ストーリー。頭から
あびたいと思います。
そしてこれからも、微力ながら
作品の盛り上がりのお手伝い
ができるようがんばります!!
コミカライズ単行本1〜2巻
も発売中です!何卒!(゜o゜)!
紅野あめ

人外教室の人間嫌い教師3

ヒトマ先生、私たちと未来に進んでくれますか……？

2024年 3月25日　初版発行

著　者　来栖夏芽

発行者　山下直久

発　行　株式会社KADOKAWA
〒102-8177 東京都千代田区富士見2-13-3
0570-002-301（ナビダイヤル）

編集企画　MF文庫J編集部

担　当　大竹卓

デザイン　AFTERGLOW

印刷・製本　株式会社広済堂ネクスト

Printed in Japan　ISBN 978-4-04-681580-4　C0093

【 ファンレター、作品のご感想をお待ちしています 】
〒102-8177 東京都千代田区富士見2-13-12
株式会社KADOKAWA　MF文庫J編集部気付「来栖夏芽先生」係「泉彩先生」係